PROTEGGERE REMI

ARMI & AMORI: ALLEANZA
LIBRO 1

SUSAN STOKER

Titolo originale: *Protecting Remi*

Traduzione dall'inglese di Patrizia Zecchin per One More Chapter Translations

Editing di Mimma Maio

Fidarsi di Skylar
Fidarsi di Taylor
Fidarsi di Molly
Fidarsi di Cassidy (1 Agosto)

Forze Speciali alle Hawaii
Trovare Elodie
Trovare Lexie
Trovare Kenna
Trovare Monica
Trovare Carly
Trovare Ashlyn
Trovare Jodelle

Delta Duo
La forza di Gillian
La forza di Kinley
La forza di Aspen
La forza di Jayme
La forza di Riley
La forza di Devyn
La forza di Ember
La forza di Sierra

Armi & Amori: verso il futuro
Soccorrere Caite
Soccorrere Brenae
Soccorrere Sidney
Soccorrere Piper
Soccorrere Zoey
Soccorrere Avery

Soccorrere Kalee
Soccorrere Jane

Mercenari di Montagna
Difendere Allye
Difendere Chloe
Difendere Morgan
Difendere Harlow
Difendere Everly
Difendere Zara
Difendere Raven

Delta Force Heroes
Salvare Rayne
Salvare Emily
Salvare Harley
Il Matrimonio di Emily
Salvare Kassie
Salvare Bryn
Salvare Casey
Salvare Sadie
Salvare Wendy
Salvare Mary
Salvare Macie
Salvare Annie

Armi e Amori
Proteggere Caroline
Proteggere Alabama
Proteggere Fiona
Il Matrimonio di Caroline

Proteggere Summer
Proteggere Cheyenne
Proteggere Jessyka
Proteggere Julie
Proteggere Melody
Proteggere il Futuro
Proteggere Kiera
Proteggere i figli di Alabama
Proteggere Dakota

Ace Security
Il riscatto di Grace
Il riscatto di Alexis
Il riscatto di Bailey
Il riscatto di Felicity
Il riscatto di Sarah

Una raccolta di storie brevi
Un momento nel tempo

CAPITOLO UNO

«CI VAI SENZA DI ME?»

Remi Stephenson si trattenne dall'alzare gli occhi al cielo. A malapena. «Miles, ci siamo lasciati. Certo che vado senza di te.»

«Ma abbiamo organizzato questo viaggio alle Hawaii insieme» si lamentò il suo ex fidanzato.

Remi si chiese se era sempre stato così irritante e lei si fosse semplicemente rifiutata di vederlo. Scosse la testa tra sé e sé. *Certo* che era sempre stato così. Marley, la sua migliore amica, non aveva cercato di dirle un sacco di volte che Miles era un idiota?

Aveva rotto con lui poco più di una settimana prima, dopo che le aveva dato buca per quella che le era sembrata la centesima volta, e l'aveva combinata così grossa che non aveva potuto chiudere un occhio o scusare la sua stronzaggine. Le aveva mandato per sbaglio un messaggio destinato alla donna con cui andava a letto alle sue spalle.

. . .

Miles: *Remi non sospetta nulla. Le ho detto che ho preso l'influenza. Quindi abbiamo a disposizione almeno i prossimi due o tre giorni per stare insieme prima che debba rivederla. Non vedo l'ora di essere con te, tesoro. Ci vediamo tra una mezz'oretta, indossa quel vestito rosso che mi piace tanto.*

Remi supponeva che avrebbe dovuto essere più turbata o arrabbiata per il fatto che il suo ragazzo l'avesse tradita, ma in realtà si era sentita sollevata. Non era un uomo molto gentile, anche se lo aveva giustificato più volte. Ora avrebbe smesso anche *lei* di esserlo.

«Mi hai sentito?» Miles si lagnò di nuovo. «Abbiamo organizzato questo viaggio insieme. Tutto, dall'albergo alle attività che volevamo fare.»

«Ti sbagli» replicò lei aggrottando la fronte. «L'ho organizzato *io*. Da sola. L'unica cosa che ti interessava era l'albergo in cui avremmo alloggiato, e assicurarti che prenotassi nei ristoranti più costosi della città.»

«Non è vero.»

Adesso basta. «Perché sei qui, Miles?» Quando prima aveva bussato alla porta era convinta che fosse Marley. La sua amica stava andando lì per passare insieme qualche ora. Avevano programmato di guardare un film e di rilassarsi sul divano, cosa che non facevano da molto tempo. Marley aveva una vita impegnata con il marito e i due figli, e Remi aveva dedicato tutte le sue energie a far funzionare la relazione con Miles, cosa di cui si stava decisamente pentendo.

Ma quando aveva aperto si era ritrovata lui di fronte... e ora era stanca di sentirlo piagnucolare.

«Sono qui perché so di aver fatto un casino. Voglio stare con *te*.»

Lei alzò gli occhi al cielo. Aveva trentacinque anni. Era troppo vecchia per credere alle sue stronzate. «No, non è vero. Forse lo volevi un anno e mezzo fa, quando abbiamo iniziato a frequentarci, ma ora vuoi stare con la spogliarellista con cui mi hai tradito. Oh... e vuoi i miei soldi. A te basta solo fare ciò che vuoi, quando vuoi, fregandotene se nel frattempo calpesti i sentimenti di qualcuno.»

Miles si alzò in piedi. Remi non lo aveva invitato a sedersi. Non lo aveva proprio invitato a entrare in casa, una volta aperta la porta l'aveva praticamente oltrepassata.

«Sei proprio una stronza» sibilò in tono duro.

Lei si mise a ridere, non riuscendo proprio a trattenersi.

«Pensi che sia divertente?» le disse, facendo un passo verso di lei. «E se non mi porti con te, voglio la metà dei soldi del viaggio!»

Quello fece svanire il suo sorriso. «No. Non è affatto *divertente*. Hai una bella faccia tosta a venire qui a lamentarti perché vado alle Hawaii senza di te. Miles, mi *hai* tradita. Con una cazzo di spogliarellista. È talmente un cliché da essere ridicolo. Andrò alle Hawaii senza di te. Andrò a fare snorkeling, allo zoo, a camminare fino alla cima del Diamond Head, a mangiare la torta hula da Duke's, a guardare i surfisti a Waikiki. Andrò sulla North Shore a cenare con il cibo preso da un food truck, a perdermi nel labirinto di ananas della piantagione Dole, e flirterò ogni sera con degli sconosciuti sexy al bar dell'hotel mentre sorseggio una bevanda alcolica fruttata.»

L'ultima parte fu un po' forzata perché non era il tipo che flirtava. Era un'introversa e non avrebbe nemmeno saputo cosa dire a un attraente sconosciuto. Ma visto che era lanciata accantonò quel pensiero. «E perché *non dovrei* fare questo viaggio? L'ho pagato io! I biglietti aerei, l'albergo, le escursioni, tutto quanto... tu non hai pagato nulla, quindi non *avrai* nulla. Per una volta mi divertirò, senza dovermi preoccupare di cercare di compiacerti.»

«Non ti sei *mai* preoccupata di questo» sbraitò lui, con il viso rosso di rabbia.

Remi non capiva da dove arrivasse quella furia. Il Miles che conosceva era piuttosto rilassato. Ma d'altra parte, lei aveva sempre fatto tutto ciò che aveva voluto lui, quindi perché ora non avrebbe dovuto comportarsi così?

«Sei una stronza» ripeté. «Una stronza brutta e grassa! Ti interessa solo startene in casa a disegnare i tuoi stupidi fumetti. Sei stata *fortunata* ad avermi come fidanzato. Ti ho fatto un favore.»

«Un favore?» chiese incredula.

«Sì. Sei una cazzo di nerd. Patetica. Non hai amici, a parte quella stronza di Marley, e a letto fai schifo. Non hai una vita. Stavo cercando di aiutarti a cambiare in meglio, ma invece di voler uscire a divertirti, o imparare a succhiare il cazzo come una *vera* donna, tutto ciò che vuoi fare è stare qui. Sei *noiosa*, Remi. Finirai come una di quelle disgustose gattare... vecchia, obesa, puzzolente perché la tua casa sarà invasa da venti gatti, e ti accontenterai di stare sul tuo divano a leggere o a disegnare quei tuoi fumetti del cazzo.»

La prima cosa che pensò fu che ciò che aveva descritto non era proprio brutto. Leggere e disegnare circondata dai gatti? Dove doveva firmare?

La seconda... che razza di *bastardo*.

«Vattene» gli disse, indicando la porta.

«Non ho finito» ribatté pomposamente.

«Sì, invece.»

«Cosa vuoi fare? Mi *costringerai* ad andarmene?» le chiese con un cipiglio malvagio, incrociando le braccia sul petto.

Remi provò per la prima volta una leggera inquietudine. Non aveva mai avuto paura di lui, ma in quel momento la stava spaventando.

«Come pensavo. Non sai fare un cazzo.»

Fissò il suo ex per un attimo, poi gli voltò le spalle e si diresse verso il breve corridoio che portava al piccolo garage.

«Dove stai andando? Non ho finito di parlare con te» le gridò. «Aspetta... fermati! *Non farlo*, Remi.»

Ma ormai aveva già premuto il pulsante antipanico del sistema di sicurezza.

«Cazzo! Perché l'hai fatto?» le chiese, tornando al tono lagnoso.

«Ti avevo detto di andartene. Pensavi che sarei stata come una di quelle donne dei film che ami guardare, che sono troppo stupide per vivere e se ne stanno lì senza far niente mentre i loro ex fidanzati le picchiano? Scordatelo. Vattene, Miles. Non voglio vederti mai più. Non voglio più parlare con te. Non me ne frega un cazzo se ti viene una malattia sessualmente trasmissibile e ti cade l'uccello.»

«Come sei gentile.»

«Sono anche *troppo* gentile» replicò.

Mentre si fissavano il telefono di Remi iniziò a squillare nell'altra stanza.

«È la società di sicurezza che vuole sapere se va tutto

bene» gli disse. «E se non risponderò, diranno ai poliziotti di intervenire e arriveranno in pochi minuti. *Vattene.*»

Trattenne il respiro. La verità era che il suo cuore batteva a mille e aveva le mani sudate. Non le piacevano i litigi, ma non aveva intenzione di desistere.

«Vaffanculo!» sbottò Miles. «Bene, vai alle Hawaii da sola. Spero che faccia schifo. Spero che nella tua stanza ci siano le cimici del letto, che il cibo sia terribile e che tu venga lasciata in mezzo al cazzo di oceano durante quella stupida gita per fare snorkeling che hai insistito di prenotare anche se sai che soffro di mal di mare.»

Remi non rispose. Si limitò a rimanere accanto al pannello dell'allarme a fissare quello che aveva creduto fosse un uomo mite... e troppo innamorato dei soldi della sua famiglia per osare parlarle in quel modo.

Miles fece un passo verso di lei, che non capì cos'avesse intenzione di fare, ma si fermò quando finalmente si sentì il suono delle sirene. La fissò con i pugni stretti per un altro istante.

«Che diavolo sta succedendo?»

Ogni muscolo del corpo di Remi si rilassò.

Marley. La sua migliore amica era tosta. Tutto ciò che *lei* non era. E il fatto che fosse arrivata proprio quando ne aveva bisogno, sembrò un vero miracolo.

«Miles se ne stava andando. Giusto?» disse al suo ex.

«Stronza» mormorò di nuovo – quell'insulto stava stufando – prima di girarsi e andare verso la porta d'ingresso. Sfiorò la spalla di Marley con la sua, spostandogliela un po'. Ma la sua migliore amica non indietreggiò, anzi, rimase ben piantata coi piedi per terra e lo sguardo fisso su di lui, che aprì con furia la porta e la sbatté dietro di sé.

Remi si accasciò contro il muro. Non riusciva a credere a ciò che era appena successo. Poi sentì lo squillo del telefono e corse a prenderlo in salotto. Rispose trafelata, disse alla donna della società di sicurezza la sua parola in codice e spiegò la situazione. Ormai era troppo tardi per bloccare l'arrivo della polizia, il che le andava bene. Si sarebbe assicurata che gli agenti prendessero nota di quanto accaduto con il suo ex, per ogni evenienza.

———

Un'ora più tardi, Remi era finalmente seduta sul divano con un bicchiere di vino in mano e la sua migliore amica accanto a lei che la guardava preoccupata.

«Non posso credere che abbia avuto il coraggio di dire tutte quelle stronzate» disse Marley accigliata.

Remi aveva raccontato ciò che era successo alla polizia e, ovviamente, lei aveva sentito tutto. I poliziotti avevano raccolto la sua dichiarazione dicendole di assicurarsi di chiudere la porta a chiave e di tenere attivato il sistema di allarme, poi se n'erano andati.

«Infatti! E Miles pensava davvero che dirmi che sarei diventata una gattara fosse un insulto» disse, cercando di sdrammatizzare.

Marley scosse la testa. «Per noi è morto» dichiarò con enfasi. «Il suo nome non dovrà mai più essere pronunciato dalle nostre labbra. Da ora in poi lo chiameremo Cazzone.»

Remi rise. Più precisamente, rise sbuffando. Marley era evidentemente influenzata dalla figlia dodicenne, che al momento era in corsa per vincere la corona di "regina melodrammatica dell'anno".

Le labbra di Marley guizzarono mentre lottava per trattenere un sorriso. «Dico sul serio.»

«Lo so. D'ora in poi Cazzone non esiste più.»

«Bene.» La sua amica le prese la mano. «Sei sicura di stare bene? Sembra che la situazione sia stata intensa.»

«Non è iniziata così. Cazzone è venuto qui per implorarmi di tornare con lui. In realtà per implorarmi di portarlo alle Hawaii. E credo pensasse che sarebbe stato facile. Non gli sono mai piaciuta davvero, Marl, è stato con me per i miei soldi. Si tratta *sempre* di quello.»

«Là fuori c'è qualcuno per te. Un uomo che ti vedrà per quello che sei: una donna straordinaria, talentuosa, bella e sensuale.»

Remi sospirò. Voleva bene alla sua amica perché le dava sempre il suo sostegno, ma sapeva cosa era e cosa non era. Il suo ex non aveva tutti i torti. *Era* una nerd. Aveva qualche chilo di troppo e sicuramente era molto più contenta di starsene in casa a disegnare un fumetto piuttosto che uscire e farsi vedere in giro. Ma il fatto era che... le andava bene così. Non desiderava essere più alta, più magra, più bella o più socievole. Le piaceva la sua vita. Desiderava solo avere qualcuno con cui condividerla.

«Lo so» disse dopo un po'.

La sua migliore amica, che la conosceva bene come nessun altro, non le contestò quella risposta tutt'altro che esuberante, cambiò invece argomento. «Allora... vai davvero alle Hawaii da sola?»

Remi si raddrizzò a sedere e annuì. «Sì. Fino a stasera ero un po' indecisa, ma ora ci andrò di sicuro.»

«Buon per te. Vorrei poter venire anch'io» disse Marley con tristezza.

«Lo so. Ma hai troppe cose da fare qui. Faremo un viaggio solo noi due un'altra volta.»

«Ti prendo in parola. Sono così orgogliosa di te, Remi. Promettimi solo che non resterai nella tua stanza d'albergo per tutto il tempo. Che uscirai davvero e farai tutte le cose che hai prenotato.»

«Lo farò. Voglio dire, sono sicura che passerò un po' di tempo chiusa nella mia stanza. Dopotutto ho pagato per quella meravigliosa camera d'angolo con vista sull'oceano. Dovrò pur sfruttare al meglio i miei soldi. Ma voglio esplorare. Voglio vedere la North Shore, prendere il famoso gelato all'ananas e assaggiare la torta hula di cui tutti parlano. E voglio fare snorkeling. Ho sentito dire che le tartarughe sono ovunque alle Hawaii. Voglio vederne una in libertà.»

«Sarà meglio che tu faccia un sacco di foto» la avvertì.

«Ovvio.»

«E mandamele» proseguì la sua migliore amica. «Avrò bisogno di prove di vita quotidiana da parte tua o chiamerò la polizia perché irrompa nella tua stanza e mi assicuri che stai bene.»

Remi rise e sbuffò di nuovo. Dio, era proprio imbranata. Avrebbe voluto avere una risata carina, ma fortunatamente a Marley non importava che suonasse strana. «Lo *faresti*, vero?»

«Certo. Ti voglio bene. Chi altro c'è sempre stato per me?»

Sorprendentemente le vennero le lacrime agli occhi. La verità era che Marley c'era sempre stata per lei, non il contrario. Guardando dall'esterno, Remi aveva tutto. I suoi genitori erano ricchi, viveva in un bella villetta, aveva un armadio pieno di vestiti firmati... ma non aveva amici al di fuori di Marley. Era sola praticamente da tutta la vita.

Era sempre stata eccentrica, fin da bambina. Aveva

sempre amato disegnare e scarabocchiare, facendolo in ogni momento possibile e preferendolo ai giochi all'aria aperta con i suoi compagni di classe. Gli altri bambini non l'avevano mai capita, ed essendo diversa da loro, era stata un bersaglio facile per le prese in giro.

Marley aveva penetrato tutte le sue barriere e, sostanzialmente, in terza elementare le aveva comunicato che sarebbero diventate migliori amiche. Tutto là.

«Non piangere! Se cominci mi farai crollare e sai che sono brutta da vedere quando piango!»

Era vero. Marley poteva anche essere bella e minuta, con dei splendidi e folti capelli rossi e occhi verdi che sembravano l'acqua dei Caraibi, ma quando piangeva il suo viso diventava rosso, chiazzato e con gli occhi iniettati di sangue, ed era un disastro.

«Bene, allora che film guardiamo?» chiese Remi asciugandosi le lacrime.

«Sicuramente *La rivincita delle bionde*! Adoro vedere, coso lì, prendersi quello che si merita!» esclamò Marley.

Remi sorrise. Non era sorpresa che avesse scelto proprio quello. A dire il vero, era anche uno dei suoi film preferiti, e aveva bisogno di guardare qualcosa in cui alla fine l'ex fidanzato non l'avesse vinta.

Prese il telecomando, cliccò sull'applicazione di streaming che lo trasmetteva e lo fece partire.

Marley si appoggiò a lei e disse con dolcezza: «È Cazzone a perderci. Forse ora non lo sa, ma ha fatto una stronzata e ha perso la cosa migliore che gli fosse mai capitata. Troverai la persona giusta per te, Remi. Lo so.»

Annuì, ma non ne era così sicura. Sentiva il tempo scorrere. Stava invecchiando e non aveva ancora trovato un uomo che sapesse guardare oltre ai soldi della sua famiglia e alla sua facciata introversa per scoprire la donna che c'era dietro. Era più che pronta ad amare qualcuno, semplicemente non aveva trovato un uomo a cui piacesse esattamente com'era.

Bevve un sorso di vino per scacciare dalla mente quei pensieri deprimenti, e si mise a guardare Elle Woods fare il culo a un avvocato.

CAPITOLO DUE

«HAI DAVVERO intenzione di andare alle Hawaii da solo?» chiese Safe.

Vincent "Kevlar" Hill sorrise. «Certo che sì!»

Smiley sollevò una mano e aspettò che lui gli desse il cinque.

«Buon per te» convenne Preacher.

«Hai fegato» aggiunse MacGyver.

«Sarà più facile scopare senza la palla al piede» disse Howler con un ghigno.

Flash gli diede uno schiaffo sulla nuca. «Sei osceno, amico!» esclamò.

Kevlar non si scompose per gli sfottò dei suoi amici. Erano uomini per cui sarebbe morto e che avrebbero fatto altrettanto per lui. In quanto Navy SEAL, avevano affrontato insieme esperienze terribili e ne erano usciti per lo più indenni.

Al momento erano seduti all'Aces Bar and Grill, un locale

vicino alla base navale dove erano di stanza. In passato, quel bar era stato *il* posto in cui uomini e donne cercavano un'avventura sessuale senza legami. Ma da quando, alcuni anni prima, Jessyka Sawyer ne era diventata la proprietaria, il locale si era trasformato in un luogo di ritrovo tranquillo per soldati della Marina, e non era più un posto per rimorchiare.

Il che andava benissimo a Kevlar. Aveva affrontato anche lui la fase in cui gli piaceva fare sesso occasionale con donne attraenti che volevano solo andare a letto con un Navy SEAL, ma ora che aveva trentacinque anni quello stile di vita aveva perso completamente il suo fascino. Forse erano state tutte le missioni in cui aveva rischiato di morire a mettere in luce ciò che era davvero importante nella vita. Forse era stato vedere le ripercussioni che avevano quel tipo di relazioni tramite altri SEAL che conosceva: dalle gravidanze inaspettate alle malattie sessualmente trasmissibili.

Ma, più probabilmente, era stato osservare i rapporti che avevano i suoi mentori con le loro mogli e figli.

Il suo amico Wolf Steel, e tutti i suoi ex compagni di squadra, erano rimasti nell'area di Riverton dopo essersi ritirati dalla Marina, per contribuire ad addestrare e guidare i SEAL che si alternavano nella base. Fin dal primo momento in cui aveva incontrato quell'uomo, aveva sentito un legame con lui e la sua squadra. Erano leggendari nel loro ambiente, e tutti conoscevano le loro statistiche, il numero di missioni a cui avevano partecipato e tutto ciò che avevano fatto.

Ma per Kevlar la cosa più impressionante era l'affiatamento che avevano con le loro famiglie e tra di loro. Quegli uomini erano stati compagni di squadra sul campo di battaglia e lo erano anche nella vita. Era qualcosa di estremamente raro. Kevlar lo sapeva, così come lo sapevano Wolf e gli altri.

Chiunque avesse creato problemi alle loro mogli o ai loro figli, si sarebbe trovato di fronte sette ex Navy SEAL incazzati che non avrebbero esitato a fare tutto il necessario per placare qualsiasi minaccia affliggesse le loro famiglie.

Guardando intorno al tavolo dell'Aces Bar and Grill, Kevlar sentì lo stesso legame con gli uomini del suo team. Ne era il leader, una posizione che non prendeva alla leggera, e si sentiva responsabile di ognuno dei ragazzi, sia in missione sia a casa. Aveva sempre avuto quello che qualcuno avrebbe definito un *esagerato* senso di responsabilità nei confronti degli altri.

Solo uno dei suoi compagni di squadra aveva frequentato il suo stesso corso di addestramento BUD/S. Brandon "Howler" Starrett era più giovane di lui, dato che Kevlar aveva scelto di entrare in Marina solo dopo aver dovuto lasciare il college per scarso rendimento ed essersi arrabattato per qualche anno mentre cercava di capire cosa voleva fare. Howler invece aveva deciso fin da bambino di voler diventare un SEAL. Si erano fatti forza l'un l'altro durante la Hell Week, la settimana infernale, e non solo. Ogni volta che avrebbero voluto suonare la campana, mollare tutto, si erano convinti a vicenda a resistere ancora un giorno.

E ora eccoli lì, a prestare servizio insieme nella stessa squadra. Kevlar era orgoglioso di entrambi per i traguardi raggiunti. Era un onore far parte dello stesso team.

Ma gli altri uomini erano altrettanto importanti per lui. Bo "Safe" Cyders, Jude "Smiley" Stark, Shawn "Preacher" Franklin, Ricardo "MacGyver" Douglas e Wade "Flash" Gordon erano più che semplici compagni di squadra. Erano una famiglia. E in quanto tale, significava che a volte si tormentavano tra loro, che si prendevano in giro e non perdevano occasione di ficcare il naso negli affari degli altri.

Non appena si erano trovati all'Aces per bere qualcosa, aveva raccontato loro della sua decisione di non annullare il viaggio alle Hawaii che aveva programmato con la sua ex. Sapevano tutti che aveva rotto con Bertie, la donna che aveva frequentato nell'ultimo anno. Avevano appoggiato la sua decisione, ma non era stata una sorpresa, perché Kevlar sapeva bene che la sua ex non piaceva a nessuno dei suoi compagni. Il sollievo che aveva provato quando era stata lei a lasciarlo gli aveva fatto capire quanto fosse stata sbagliata la loro relazione. Aveva tenuto duro per motivi che non sapeva nemmeno. Avrebbe dovuto avere le palle di chiudere lui il rapporto, ma in ogni caso era stata una liberazione.

«Visto che ho pagato l'intera vacanza e che il biglietto aereo non è rimborsabile, ho deciso che tanto vale andarci» spiegò agli amici.

«Penso che sia fantastico» gli disse Flash.

«Anch'io. Ma cosa ne pensa Bertie?» chiese Preacher.

Kevlar gli lanciò un'occhiata significativa. «Non è contenta.»

Gli altri ridacchiarono.

«Intendi dire che ha dato in escandescenze» lo corresse MacGyver.

«Più o meno» ammise.

«Però è stata *lei* a lasciarti» sostenne Safe. «Quindi, di che si lamenta?»

«Credo pensasse che sarei stato un gentiluomo o qualcosa del genere, e che l'avrei lasciata andare con una delle sue amiche» rispose con un'alzata di spalle.

«Certo» mormorò Smiley.

«Avresti dovuto lasciarla andare» disse Howler con nonchalance, mentre beveva un sorso della sua birra. «Se tu non stessi per partire, avremmo potuto andare in missione in Siria.»

Kevlar non si sarebbe sentito in colpa per quello. Era stato autorizzato con largo anticipo a prendersi una settimana di ferie, quindi era stata inviata un'altra squadra SEAL oltreoceano per quella missione. Sapeva che Howler avrebbe voluto andarci, ma si rifiutava di sentirsi in difetto per essersi preso un po' di tempo libero. Erano anni che non si concedeva una pausa. Accidenti, *nessuno* di loro se n'era concessa una. L'equilibrio tra lavoro e vita privata era sballato, qualcosa che aveva capito più profondamente dopo che Bertie aveva rotto con lui perché era sempre via.

Non era stata una sorpresa. Kevlar sapeva che lei era infelice a causa delle frequenti assenze e del poco tempo che le dedicava, ma sapeva a cosa sarebbe andata incontro quando aveva iniziato a frequentare un SEAL. E comunque non ci aveva messo molto a voltare pagina. Da quello che aveva sentito, stava già uscendo con un altro. Il commercialista che le faceva le tasse. Non sarebbe stato sorpreso se avesse scoperto che lo tradiva già da prima che si lasciassero ufficialmente.

Quel pensiero non lo turbava. Dire che con il tempo si erano allontanati era un eufemismo. Gli ultimi quattro mesi erano stati tutt'altro che salutari. Avevano litigato in continuazione e lei non ci aveva messo molto a mostrare un aspetto della sua personalità che aveva tenuto nascosto durante il periodo più felice della loro relazione. Bertie *odiava* quando non otteneva ciò che voleva. E il fatto di non poter andare alle Hawaii nel viaggio che aveva programmato, senza alcun contributo da parte sua anche se era stato disponibile a sedersi con lei e organizzare insieme ciò che avrebbero potuto fare durante la vacanza, l'aveva fatta incazzare di brutto.

«Smettila con questa missione siriana, Howler» disse Safe. «Goditi la pausa. Dio solo sa che ce la meritiamo.» «Come vuoi, amico» replicò.

«So che non hai intenzione di seguire l'itinerario stabilito da Bertie. Giusto?» chiese MacGyver. «Quando me l'hai accennato prevedeva un sacco di shopping e tour in autobus.» Kevlar fece una smorfia. «Già. No, non è proprio la mia idea di divertimento. Ho cancellato quasi tutte quelle stronzate. Per lo più mi arrangerò. Prenderò un'auto a noleggio e andrò in giro per l'isola. Troverò qualche buon ristorante, farò qualche escursione, cose del genere. Ma tengo di sicuro in programma l'immersione subacquea. Era l'unica cosa che non vedevo l'ora di fare.»

«Giusto, perché è stata l'unica proposta che hai fatto per l'intero viaggio» borbottò Preacher con un cipiglio.

Kevlar annuì. Era vero che l'immersione era stato il suo unico contributo alla pianificazione. Ma non aveva detto ai suoi amici dell'ennesimo litigio che aveva causato. Lei non voleva prenotare il tour semiprivato perché sarebbe stato noioso e non sapeva fare le immersioni. Le aveva risposto che avrebbe potuto fare snorkeling mentre lui si immergeva, ma non le era piaciuto quel suggerimento. E quando non aveva rinunciato, insistendo che quella era l'unica cosa di tutta la vacanza voluta da *lui*, se n'era andata via dal suo appartamento infuriata e non gli aveva parlato per due giorni.

Alla fine aveva ceduto e prenotato l'escursione, ma Kevlar aveva l'impressione che quando fosse arrivato il momento di salire sulla barca, probabilmente avrebbe trovato qualcos'altro da fare, o dichiarato di star male o un'altra scusa. E nemmeno quello lo avrebbe turbato più di tanto. Un'altra indicazione del fatto che la loro relazione non funzionava.

Ma sapeva perché non l'aveva chiusa prima: quando si trattava di cercare di mantenere un rapporto era testardo quanto lo era nella pianificazione delle missioni. La verità era che voleva ciò che avevano Wolf e gli altri suoi mentori. Una donna che lo amasse con ogni fibra del suo essere e che lui avrebbe ricambiato allo stesso modo. Alcune persone avrebbero potuto pensare che fosse irrealistico, che in quanto Navy SEAL sapeva bene di non dover desiderare una normale relazione. Ma lui non poteva farne a meno.

«Starai comunque in quell'albergo di lusso che ha scelto?» chiese Smiley.

Scosse la testa. «No, in uno più modesto. Non mi interessa molto dove starò, mi basta che le lenzuola siano pulite. Preferisco spendere i miei soldi per altre cose.»

Safe si sporse in avanti, i gomiti sul tavolo e la fronte aggrottata. «Continuerà a darti il tormento per questa faccenda?»

Era questo che gli piaceva dei suoi amici. Potevano essere degli stronzi irritanti che si impicciavano dei suoi affari, ma di fronte a cose importanti, si interessavano.

Il suo primo istinto fu quello di scuotere la testa, di snobbare le preoccupazioni di Safe, ma non ci riuscì. «Forse.»

«Cosa intendi?» chiese Howler. «Dobbiamo andare a casa sua e assicurarci che capisca che deve lasciarti in pace?»

Kevlar guardò l'amico, sorprendendosi di vederlo serio. «No. Prima di tutto non minaccerei mai una donna, per quanto stronza possa essere. E secondo, posso gestirla.»

«Che cos'ha combinato finora?» domandò Flash.

«Per lo più è stata solo fastidiosa» ammise.

«Che vorrebbe dire?» insistette Preacher. «Dai, amico, se dobbiamo coprirti le spalle abbiamo bisogno di informazioni.»

«Solo che passerà ogni minuto precedente al mio imbarco su quell'aereo per le Hawaii a cercare di convincermi a *lasciarla* andare al mio posto. Non le importa che abbia pagato io, pensa che visto che ha organizzato tutto, dovrebbe essere lei quella che parte.»

«Tieni duro, amico» gli disse Smiley.

«È quello che farò.»

«Bene.»

«Allora... cosa farete durante la nostra settimana libera?» chiese Kevlar.

Non fu molto sorpreso che nessuno avesse dei programmi concreti. MacGyver sarebbe andato a trovare la sua famiglia a Los Angeles nel fine settimana, ma gli altri non avevano pianificato nulla.

«Probabilmente andrò al Golden Oyster» disse Howler.

«Quel bar è una bettola» sostenne Flash, storcendo il naso disgustato.

«Sì, ma ci sono un sacco di donne che cercano di accalappiare un SEAL.»

Era in momenti come quello che a Kevlar sembrava di essere più vecchio del suo amico di decenni, invece che solo di sette anni.

«Non sei ancora stufo di quella roba?» gli domandò Preacher.

«Ecco l'uomo che fa "Preacher" di soprannome» lo stuzzicò Howler.

«Davvero, quel posto fa schifo» incalzò Smiley.

Ma Howler si limitò a scrollare le spalle. «Se non possiamo

andare a spaccare qualche culo in Siria, tanto vale divertirsi un po' mentre siamo costretti a stare in ferie.»

Odiava che il suo amico la pensasse così.

«Per quanto mi riguarda, sono felice di stare con le mani in mano» disse Flash.

«Idem» concordò Safe.

«Anche io» ammise Smiley con un cenno del capo.

«Vecchi bacucchi. Vi comportate come se foste dei settantenni invece che nel fiore degli anni» si lamentò Howler.

«Sono solo stufo di quei locali squallidi» sostenne Safe. «Non troverò l'amore della mia vita in un bar.»

«Non puoi saperlo. Un sacco di persone hanno trovato la loro anima gemella in un bar» ribatté Howler. «Accidenti, persino Jess, la proprietaria di questo posto, ha trovato qui il suo uomo.»

«È diverso» obiettò Safe.

«Davvero?» chiese Howler.

Kevlar non poteva obiettare. Tutti conoscevano la vicenda di Jessyka, che in passato faceva la cameriera proprio in quel bar, aveva fatto amicizia con Benny e i suoi amici, e il resto era storia.

Il campanello della porta d'ingresso tintinnò e i sette uomini al tavolo girarono la testa contemporaneamente per vedere chi fosse entrato. Era una cosa insita nel loro DNA; essere cauti, consapevoli di tutto ciò che li circondava, per ogni evenienza.

«È di nuovo qui» disse Howler a nessuno in particolare.

Intendeva Blink Davis, un collega SEAL che faceva parte di un altro team. Alla base circolavano voci che fosse in licenza di convalescenza – non per sua scelta – dopo che una missione particolarmente dura era andata storta. Tre dei suoi compagni di squadra erano stati uccisi, altri due erano ancora in ospedale con ferite che avevano messo fine alla loro carriera. Blink era stato l'unico a uscire fisicamente indenne da quell'operazione disastrosa.

Mentalmente, era un'altra storia. Qualsiasi cosa fosse successa in quella missione gli aveva incasinato la testa, e il suo comandante aveva deciso che non era ancora in grado di tornare in servizio attivo. Lo aveva costretto a prendere un congedo per rimettersi in sesto dai suoi problemi di salute mentale.

Da quello che poteva dire, Blink aveva trascorso la maggior parte della licenza all'Aces. Stava seduto al bar per ore e ore, senza parlare con nessuno, bevendo birra e guardando dritto davanti a sé.

«Patetico» mormorò Howler.

Kevlar gli lanciò un'occhiataccia. «Sei ingiusto» ringhiò.

«È finito, amico. Non potrà mai tornare nei team. Non puoi dirmi che lo vorresti in una squadra di cui *tu* sei il leader. Non con il suo stato mentale.»

«Non sai *qual è* il suo stato mentale» ribatté Smiley. «Non sai nulla di lui.»

«So quello che ho sentito dire. Che quando è scoppiato il caos è *scappato* invece di affrontare la situazione.»

«Da chi l'hai sentito dire?» chiese Kevlar a bassa voce.

«Perché non è affatto ciò che ho sentito io. E le informazioni le ho avute dal *suo* comandante, non da un gruppo di ragazzine pettegole in bagno.»

«Come vuoi» borbottò Howler. Bevve il resto della birra e sbatté il bicchiere sul tavolo. Poi spinse indietro la sedia e si alzò in piedi. «Vado al Golden Oyster. Qualcuno vuole smettere di stare seduto come un vecchio e venire con me?»

Quando nessuno parlò, alzò gli occhi al cielo e si diresse verso la porta.

«Non pagherò la sua birra» dichiarò Smiley dopo un attimo.

«Io nemmeno» concordò Flash.

«Ci penso io» disse Kevlar ai suoi amici.

«A volte è proprio uno stronzo» mormorò Safe scuotendo la testa.

Kevlar non dissentì. Ma d'altronde, tutti avevano i loro momenti di stronzaggine e lui non ce l'aveva con Howler. Era un SEAL dannatamente bravo e una risorsa per la loro squadra. Forse non era il più tollerante degli uomini, ma quando le cose andavano male, era un'ottima persona da avere alle spalle.

Guardò Blink accomodarsi al bar. Jessyka si avvicinò con una birra e gliela mise davanti prima di appoggiarsi al bancone e parlargli per qualche secondo, poi si allontanò per preparare un drink a un altro cliente.

«Quando parti per le Hawaii?» chiese Smiley, distogliendo l'attenzione di Kevlar dal SEAL solitario.

«Questo fine settimana. Bertie ha preso i biglietti in business class, così almeno potrò dormire un po' in aereo.»

«Ottimo. Buon per te. Spero che ti divertirai. Te lo meriti, Kevlar» gli disse Flash.

«Sì, lavori sodo e questa sarà una bella pausa per te» concordò Safe.

«Lo spero.»

«Segui la corrente e andrà tutto bene. Non è una missione pericolosa, quindi goditela» aggiunse Smiley.

«Cercherai di vedere Baker mentre sei lì?» chiese MacGyver.

«Sì. Anche se ora che ha una donna non so se avrà tempo per me» rispose con un'alzata di spalle.

«Conoscendo Baker, lo troverà» sostenne Preacher.

Baker era un ex SEAL che viveva nella North Shore di Oahu. Era più vecchio, ma ancora molto coinvolto nelle missioni. Kevlar non conosceva tutti i dettagli di ciò che faceva per il governo, ma dato che lui e la sua squadra avevano beneficiato più di una volta delle informazioni fornite da lui, non gli importava. Baker era una leggenda quasi quanto Tex... un altro ex SEAL che aveva fatto della protezione dei militari di tutti i reparti il lavoro della sua vita.

«Ringrazialo da parte nostra» disse Smiley. «Per la Nigeria.»

Sapeva esattamente cosa intendeva. Quella missione sarebbe durata il doppio se non fosse stato per le informazioni fornite da Baker. «Lo farò.»

«Be', questo vecchio ha intenzione di andare a dormire» dichiarò MacGyver.

«Anch'io» concordò Preacher.

«Chiamerò Howler più tardi per assicurarmi che sia arrivato a casa senza problemi» li avvisò Safe. «È il mio turno, e sono sicuro che hai delle cose da preparare per il viaggio, Kevlar.»

Era così, e per una volta non provò un briciolo di senso di colpa per non aver voglia di controllare il suo compagno dopo l'ennesima notte a rimorchiare in uno squallido bar. «Grazie, amico.»

«Non c'è bisogno di ringraziare» replicò Safe. «Howler a volte è un idiota, ma è sempre parte della famiglia.»

Una sensazione di calore gli pervase il petto. Aveva desiderato una squadra affiatata come quella fin dal primo giorno in cui aveva ricevuto la spilla Budweiser, ed era davvero grato di averla trovata.

«Se Bertie dovesse infastidirti troppo, faccelo sapere» disse Flash.

«E cosa farete?» chiese.

«Non lo so. Ma donna o meno, nessuno tormenta uno dei nostri.»

La sensazione di calore aumentò. «Grazie. Ma posso gestirla. È innocua.» In realtà non era sicuro di quell'ultima parte, ma non era necessario che i suoi amici lo sapessero. Più si avvicinava il giorno della partenza più la sua ex era fuori controllo. Non sapeva quale fosse il suo problema, dopotutto era stata *lei* a lasciarlo, ma sembrava eccessivamente turbata dal fatto che lui andasse alle Hawaii invece di darle i biglietti. Prima fosse partito, meglio sarebbe stato; una volta ufficialmente esaurite le sue possibilità di andare in vacanza, avrebbe smesso di lamentarsi e lo avrebbe lasciato in pace. Almeno sperava.

Tutti tirarono fuori il portafoglio e gettarono sul tavolo alcune banconote per coprire i costi delle bevande, poi si diressero verso la porta salutando Jessyka con la mano.

Kevlar si lanciò un'occhiata alle spalle prima di uscire dal bar e il suo sguardo si posò su Blink. Stava fissando il suo bicchiere come se fosse la cosa più affascinante che avesse mai visto. Nelle ultime tre settimane aveva cercato di parlare con lui un paio di volte, ma glielo aveva sempre impedito. Kevlar però non si sarebbe arreso; Blink era un SEAL dannatamente bravo.

Un bar non era il luogo adatto per riprovarci, e non era nemmeno il momento giusto, ma presto si sarebbe seduto con lui per fare una bella chiacchierata, che volesse o meno parlare. Non riusciva a sopportare di lasciar soffrire un compagno, quindi era determinato a fare uno sforzo in più. Salutò Jessyka con un cenno del mento e proseguì verso la porta. Doveva fare i bagagli. Per la prima volta da quando Bertie aveva rotto con lui, non vedeva l'ora di partire. Sarebbe stato un buon periodo di riposo prima di essere inviato in un'altra missione.

Non si aspettava che alle Hawaii accadesse qualcosa che gli avrebbe sconvolto l'esistenza. Stava semplicemente andando in vacanza. Avrebbe preso il sole, passato del tempo in acqua, mangiato del buon cibo, e poi sarebbe tornato a casa rigenerato e pronto a tornare alla solita vita.

Per quanto potesse desiderare di trovare una persona come la moglie del suo mentore, sapeva che le probabilità che ciò accadesse erano scarse finché fosse stato un SEAL. Troppe notti lontano da casa, troppi pericoli e incertezze. Prima se ne fosse fatto una ragione, meglio si sarebbe sentito.

CAPITOLO TRE

OGNI VOLTA che Marley o i suoi genitori le scrivevano un messaggio per sapere come stava andando il viaggio e per chiedere aggiornamenti, Remi si assicurava di rispondere solo con commenti positivi. Ma la verità era che... si sentiva più sola che mai.

Fare una vacanza per conto suo le era sembrato il paradiso, ma in realtà era dura, dato che era circondata da famiglie e coppie felici. Un giorno era andata a pranzo da Duke's, e sebbene il cibo fosse stato fantastico e il personale accogliente e amichevole, era stato un po' brutto stare seduta da sola mentre gli altri tavoli erano pieni di gente che si divertiva. Aveva noleggiato un'auto e guidato fino alla North Shore, ma era stato complicato guardare la mappa sul telefono e allo stesso tempo il panorama. E anche se il gelato all'ananas alla Dole Plantation era qualcosa di spettacolare, alla fine non era stata abbastanza coraggiosa da provare ad andare nel labirinto da sola.

Così, anche se il tempo era fantastico, l'hotel perfetto e i panorami bellissimi ovunque si guardasse, non era esattamente entusiasta del viaggio. Era rimasta nella sua stanza d'albergo a disegnare fumetti, molti dei quali probabilmente non sarebbero mai stati pubblicati perché erano piuttosto deprimenti, più tempo di quanto Marley avrebbe approvato. Era pronta a tornare a casa, nella sua villetta a San Diego, dove avrebbe potuto starsene alla sua postazione da disegno ed essere la noiosa e introversa Remi che il suo ex la accusava di essere.

Quella mattina c'era l'escursione di snorkeling, poi le rimaneva un altro giorno da trascorrere sull'isola prima di dover salire sull'aereo per il viaggio di ritorno.

Almeno quella era l'attività che aveva atteso con più trepidazione rispetto alle altre svolte fino a quel momento. Soprattutto perché aveva prenotato un tour semiprivato, così non avrebbe dovuto fare conversazione con grandi gruppi di turisti sorridenti. Da quello che aveva capito dalla mail ricevuta, solo un altro cliente aveva prenotato il tour. Naturalmente, se quella persona fosse stata fastidiosa avrebbe potuto rovinarle la gita con la stessa facilità con cui lo avrebbe fatto una barca sovraccarica di turisti urlanti, quindi Remi incrociò le dita nella speranza che chiunque avesse prenotato la costosa escursione sarebbe stato per i fatti suoi.

Mise in borsa la crema solare, il cappello, gli occhiali da sole, l'asciugamano, le mentine per quando sarebbe uscita dall'acqua, e pensò per un attimo di portare con sé un blocco di carta e alcune matite, ma alla fine se lo impedì. Era determinata a vivere nel momento in quel viaggio. A godersi il mare e a non avere la testa immersa nei suoi album da disegno.

Dopo aver indossato il costume da bagno e il bel copricostume che Marley l'aveva convinta a comprare prima di partire, si mise la borsa in spalla e fece un respiro profondo. Poi uscì dalla stanza d'albergo per prendere il taxi che l'avrebbe portata al molo, dove ci sarebbe stata la barca ad aspettarla.

———

Kevlar si stava divertendo in vacanza, anche se era strano essere da solo. Aveva passato la maggior parte della sua vita in mezzo agli altri. Anche quando non stava frequentando qualcuno, era con la sua squadra o con il personale della Marina alla base. Alle Hawaii era circondato da un sacco di persone, ma lo ignoravano tutte. Nessuno gli parlava direttamente, a meno che non si trattasse di qualcuno che offriva dei servizi, tipo per chiedergli l'ordinazione o per informarsi se c'era qualcosa che potevano fare per lui.

Lì, alle Hawaii, era quasi invisibile.

Scosse la testa ridacchiando. Era davvero diventato così presuntuoso da voler essere adulato solo perché era un SEAL? No, non si trattava di quello. Più che altro si era *abituato* alle attenzioni che riceveva per via della sua professione.

Quel viaggio gli avrebbe fatto bene. Era un modo per tornare con i piedi per terra. Per riflettere su chi fosse come persona. Aveva trascorso molto tempo a osservare le famiglie che alloggiavano nel suo hotel interagire con i loro cari. Un pomeriggio si era seduto sulla spiaggia di Waikiki a guardare la gente, ed era stato affascinante. Gli piaceva non avere idea di chi fossero gli uomini e le donne che incrociavano il suo cammino. Potevano essere commessi di un grande magazzino o amministratori delegati di aziende multimilionarie. Ma sulla spiaggia non aveva importanza perché erano tutte persone, villeggianti o abitanti del luogo, che si divertivano sulla sabbia e con il surf.

Quell'esperienza lo aveva reso umile. Lì il suo addestramento non contava. Non era ammirato o guardato dall'alto in basso. Era semplicemente un altro turista sulla spiaggia. Ridacchiò tra sé e sé, rendendosi conto che stava diventando un po' troppo filosofico. Non poté fare a meno di chiedersi come sarebbe andato il viaggio se ci fosse stata anche Bertie. Probabilmente sarebbe stato stressante. Lo avrebbe assillato per una cosa dopo l'altra: si sarebbe lamentata per il temporale che si era scatenato un pomeriggio e che aveva inzuppato tutti sulla spiaggia, avrebbe passato il tempo a fare shopping nei negozi di lusso invece di immergersi nell'atmosfera e nella cultura dell'isola.

No, fare quel viaggio da solo era stata la decisione giusta. Anche se Bertie continuava a mandargli messaggi incazzati. Per lui non aveva senso, ma a quanto pareva il fatto che fosse andato alle Hawaii aveva davvero toccato un tasto dolente, e ora lei lo tormentava da migliaia di chilometri di distanza, probabilmente sperando di rovinargli la vacanza.

Ma non sarebbe successo. Gli rimanevano ancora due giorni prima di dover tornare a Riverton. L'indomani aveva intenzione di andare nella North Shore a trovare Baker e sua moglie. Non vedeva l'ora di incontrare l'uomo con cui aveva parlato solo al telefono e via mail. Non era un tipo molto loquace, ma da quando si era messo con Jodelle sembrava decisamente più rilassato.

Quella mattina Kevlar avrebbe fatto l'immersione subacquea, l'unica cosa che non aveva visto l'ora di fare. Era molto bravo in acqua, ovviamente, ma di solito lo faceva per lavoro. Quel giorno si sarebbe preso il suo tempo, avrebbe ammirato la bellezza delle Hawaii e del mare intorno all'isola.

Bertie aveva prenotato un'escursione semiprivata... probabilmente sperando che lui le chiedesse di sposarlo, anche se non erano mai stati minimamente vicini a quel livello di impegno nella loro relazione. Non era affatto turbato dal costo del tour, perché sarebbe valso fino all'ultimo centesimo. Per quanto gli piacesse osservare la gente sulla spiaggia, se molte di quelle persone avessero fatto delle immersioni avrebbero spaventato la fauna marina. Il capitano della barca aveva inviato una mail con i dettagli dell'ultimo minuto e lo aveva informato che ci sarebbe stata solo un'altra cliente a bordo, ma che non era certificata per le immersioni, quindi avrebbe fatto snorkeling. Il che gli andava bene. Lui sarebbe stato in profondità e lei in superficie.

Sorridendo si mise la borsa con l'attrezzatura in spalla. Era stata una sofferenza portare tutto con sé, ma era troppo maniacale per usare l'attrezzatura di qualcun altro. Conosceva la sua bombola e il resto dell'equipaggiamento come le sue tasche. Era in grado di risolvere i problemi senza esitare, cosa che gli aveva salvato la vita più di una volta durante una missione. Se voleva veramente rilassarsi e godersi l'immersione, doveva usare l'attrezzatura con cui si sentiva a suo agio.

Chiuse la porta della camera d'albergo e si diresse verso la hall per andare a prendere un taxi per il molo. Era prevista una bella giornata e non vedeva l'ora di immergersi in acqua... per piacere invece che per una missione.

———

Remi cercò di non fissare l'uomo che si era unito al tour sulla piccola barca. Era estremamente affascinante. Era l'unico modo in cui poteva descriverlo. Aveva un'ombra di barba, come se non si fosse preoccupato di radersi durante la vacanza. I capelli castano chiaro erano corti e aveva gli occhi azzurri più penetranti che avesse mai visto. Indossava una maglietta bianca e un paio di pantaloncini da mare neri e blu che mettevano in risalto le gambe muscolose. Accidenti, persino le sue dita dei piedi erano attraenti... ed era il pensiero più ridicolo del mondo, perché i piedi erano disgustosi.

Almeno quelli di Cazzone.

Remi scosse la testa. No, quel giorno non avrebbe pensato a quell'idiota. Era su una barca che viaggiava leggera sull'acqua, il sole splendeva e si sarebbe divertita.

L'altro ospite si era presentato come Vincent, poi era andato nella cabina di pilotaggio con il capitano, lasciandola da sola nella poppa dell'imbarcazione... il che le andava bene. Non avrebbe saputo di cosa parlare con un uomo che era così palesemente fuori dalla sua portata.

Tuttavia... i suoi occhi tornarono alla cabina e lo fissò mentre parlava con l'altro uomo. Sembrava sicuro di sé, e chiaramente non aveva problemi a intrattenere una conversazione. Quando incrociò le braccia sul petto, i muscoli degli avambracci si gonfiarono.

Remi pensò a come lo avrebbe disegnato, che tipo di personalità gli avrebbe dato in uno dei suoi fumetti. Sarebbe stato un personaggio divertente, uno di cui tutti volevano essere amici. Ma avrebbe avuto un segreto, qualcosa che lo tormentava e che non condivideva mai con nessuno.

Fece un respiro profondo, distolse lo sguardo dallo sconosciuto e si voltò a guardare le onde, mentre si dirigevano verso il luogo in cui avrebbero fatto snorkeling. O immersioni nel caso di Vincent. E ciò era una cosa positiva, perché se avessero nuotato insieme non aveva idea di cosa avrebbe potuto parlare. Non era brava nelle situazioni informali. Non lo era mai stata. Marley era quella estroversa. Quella che riusciva ad affascinare chiunque incontrasse.

Lei era... Remi.

Sospirò e chiuse gli occhi, alzando il viso verso il sole. Si rifiutava di pensare a qualcosa che non fosse divertirsi. Una volta arrivati nel luogo in cui li stavano portando, il suo compagno di viaggio si sarebbe immerso in acque profonde e lei avrebbe fatto snorkeling vicino alla superficie. Dopo aver osservato alcune aree, sarebbero risaliti in barca, avrebbero mangiato i tacos che il capitano aveva promesso loro – cosa ironica, in realtà, considerando quello che faceva per vivere – e sarebbero tornati ai rispettivi hotel di Oahu.

Non aveva bisogno di impressionare lui o chiunque altro. Erano estranei che condividevano un'escursione. Tutto lì.

———

Kevlar non aveva idea del perché il suo sguardo continuasse a tornare alla donna che aveva conosciuto quando era arrivato al molo. Forse perché era diversa dalla maggior parte di quelle che incontrava ultimamente. Era chiaro che frequentasse i posti sbagliati se trovava insolito incontrare una donna che gli stringeva educatamente la mano, gli faceva un piccolo sorriso e non ci provava subito con lui.

Ma per qualche motivo, anche mentre parlava con il capitano, il suo sguardo continuava a spostarsi verso dove era seduta lei. Come in quel momento. Aveva la testa inclinata all'indietro e un piccolo sorriso sul volto, e si chiese a cosa stesse pensando, perché una donna così bella andasse a fare snorkeling da sola. Pensò che avesse circa trent'anni, e doveva sicuramente avere un marito e dei figli. Non riusciva a immaginare perché non avrebbe dovuto. Forse stavano facendo qualcosa che a lei non piaceva, così il marito l'aveva viziata regalandole un'escursione privata.

«Non parla molto» disse il capitano, che aveva notato dov'era rivolto il suo sguardo. Di nuovo.

Kevlar si voltò a osservarlo. Era piuttosto trasandato. Indossava dei pantaloncini da mare, proprio come lui, ma la sua maglietta aveva alcuni buchi e il colore era sbiadito dal sole. Se *lui* avesse gestito un'attività di escursioni private, avrebbe fatto il possibile per presentarsi pulito agli ospiti. Ma in fondo, cosa ne sapeva?

«La ragazza» continuò, come se non lo avesse sentito, «non parla molto. E per me va bene. Mi piacciono silenziose e compiacenti.» Ridacchiò delle sue parole.

Kevlar si accigliò. Quell'uomo non era stato del tutto inappropriato, ma era impossibile non notare l'allusione sessuale. Era una cosa scortese da dire a un cliente riguardo a un altro, e quel tizio non lo conosceva nemmeno.

«Immagino che essendo un SEAL e tutto il resto, sia abituato alle donne che le si gettano addosso. Credo che dovrà faticare un po' per domare quella lì.»

Ok, forse *sapeva* qualcosa su di lui. Si scervellò per cercare di ricordare se nelle loro comunicazioni avesse detto qualcosa sul suo lavoro, ma non gli venne in mente nulla. D'altra parte, era stata Bertie a organizzare il viaggio, quindi era possibile che l'avesse informato che, essendo un SEAL, avrebbe portato la sua attrezzatura.

«È qui da sola» proseguì il capitano. «Non ha un fidanzato. Avrebbe dovuto essere qui con qualcuno, come lei, ma la settimana scorsa ha mandato una mail dicendo che sarebbe venuta da sola.» L'uomo sorrise. «Quindi se voi due voleste... sa... sentitevi liberi. Rimarrò girato di spalle e mi farò gli affari miei.»

Quel tizio era disgustoso. Non gli era sfuggita la piccola telecamera puntata proprio sui divanetti a poppa della barca. Non aveva intenzione di fare sesso con la bella sconosciuta seduta al sole, così come non l'avrebbe fatto con Bertie.

«Non ci si comporta così» disse Kevlar con un basso ringhio. «Fa il pervertito con tutti i suoi clienti paganti?»

Sentendo chiaramente il disgusto nella sua voce, l'uomo si raddrizzò, e quando rispose il tono allusivo era scomparso. «No, scusi. Certo che no. Ho solo pensato...» si interruppe.

«Ha pensato cosa?» chiese, irritandosi sempre di più ogni volta che quel tizio apriva bocca.

«Niente. Ha ragione. È stato scortese e inopportuno» replicò in modo adeguatamente intimidito.

Kevlar pensò che quello stronzo stesse solo dicendo ciò che pensava avrebbe dovuto dire, ma fece il possibile per mantenere la calma. «Qual è il piano di oggi?» domandò, volendo deviare il discorso dalla donna che non riusciva a ignorare. Preferiva discutere i dettagli dell'escursione, in modo da sapere quanto tempo avrebbe avuto a disposizione sott'acqua. Aveva intenzione di passare ogni minuto in immersione.

«Manca un'altra mezz'ora circa prima di arrivare al primo punto. L'ho scoperto l'anno scorso, e la cosa migliore è che nessuna delle altre barche che offrono i tour l'ha ancora trovato. Quindi saremo solo noi. In quell'area ci sono moltissime tartarughe marine e il corallo sul fondo è intatto. Ci sarà molta flora e fauna da vedere, soprattutto pesci in abbondanza.»

Kevlar annuì. Gli sembrava una cosa fantastica.

«Rimarremo lì per circa un'ora, poi ci sposteremo in un altro punto. Mentre voi due tornate in acqua, io preparo il pranzo. Quando avrete finito di immergervi, potrete salire a mangiare i tacos. Ho della birra o dei Margarita per accompagnarli. Poi torneremo indietro.»

«Ottimo.» Non avrebbe toccato l'alcol, non mentre era in acqua, ma i tacos sembravano un pasto eccellente dopo un'immersione. Il capitano continuò a parlare delle condizioni meteorologiche e dei tipi di pesci che avrebbe potuto vedere, ma l'attenzione di Kevlar fu attirata ancora una volta dalla donna seduta sul ponte.

I suoi capelli erano legati in uno chignon sulla nuca, ma alcune ciocche erano sfuggite e il vento le faceva svolazzare intorno alla sua testa. Era sembrata castana al molo, ma al sole i riflessi rossastri erano più evidenti. Le sue labbra erano piene e quasi imbronciate, e anche se non si era tolta il copricostume, poteva dire che era formosa. Esattamente il tipo di donna che amava.

Bertie era orgogliosa di rimanere magra. Troppo magra per i suoi gusti, ma non le aveva mai detto una parola. Persino lui sapeva bene che non bisognava commentare il peso di una donna, a prescindere da quale fosse. Ma non poteva fare a meno di chiedersi che aspetto avrebbe avuto *quella* donna, Remi, quando si fosse tolta il copricostume.

Era ridicolo, naturalmente. Non sapeva nulla di lei. Poteva

essere una bisbetica, una vera rompiscatole, ed era per quello che era lì da sola. Forse nessuno aveva voluto andare con lei perché era una stronza.

Ma... non pensava fosse così.

Gli aveva sorriso quando si era presentato, in un modo dolce che lo aveva colpito dritto allo stomaco. Non sapeva il motivo; molte donne gli sorridevano, ma non aveva mai provato nulla. Quando le aveva stretto la mano lei aveva abbassato lo sguardo, ma nell'istante successivo lo aveva scrutato da sotto le ciglia, come se fosse stata altrettanto attratta.

Ed era stupido, no? Era appena uscito da una relazione durata un anno e non stava cercando un'avventura di ripiego.

Si passò una mano tra i capelli e si voltò ancora una volta verso l'oceano di fronte a lui. Doveva darsi una calmata. Non era lì per concedersi una scappatella, e anche se l'avesse voluta, non c'era alcuna indicazione che Remi fosse disponibile. Non che ci avrebbe provato, comunque. Voleva qualcosa di più di un'avventura di una notte. Il sesso occasionale non era la sua idea di divertimento.

Ma non poteva negare di essere attratto dalla donna che condivideva la barca con lui, anche se non ne sarebbe uscito nulla. Come aveva dimostrato Bertie, non riusciva nemmeno a gestire una relazione con qualcuno che viveva nella stessa città, visto che era via così spesso.

Fece un respiro profondo e decise che la cosa migliore da fare era mantenere le distanze. Non perché quella donna non gli piacesse, ma perché gli piaceva *troppo*, a prescindere dal fatto che non sapeva nulla di lei.

La connessione che sentiva non aveva senso. Avrebbe fatto ciò per cui era andato lì: immersioni subacquee e basta.

L'indomani sarebbe andato a trovare Baker e sua moglie, poi sarebbe tornato in California e alla sua vita.

Una volta a casa, probabilmente sarebbero passati a malapena un mese o due prima di essere inviato in missione, e doveva concentrarsi su quello. Come leader del team, aveva molte responsabilità sulle spalle. Verso il suo Paese, verso i civili che potevano trovarsi in mezzo a un'operazione pericolosa e verso la sua squadra. Chiaramente non aveva tempo per una relazione.

Ma anche con quei pensieri che gli turbinavano in testa, Kevlar si ritrovò a voltarsi per sbirciare Remi con la coda dell'occhio. Si era girata sul sedile e aveva tirato su un piede sul cuscino, e il suo copricostume era scivolato indietro, esponendo una coscia candida e formosa.

Deglutendo a fatica, strinse le labbra e fece del suo meglio per pensare a qualcosa di diverso da quanto desiderasse ardentemente passare il palmo della mano su quella gamba e sentire di persona se era liscia come sembrava.

Avrebbe dovuto essere un tour rilassante, eppure aveva la sensazione che sarebbe stato tutt'altro. Ma era un SEAL. Il loro motto diceva: "L'unico giorno semplice era ieri", e inoltre aveva superato la Hell Week... poteva sopravvivere a un'escursione di piacere di qualche ora. Nessun problema.

CAPITOLO QUATTRO

REMI SOLLEVÒ LA TESTA DALL'ACQUA, si tolse il boccaglio e fece un profondo respiro. Per quanto le piacesse fare snorkeling, non amava stringere la plastica in bocca e respirare attraverso un tubo.

Stava osservando una tartaruga marina, incantata e stupita dai suoi movimenti fluidi e da come sembrasse non accorgersi di lei. Dopo averla seguita per quelli che erano sembrati chilometri, ma che probabilmente erano stati solo un centinaio di metri, si sentì felice di aver deciso di uscire dalla sua zona di comfort e andare alle Hawaii da sola. Ne era valsa la pena anche solo per quella particolare attività.

L'uomo per cui stava praticamente sbavando, cosa di cui era imbarazzata visto anche quanto le era stato difficile non guardarlo mentre si infilava la muta e l'attrezzatura subacquea, era scivolato in acqua come se fosse nato lì. Da un istante all'altro era sparito sotto la superficie verso la sua avventura.

Lei era rimasta sulla barca con il capitano, e non le era di certo piaciuto il modo in cui l'aveva guardata quando si era tolta il copricostume per indossare l'economica muta, la maschera e le pinne fornite dalla società di noleggio barche. Aveva seguito rapidamente l'esempio di Vincent ed era scivolata in acqua, decisa a divertirsi e a vedere qualche tartaruga. Il mondo sottomarino era bellissimo e tutto ciò che aveva sperato fosse. Il capitano non aveva mentito: quella zona brulicava di flora e fauna. I pesci erano vari e dai colori brillanti, ma erano le tartarughe che l'avevano affascinata di più.

Sbatté le palpebre e si guardò intorno alla ricerca della barca. Aveva sete, era stanca e avrebbe mangiato volentieri uno dei tacos che il capitano aveva promesso.

Con sua grande sorpresa, non vide altro che acqua.

Accigliata, si girò nella direzione opposta, solo per vedere in lontananza, molto, *molto* in lontananza, il profilo del Diamond Head, quello che pensava fosse il vulcano ormai inattivo sulla costa di Oahu.

«Oh, merda» borbottò incredula.

Aveva perso la barca! O era partita senza di lei?

In ogni caso, era fregata.

Remi avrebbe voluto ridere. Quello era assolutamente tipico per lei. A casa era sempre in ritardo per qualsiasi cosa. Marley si lamentava in continuazione perché quando dovevano uscire si presentava con un ritardo che andava dai pochi minuti a un'ora o più. Non lo faceva di proposito, era semplicemente presa dal suo lavoro e perdeva la cognizione del tempo. Un po' come aveva fatto con la tartaruga.

Sorprendentemente, non stava andando nel panico. Non sapeva il motivo. Forse perché stava già pensando a come utilizzare quella situazione ridicola in uno dei suoi prossimi fumetti. Disegnare era il modo in cui affrontava la maggior parte delle cose nella vita. Quando era triste, quell'emozione emergeva sempre nei suoi personaggi. Se qualcuno la faceva arrabbiare, appariva in una vignetta facendo qualcosa di stupido o imbarazzante. Era catartico per lei, ed essere lasciata in mezzo all'oceano durante un'escursione di snorkeling era sicuramente qualcosa da immortalare in un fumetto.

Un rumore alle sue spalle la fece gridare per lo spavento e girare velocemente. Si immaginò che un'enorme balenottera azzurra stesse avventandosi su di lei a bocca spalancata, pronta a inghiottirla. O che un grande squalo bianco volesse attaccarla. O addirittura poteva essere la tartaruga da cui era stata distratta che rideva della sua situazione.

Quando apparve una testa nera con due occhi enormi rotondi, per un attimo pensò seriamente di trovarsi faccia a faccia con un mostro degli abissi e che avrebbe avuto un infarto. Ci volle un attimo perché il suo cervello comprendesse ciò che stava vedendo. Non era una creatura marina, ma un uomo. Un uomo ben preciso, per giunta.

Provò un enorme sollievo. Il suo primo pensiero fu: grazie a Dio non era sola. Il secondo... oh, merda. Non le piaceva fare conversazione in situazioni normali, ma in mezzo all'oceano, dopo essere stati abbandonati dalla barca che li aveva portati lì, era ancora peggio.

D'altra parte, in quella situazione non era esattamente importante chiacchierare, quindi forse non serviva preoccuparsi.

Vincent sollevò la maschera e si tolse l'erogatore dalla bocca. Era accigliato, ma era stupendo anche con quell'espressione preoccupata.

In effetti era molto affascinante... e per un attimo Remi si perse in un sogno a occhi aperti in cui lui la guardava e si innamorava perdutamente di lei, poi scappavano, si sposavano e facevano dei bellissimi bambini insieme. Sbuffò, lui la guardò sorpreso e tutti i suoi sogni svanirono.

Perché quell'uomo avrebbe dovuto degnarla di uno sguardo? Aveva i capelli crespi, pesava troppo per essere considerata attraente secondo gli standard della società, era estremamente introversa e tendeva a dire le cose più inappropriate nei momenti peggiori.... e rideva sbuffando.

«Dov'è la barca?» chiese Vincent in modo burbero, riportandola di colpo al presente.

«Sparita» rispose con una piccola scrollata di spalle.

«Merda.»

Non riuscì a trattenersi, rise di nuovo.

«Non credo sia divertente» le disse, guardandola con un sopracciglio inarcato.

«Non lo è» replicò. «Ma d'altra parte, in un certo senso sì. Voglio dire, pensaci. Quante probabilità potevano esserci? Non è che il tipo accidentalmente abbia sbagliato a contare le persone prima di partire. Eravamo solo noi due. Quanto è difficile contare fino a due?»

Con sua grande sorpresa, Vincent sembrò prendere in considerazione la sua domanda. «Avrei dovuto prevederlo» commentò dopo un attimo.

Quell'affermazione la incuriosì. «Perché? Riesci a vedere il futuro? Riesci a leggere nel pensiero?»

Vincent ridacchiò, e per quanto fosse inopportuno, Remi sentì i capezzoli inturgidirsi. Come diavolo poteva pensare a qualcosa che non fosse come sarebbero tornati a riva?

«La mia ex non era contenta che avessi deciso di fare questo viaggio da solo.»

Lei spalancò gli occhi. «Anche tu?»

La fissò come se fosse l'unica persona sul pianeta. Come se non stessero galleggiando in mezzo all'oceano rischiando di morire lì se il capitano non fosse tornato.

«Sì» rispose dopo un attimo.

«Wow. È una coincidenza assurda» disse Remi scuotendo la testa.

«Quando io e Bertie ci siamo lasciati, voleva che trasferissi le prenotazioni a suo nome per poter venire qui con una delle sue amiche.»

«Quando mi sono rifiutata di portarlo con me, Cazzone voleva che gli dessi metà dei soldi spesi per questo viaggio. Solo che lui non aveva pagato nulla» ribatté con ironia.

Le labbra di Vincent ebbero un guizzo. «Quando le ho detto che sarei andato alle Hawaii senza di lei, giuro di aver visto il fuoco fuoriuscire dalla sua testa.»

«Quando nella mia ultima striscia di fumetti ho raffigurato Cazzone come un idiota avido di soldi, ha minacciato di farmi causa per diffamazione, anche se non avevo usato il suo nome e non c'era alcuna somiglianza con lui.»

Vincent inclinò la testa, e Remi avrebbe potuto giurare che contemporaneamente le si era avvicinato molto. «Striscia di fumetti?»

Era orgogliosa delle sue vignette. Lavorava sodo ogni settimana per inventare storie divertenti e creative, e veniva pagata bene per il suo impegno. Ma le era ancora difficile credere che la sua inclinazione a scarabocchiare fosse sfociata in una vera e propria carriera. Che fosse pagata per fare ciò che amava. «Sì. Ho una striscia a fumetti settimanale che viene pubblicata online su circa centoquaranta siti web diversi, e ho appena firmato un contratto con un tizio perché trasformi i miei disegni in filmati live action per TikTok. Il primo è stato pubblicato circa una settimana fa e ha già due milioni di visualizzazioni.» Non si stava vantando, non proprio. Le sembrava ancora un po' incredibile, ma era orgogliosa ed entusiasta di poter intrattenere così tante persone con i suoi disegni.

«Come si chiama?»

«Non dovremmo cercare di capire come tornare sulla terraferma?» gli chiese.

«Probabilmente sì» rispose, fissandola come in attesa.

Avere la sua attenzione era inebriante. La maggior parte delle persone la guardava di *sfuggita*, quando si degnavano di guardare nella sua direzione. Non era esattamente alta, bionda e ben carrozzata, quindi avere la completa attenzione di quell'uomo la faceva fremere in punti in cui non sentiva nulla da molto tempo.

«Sono sicura che non ne hai mai sentito parlare.»

«Assecondami» le ordinò.

E non c'erano dubbi che le sue parole fossero state un ordine. Per una frazione di secondo si chiese cosa avrebbe fatto se lei si fosse rifiutata, ma decise di non provarci. «Pecky il taco viaggiatore» gli disse, con un pizzico di sfida.

Continuava a ricevere ogni tipo di reazione quando diceva alla gente il nome del suo fumetto. Risate, incredulità, occhiatacce, commenti accondiscendenti... qualsiasi altra potesse venire in mente, l'aveva sperimentata. Quindi era pronta a tutto, tranne che alla risposta che ricevette.

«Mi prendi in *giro*? Mi stai prendendo per il culo, vero?» le chiese a occhi spalancati.

«No. So che è sciocco, ma i tacos sono uno dei miei cibi preferiti, e un giorno, quando avevo undici anni e sono andata a mangiare fuori con i miei nonni, mi hanno portata in un piccolissimo locale vicino a casa loro in cui facevano tacos, e mi sono persa nella mia mente immaginando il mio taco che si alzava e camminava per la stanza e decideva di andare all'avventura per conoscere la gente.»

Remi smise di parlare e strinse le labbra. Cavoli, non aveva avuto intenzione di ammettere quella parte. Di solito, quando raccontava agli altri come le erano venuti in mente il nome e l'idea del suo fumetto, si manteneva sul vago. Ma per qualche motivo, forse per la situazione, aveva detto a Vincent la vera storia.

«È uno dei miei fumetti preferiti! Io e i miei amici ne parliamo sempre.»

Remi alzò gli occhi al cielo. «Certo» disse, girando la testa e guardando in direzione della terraferma. Odiava quando qualcuno la trattava con condiscendenza per il suo lavoro. Non incontrava molte persone che avevano sentito parlare di Pecky, ma ce n'erano parecchie che non avevano una bella considerazione riguardo a quello che faceva per vivere. Poteva anche essere solo un fumetto, ma a lei piaceva molto.

«La mia striscia preferita è quella in cui Pecky e il suo amico Torty la tortilla decidono di andare in un parco divertimenti, e mentre sono sulle montagne russe, la sua lattuga vola fuori e colpisce le persone nei vagoni dietro di loro, così devono far trovare agli impiegati del parco tutte le sue parti mancanti e tutti urlano quando lo vedono "nudo"» le disse Vincent.

Remi si voltò di nuovo verso di lui, con gli occhi spalancati. «Hai davvero visto la mia roba?» chiese stupita.

«Vista e amata» la rassicurò.

Poi la sorprese porgendole la mano al di sopra dell'acqua.

«So che mi sono già presentato, ma nel caso lo avessi dimenticato, io sono Vincent. Vincent Hill. I miei amici mi chiamano Kevlar.»

Si trattenne a stento dal ridacchiare di nuovo. Come se avrebbe potuto dimenticare il suo nome. No, era impresso a fuoco nel suo cervello. Ma fu colpita dalle sue buone maniere. Anche se erano ridicoli, dato che si trovavano in mezzo all'oceano dopo essere stati abbandonati dall'uomo che avevano assunto perché si occupasse di loro quel giorno.

Remi la prese e lo imitò: «Sono Remi. Remi Stephenson. I miei amici mi chiamano Remi.»

Vincent sorrise alla sua risposta scherzosa, e la sensazione di quel tocco sembrò inviarle scintille dalla punta delle dita della mano fino a quelle dei piedi.

Poi la sconvolse quando invece di mollarla la tirò verso di lui tanto che i loro petti quasi si toccarono e le loro pinne si sfiorarono. «Stai bene, Remi?» le chiese serio.

Lei aggrottò la fronte. «Sì. Perché? E tu?»

«Sto bene. Ma non sei nel panico.»

«Servirebbe a qualcosa?» domandò altrettanto seria.

«Be', no, ma di solito sembra non avere importanza in casi come questo.»

«Ti capita spesso di essere abbandonato in mezzo all'oceano?» lo stuzzicò.

Le sue labbra guizzarono di nuovo. In realtà non stava cercando di essere divertente, ma se lui pensava che lo fosse, meglio.

«A essere sincero, non proprio come in questa situazione, ma in modi simili, sì.»

Remi non poté fare a meno di essere incuriosita. «Davvero?»

Vincent fece un piccolo sospiro. «Sono un Navy SEAL.»

«Ovvio» ribatté, alzando gli occhi al cielo. Avrebbe dovuto immaginarlo. Aveva visto il suo fisico, non c'era un grammo di grasso. Ed era arrivato con la sua attrezzatura da sub. Lo vedeva benissimo come soldato delle forze speciali. Marinaio. Quello che era.

Era ben consapevole che non le aveva lasciato la mano, ma nemmeno lei aveva fretta di mollarla. La verità era che più stavano lì in mezzo al mare e più si preoccupava. Era una buona nuotatrice, ma non sarebbe mai riuscita a nuotare fino all'isola.

«Lo sono davvero» insistette Vincent. «Al momento sono in licenza, come probabilmente puoi immaginare. Questa vacanza era già stata pianificata e programmata, così il mio comandante mi ha incoraggiato a farla. Sai... per rilassarmi.»

Lei ridacchiò. «Ed eccoti qui. A rilassarti.»

Lui sorrise. «Più o meno. Comunque, ho partecipato alla mia buona parte di salvataggi nella giungla, a estrazioni di persone rapite, per non parlare delle operazioni segrete in tutto il mondo. Quindi fidati quando ti dico che non stai reagendo come farebbe la maggior parte delle persone in situazioni del genere.»

Fu il turno di Remi di sospirare. «Lo so... sono strana.» L'avevano descritta così più di una volta nella vita.

«No. Sei perfetta» disse Vincent con dolcezza.

Kevlar fissò la donna che galleggiava tra le onde di fronte a lui. Prima, mentre erano sulla barca, aveva deciso che sarebbe rimasto lontano da lei, aveva cercato di convincersi che non era interessato. Ma la delusione che aveva provato dopo essersi obbligato a lasciare l'imbarcazione prima che lei si togliesse il copricostume, aveva ribollito dentro di lui per tutta la durata dell'immersione.

Era così morbida come la immaginava? Aveva quell'adorabile pancetta che lo aveva sempre fatto impazzire di desiderio quando era stato con altre donne in passato? Il suo costume da bagno era molto sgambato o più tradizionale? Aveva dovuto scontrarsi con la sua volontà per smettere di pensare al suo aspetto e concentrarsi sui pesci e sulle tartarughe che gli nuotavano intorno.

Quando era riemerso e non aveva visto alcuna traccia della barca, il suo primo pensiero era stato: "Oh, merda". Ma aveva subito avuto un sospetto su cosa poteva essere accaduto. Bertie lo aveva minacciato che se non l'avesse lasciata andare alle Hawaii al posto suo gliel'avrebbe fatta pagare. In qualche modo, doveva aver fatto sì che venisse abbandonato in mezzo all'oceano. Doveva aver pagato il capitano o qualcosa del genere. Probabilmente aveva pensato che quella fosse la punizione perfetta per un SEAL... un uomo che si trovava più a suo agio in acqua della maggior parte della gente. Ma non era giusto che anche Remi fosse rimasta coinvolta nei suoi malvagi complotti.

Avrebbe dovuto fare un piano, pensare a come raggiungere la riva, invece era completamente concentrato sulla donna di fronte a lui, che non aveva *mai* reagito come si sarebbe aspettato. Per nessuna cosa. Dalla loro situazione al fatto che lui avesse ammesso di essere un SEAL. Lo intrigava, proprio come aveva immaginato, ed era il motivo per cui si era tenuto alla larga. Ma la sua forza di volontà era al momento inutile, visto che erano bloccati lì insieme.

Ora voleva sapere tutto di lei. Anche se erano in pericolo, non riusciva a trattenersi dal toccarla, dal farle domande.

Era già attratto da lei fisicamente, ma ora che sapeva che non diventava isterica quando le cose non andavano come voleva, *e* che era la talentuosa artista e la mente dietro Pecky il taco viaggiatore, il fumetto che lui e tutti i suoi compagni di squadra amavano, era praticamente spacciato.

«Non sono perfetta» sbuffò Remi, in risposta al suo commento precedente.

Le stava ancora tenendo la mano, ed era davvero contento che lei non l'avesse ritratta.

«Dimostralo» la sfidò.

«Cosa?»

«Dimostralo» ripeté. «Dimmi qualcosa di te che non è perfetto.»

«Ah. Quanto tempo hai?» ribatté.

Fingendo di guardarsi intorno, Kevlar scrollò le spalle. «Penso che abbiamo un po' di tempo.»

«Non dovremmo fare qualcosa? Non so, magari nuotare verso la riva?» gli chiese.

«Ce la fai a nuotare per i circa quindici chilometri che servono per arrivare a Oahu?»

«E *tu*?» replicò subito lei.

«Sì» rispose senza esitare.

«Ovvio» borbottò.

«Dai, Remi, dimmi qualcosa di te che pensi non sia perfetto. Condivideremo informazioni a turno.»

«Va bene. Mia nonna può scoreggiare a comando. È molto orgogliosa di farlo nei momenti meno opportuni.»

Kevlar scoppiò a ridere. «Non è una cosa che riguarda te, ma va bene, lo accetto. Ma sul serio?»

«Sì» rispose con un sorriso. «Tocca a te. Perché il tuo soprannome è Kevlar?»

«È successo all'inizio della mia carriera, nella mia prima missione da SEAL. Eravamo bloccati, circondati dai tango... ehm... nemici. Non era una bella situazione. In pratica eravamo fottuti. Mi sono guardato intorno e ho visto la stessa espressione sul volto di tutti i miei compagni di squadra: rassegnazione. Non che qualcuno si sarebbe arreso, non è nel nostro DNA, ma io mi sono arrabbiato. *Infuriato*. Era la mia prima missione e non volevo morire prima ancora di aver avuto la possibilità di sperimentare tutto ciò che significava essere un SEAL.»

«Che cos'hai fatto?» gli chiese a occhi spalancati.

Lo stava ascoltando con profondo interesse e ciò gli diede una bella sensazione. Bellissima. «Una cosa stupida» rispose con una piccola risata. «C'era un camion parcheggiato non lontano da dove eravamo bloccati. Aveva il motore acceso. Ho pensato di avere un'unica possibilità di raggiungerlo e farlo saltare in aria per causare un diversivo in modo che la mia squadra potesse scappare da lì... così l'ho sfruttata. Ho urlato "Copritemi!" e mi sono lanciato prima che il mio leader potesse chiedermi cosa stessi facendo. Sentivo i proiettili sibilarmi accanto, ma non mi sono fermato. Non ricordo molto di quello che è successo dopo, ma a quanto pare sono arrivato al camion e sono riuscito a infilare uno straccio nel serbatoio della benzina e a far saltare in aria quel bastardo.»

«Porca vacca!» sussurrò Remi.

«Sì, be', non pensare che io abbia ricevuto dei riconoscimenti per quell'azione. In realtà ho avuto un richiamo.»

«Cosa? Perché?»

Sembrava offesa per lui, e ciò gli provocò ancora un senso di calore nel petto. «Perché sono stato un idiota.»

«Ma hai salvato il tuo team, giusto?»

«Sì. Ma se avessi aspettato altri sessanta secondi, sarebbero arrivati i rinforzi che il mio leader aveva chiesto via radio.»

«Ok, ma non capisco il perché del tuo soprannome.»

«Perché non sono stato colpito da nessuno dei proiettili che volavano intorno a me quando sono corso verso quel camion. Era come se il mio corpo fosse fatto di Kevlar, appunto, come se mi rimbalzassero addosso. Poi quel nome mi è rimasto.»

«Wow. Ok, direi che è impressionante.»

Kevlar ridacchiò. «Fidati, non corro più rischi del genere e mi arrabbierei se qualcuno dei ragazzi della mia squadra lo facesse. Sanno che seguo le regole e per questo si fidano di me.»

«Sembri molto legato a loro.»

«È così. Sono i miei fratelli in tutto ciò che conta. Mi fido ciecamente di loro.»

«È fantastico.»

«Già.»

«Posso chiederti dove sei di stanza? Qui alle Hawaii? Qui ci sono i SEAL, giusto?»

«Sì. Ma al momento sono di base in California.»

Remi sbatté le palpebre. «Davvero?»

«Sì, perché?»

«Anch'io vivo in California.»

Il suo cuore accelerò un po'. «Io sto a Riverton. E tu?»

«San Diego» rispose con un piccolo sorriso. «Siamo vicini di casa.»

Kevlar chiuse gli occhi per un attimo. Era sopraffatto dalla...

Gratitudine? Riconoscenza? Dalla sensazione che sembrasse giusto? Si era convinto di non voler avere nulla a che fare con quella donna, nonostante l'immediata attrazione provata, perché non desiderava avere un'avventura, e una relazione a distanza non avrebbe funzionato. Eppure... lei viveva praticamente nel suo cortile.

Il destino era una cosa strana.

Riaprì gli occhi. «Proprio vicini» confermò, e le strinse la mano.

«Allora... se potessi mangiare qualcosa in questo momento, cosa sceglieresti?» gli chiese Remi.

Rimase sorpreso dal brusco cambio di argomento e non rispose subito. Stava ancora pensando che avrebbe avuto la possibilità di conoscerla meglio una volta tornati a casa. E non aveva dubbi che *sarebbero* tornati a casa. Non sarebbero morti nell'oceano, a prescindere da chi aveva deciso che era ciò che doveva accadere.

Remi arrossì. «Scusa. Non farci caso. Sono impacciata anche in situazioni sociali normali, e questa non lo è. Dobbiamo decidere cosa fare. Pensi che quel tipo tornerà a prenderci?»

«I biscotti Thin Mints» sbottò Kevlar. Avrebbe dovuto rassicurarla sul fatto che sarebbero tornati a riva, ma al momento era più importante tenerle la mano, stare a galla e conoscerla.

«Davvero? Non sono prodotti stagionali?»

«Sì, per la maggior parte delle persone. Ma quando sono a casa faccio volontariato in un gruppo di girl scout. Insegno loro cose come fare i nodi, andare in barca, fare pratiche acquatiche sicure, e le porto in campeggio. In cambio, mi pagano in biscotti.» Sorrise all'espressione sorpresa di Remi.

«Scommetto che sei bravissimo con loro» gli disse con un tono sincero.

«Sono ragazze fantastiche» ribatté con un'alzata di spalle. «Hanno una curiosità infinita ed è divertente vederle entusiasmarsi per le cose che insegno loro.»

«Non sono mai stata in campeggio» commentò Remi.

«Mi dispiace.»

Scrollò le spalle. «I miei genitori sono ricchi. Di solito non è una cosa che dico agli uomini appena conosciuti, ma penso che questa non sia esattamente una situazione normale. Quando ero piccola non passavamo il tempo in campeggio o a sporcarci... con grande disappunto di mia nonna. Diceva sempre ai miei genitori che avrei dovuto correre in giro come una selvaggia, cacciarmi nei guai e giocare nella terra. Ma loro non erano d'accordo.»

«Tua nonna aveva ragione.»

«Be', le piace anche rubare pacchetti di gomme da masticare dal market locale, quindi credo che i miei genitori possano aver avuto un buon motivo per ignorare le sue lezioni di vita.»

Kevlar scoppiò a ridere. «Voglio proprio conoscerla tua nonna.»

«Ti adorerebbe» ammise con un sorriso. «E prima che tu pensi male di lei, il direttore sa che lo fa, ma non dice nulla perché dà anche delle belle mance ogni volta che va lì. Personalmente trovo che sia strano che quasi tutti i posti del genere al giorno d'oggi abbiano dei barattoli per le mance, ma non importa. È il tuo turno. Raccontami qualcos'altro di te.»

Kevlar si scervellò per pensare a qualcosa di interessante

da dirle. «Sono allergico al pesce» disse con un'alzata di spalle. Non era un fatto particolarmente eccitante, ma fu l'unica cosa che gli venne in mente in quel momento.

Remi lo fissò per un attimo, poi sorrise.

«Che c'è?»

«È solo che... sei qui, circondato dall'acqua, l'unica cosa da mangiare per chilometri è pesce... e tu non puoi mangiarlo.»

«Non mangeremo pesce, o *qualsiasi* altra creatura che ci nuota intorno.»

Remi si accigliò. «Come fai a dirlo? Non sono esattamente pronta ad arrendermi e morire.»

«Non moriremo» la rassicurò.

Lei inclinò la testa e lo fissò per un attimo. «Che cosa non mi stai dicendo? Che cosa sai?»

Scrollò le spalle. «Probabilmente penserai che è inquietante.»

«Se si tratta di qualcosa che ci farà uscire da questo mare, ci metterà un taco in una mano e uno di quei fantastici cocktail lava flow nell'altra, e mi farà finire sdraiata in un letto asciutto, non penserò che sia inquietante.»

E a quello, l'unica cosa che riuscì a fare fu immaginare lei sdraiata su un letto... preferibilmente con lui. Ma non era il momento né il luogo per quel tipo di pensieri. «Bene, allora... sai che sono un SEAL. Ho amici che hanno molti agganci. Uno in particolare è un ex SEAL che si è assunto il compito di tenere tutti al sicuro. È una sorta di stalker... e lo dico in senso positivo. Ha creato questi dispositivi di localizzazione che io e il mio team indossiamo quando siamo in missione. È confortante sapere che se mai venissimo fatti prigionieri, lui saprebbe dove ci troviamo e manderebbe qualcuno a liberarci. Comunque, la muta che ho messo... be', è quella che uso anche in missione. Mi ero dimenticato di avere ancora uno di quei localizzatori in tasca. L'ho attivato non appena ho capito che eravamo stati abbandonati qui.»

«Aspetta, aspetta, aspetta... mi stai dicendo che c'è un tizio da qualche parte là fuori» fece un gesto verso Oahu con la mano che non era nella sua «che sa che stai galleggiando in mezzo all'oceano e avviserà qualcuno perché venga a prenderti?»

«È quello che spero.»

«Come farà a sapere che sei tu? Che non sei su una barca o qualcosa del genere? Chi contatterà? Verrà lui stesso?»

Kevlar ridacchiò per il rapido susseguirsi di domande. «Ogni localizzatore ha un suo codice, quello che ho io è associato a un numero che è unicamente mio. Potrebbe pensare che sono su una barca, che magari l'ho attivato per sbaglio o per sicurezza. Ma farà domande per accertarsene. È così che si comporta. Ha dei contatti a Oahu da poter chiamare, e no, non verrà di persona.»

«Qualcuno verrà davvero a prenderci?» gli chiese sommessamente.

«Sì» rispose con convinzione.

Remi chiuse gli occhi, e per la prima volta Kevlar poté vedere quanto fosse stressata. Le sue battute e le informazioni che aveva condiviso erano state un modo per affrontare la situazione. Si accigliò, riproponendosi di guardare oltre la sua personalità tranquilla in futuro. Di assicurarsi di aiutarla a gestire lo stress se avesse pensato che glielo stesse nascondendo.

Non si spaventò nemmeno per aver pensato "in futuro". Ora che sapeva che vivevano a pochi chilometri di distanza l'uno dall'altra, voleva conoscerla meglio. Voleva passare più tempo con lei.

«Dobbiamo solo rimanere rilassati. Verranno a prenderci.» Remi riaprì gli occhi e incontrò il suo sguardo. Erano lucidi di lacrime mentre annuiva, anche se si rifiutò di lasciarle cadere. Aveva nascosto l'ansia un po' troppo bene per i suoi gusti.

Le tirò la mano senza pensarci e la cinse con il braccio libero, stringendosela al petto.

Non faticò a tenere entrambi a galla; per lui non era mai stato un problema e l'acqua salata aiutava. Remi seppellì il viso contro il suo collo e lo tenne stretto. Ebbe l'improvviso desiderio di sentirla contro di sé senza le mute tra loro, di sentire le sue curve contro il corpo mentre erano accoccolati a letto dopo aver fatto l'amore.

«Mi dispiace» borbottò lei contro la sua spalla.

«Per cosa?» le chiese.

«Per averti messo in questa situazione.»

Quelle parole lo sorpresero. Si tirò leggermente indietro, cercando di vedere i suoi occhi, ma lei si rifiutò di guardarlo.

«Di cosa stai parlando?»

Percepì, più che sentire, il suo sospiro mentre venivano cullati dalle onde. «È stato Cazzone. *So* che è stato lui.»

«A fare cosa?»

«Ha fatto in modo che mi lasciassero in mezzo all'oceano. Mi ha chiamata più di una volta prima della partenza. Mi ha giurato che mi sarei pentita di non avergli dato metà dei soldi del viaggio, anche se non aveva pagato nulla. Avevamo già pianificato questa escursione e sono sicura che è riuscito a convincere in qualche modo il capitano a lasciarmi qui. Ha persino *detto* che sperava che mi abbandonassero nell'oceano. Ti sei solo ritrovato incastrato nel suo piano malvagio.»

«Bertie ha minacciato anche me» le disse Kevlar. «Ha organizzato questa immersione sotto costrizione. Non capiva perché volessi farlo in vacanza. Insisteva che passavo già metà della vita in acqua, quindi perché mai avrei dovuto trascorrere il mio tempo libero a fare la stessa cosa che faccio quando lavoro? Ma questo non è affatto come al lavoro. Posso prendermela comoda e osservare i pesci, le piante e tutto il resto. Quando sono in missione quella è l'ultima cosa a cui penso. È facile che sia stata *lei* a organizzare tutto questo e che tu sia stata coinvolta nel *suo* piano malvagio.»

Remi alzò lo sguardo su di lui. «Perché le persone sono così... orribili?» sussurrò.

«Non lo so.»

«Be', Bertie potrebbe anche odiarti, il che è ridicolo, come si può odiare *qualcuno* con un sedere bello come il tuo? Ma il mio ex probabilmente pensa che otterrà milioni di dollari se muoio.»

Quel complimento gli fece provare una sensazione irragionevolmente bella, ma fu l'ultima parte che lo portò a fissarla incredulo. «*Cosa?*»

«I miei genitori sono Claire Crown-Stephenson e Fernando Stephenson. Hanno fondato la loro azienda quando avevano più o meno vent'anni. Erano già molto ricchi quando, qualche anno fa, sono stati acquisiti da un grande industriale con un accordo da cinquecento milioni di dollari. Ed è stata anche un'offerta bassa.»

Remi lo fissò come se si aspettasse che gli crescessero due teste e si trasformasse in un mostro marino. «Buon per loro» le disse dopo un attimo.

Le sue labbra ebbero un guizzo. «Non hai idea di chi siano, vero?»

«No.»

«Crown Condoms» affermò in tono piatto.

A quello, realizzò. «Wow» mormorò.

«Già.»

«Quindi... sei la principessa dei preservativi. Forte.» Lei rise sbuffando, di nuovo, e Kevlar non poté fare a meno di pensare che era il suono più adorabile che avesse mai sentito.

«È tutto qui quello che hai da dire? Vincent, sono l'erede di una dinastia di preservativi. Valgo milioni. *Milioni*. Al plurale moltiplicati per un fantastilione.»

Amò sentire il suo vero nome uscire dalle sue labbra. «E *perché* Cazzone pensa di ottenere quei soldi?» chiese.

Lei scrollò le spalle. «C'è stato un periodo in cui pensavo che ci saremmo sposati e abbiamo parlato brevemente di aggiungerlo come beneficiario nei miei investimenti. Credo che sia abbastanza presuntuoso e stupido da pensare che l'abbia fatto, anche se non eravamo sposati e nemmeno ufficialmente fidanzati. Per la cronaca, *ovviamente* non l'ho fatto.»

«Giusto. Be', quando ci salveranno, capiremo chi è il responsabile. Ora come ora, non importa se è stato il tuo ex o la mia a orchestrare questa piccola avventura. L'importante è mantenere la calma fino all'arrivo dei Navy SEAL delle Hawaii.»

«Non sei come mi ero aspettata la prima volta che ti ho visto» ammise Remi.

Kevlar sorrise. «Mi piace tenerti sulle spine.»

«O in questo caso sulle pinne» scherzò Remi.

«Anche.»

«Questa cosa va a finire in un fumetto» lo informò.

Kevlar fece un urlo esagerato. «I miei compagni di squadra saranno *così* gelosi che io sia in un fumetto di Pecky il taco viaggiatore. Lo sbatterò loro in faccia in continuazione.»

Gli si gonfiò il cuore nel petto quando Remi rise prima di posare di nuovo la testa sulla sua spalla e aggrapparsi di più a lui. La strinse contro il proprio corpo e non poté fare a meno di sospirare soddisfatto. La situazione avrebbe potuto essere cento volte peggiore di così: avrebbe potuto esserci brutto tempo, Remi avrebbe potuto essere una stronza e una spina nel fianco, e lui avrebbe potuto decidere di noleggiare una muta invece di usare la sua.

Tex avrebbe fatto sì che qualcuno andasse a prenderli. Non aveva alcun dubbio.

CAPITOLO CINQUE

REMI NON SAPEVA da quanto tempo stessero galleggiando nell'oceano, ma cominciava a essere stanca. Aveva molta sete e un po' di nausea. Avrebbe voluto gettare via la maschera e il boccaglio, ma Vincent aveva insistito perché li tenesse... per ogni evenienza.

Era proprio quel "per ogni evenienza" che la preoccupava in quel momento. L'unica cosa che le impediva di andare fuori di testa era la calma presenza di quell'uomo. Il fatto che fosse sicuro che qualcuno sarebbe andato a prenderli. Ma ora il sole stava iniziando a tramontare e il pensiero di rimanere lì al buio non era piacevole. Non aveva mai avuto paura degli squali e dell'altra fauna marina, ma quella situazione le stava facendo cambiare idea.

Non era nemmeno mai stata un tipo appiccicoso, ma non riusciva a staccarsi da lui. Il suo abbraccio era caldo e rassicurante, e si era dimostrato più che capace di tenerli entrambi a galla.

Avevano parlato di tutto, dai libri preferiti ai cibi che amavano, a cose più serie come la loro inclinazione politica, il terrorismo e lo stato del mondo in generale. Era un tipo divertente, ma allo stesso tempo sapeva essere serio e profondo.

«Lo senti?» le chiese all'improvviso.

Sobbalzò tra le sue braccia, perché era stata sul punto di addormentarsi, e sollevò la testa. Seguì il suo sguardo verso l'orizzonte... e vide quella che le sembrava una barca puntare dritta verso di loro.

«Porca miseria, avevi ragione!» esclamò.

«Dubitavi di me?» la stuzzicò.

Lo aveva fatto, ma si vergognava troppo ad ammetterlo. «Certo che no. Sei uno dei pochi e orgogliosi.»

Lui ridacchiò. «Quelli sono i Marines, tesoro.»

«Giusto, scusa. Forza armata?»

«Remi» la avvertì.

Lei ridacchiò. «Oh, lo so! Nati pronti.»

«Come diavolo fai a conoscere tutti gli slogan militari?» le chiese, scuotendo la testa e con un sorriso sulle labbra.

«Mi piace l'uomo in uniforme» rispose.

«L'unico giorno semplice era ieri» la informò «È il motto dei SEAL.»

«Be', non hanno tutti i torti» ribatté ironicamente. «Ieri ero seduta sulla spiaggia con un drink in mano e il tablet sulle gambe, a disegnare Pecky seduto su una spiaggia con un drink in mano.»

Gli sorrise, ma vide che i suoi occhi erano incollati all'orizzonte... e che era accigliato. «Vincent?» chiese nervosa.

Riportò l'attenzione su di lei, e l'intensità del suo sguardo le fece trattenere il respiro. «Non farti prendere dal panico» le disse con fermezza.

«Sai che dicendo così mi fai venire voglia di farmi prendere dal panico, vero?»

«Non sono sicuro che la barca che sta venendo verso di noi sia dei miei amici.»

«Come fai a dirlo? È così lontana che praticamente non si riesce a vedere nulla.»

«Posso intuirlo. Ho bisogno che ti fidi di me.»

«Mi fido» replicò subito, senza esitare. Era strano, ma si fidava totalmente di quell'uomo. Se fosse rimasta bloccata lì da sola sarebbe stata in un mare di guai. Ma la sua presenza, il suo atteggiamento calmo, la convinzione che il suo amico lo avrebbe rintracciato e gli avrebbe mandato un aiuto, erano stati come un'ancora di salvezza.

«Dobbiamo andare sott'acqua. Se sono i miei amici, si fermeranno proprio dove siamo perché avranno le coordinate del localizzatore. Se non sono loro, ci oltrepasseranno, così capiremo.»

Remi vide le sue labbra pronunciare le parole, le sentì anche, ma non avevano senso. «Non so per quanto tempo riuscirò a trattenere il respiro» sussurrò.

«Condivideremo la mia aria» disse, come se stesse suggerendo che dopo cena sarebbero andati a fare una passeggiata sulla spiaggia.

«Non so...»

«Non permetterò che ti accada nulla. Sai perché?»

Guardando la barca, che si stava ancora dirigendo verso di loro a velocità sostenuta, Remi si accorse che faticava a respirare.

Poi il dito di Vincent le toccò il mento e la costrinse a guardarlo negli occhi. «Sai perché?» ripeté.

Scosse la testa.

«Perché voglio conoscere tua nonna. Voglio ringraziare i tuoi genitori per aver fondato la loro azienda, perché ho usato i preservativi Crown molte volte nel corso degli anni. Voglio condividere con te i miei biscotti Thin Mints e presentarti le mie Girl Scout. Voglio guardarti mentre disegni i fumetti di Pecky. Voglio presentarti i miei compagni di squadra. Voglio un futuro con te. Non può essere una coincidenza che viviamo praticamente nella stessa città e ci siamo conosciuti a migliaia di chilometri di distanza. E non potrò avere niente di tutto questo se non ti proteggerò. Capito?»

Remi non avrebbe potuto distogliere lo sguardo da lui nemmeno se qualcuno l'avesse pagata. Anche lei voleva tutto ciò che aveva elencato. Disperatamente.

Era stato l'incontro fortuito più folle di sempre. Nessun autore di romanzi rosa avrebbe mai pensato di scrivere qualcosa del genere, perché era troppo incredibile. Eppure, eccola lì. Si stava innamorando di un Navy SEAL che le aveva appena detto che dovevano andare sott'acqua per sicurezza e che avrebbe condiviso con lei la sua bombola d'aria.

Non poté fare altro che annuire.

«Bene.»

Poi Vincent la sconvolse coprendole le labbra con le sue.

Anche se le probabilità che riuscissero a sfuggire a chi sembrava deciso a vederli morti non erano molte, le si inturgidirono i capezzoli e le si contrasse la pancia. Il bacio fu duro e disperato per entrambi.

Quando lui sollevò la testa aveva le pupille dilatate, e respirava affannosamente come non era mai successo da quando lo aveva conosciuto.

«Ti voglio, Remi Stephenson.»

Porca vacca. Quell'uomo era *passionale*. E a lei piaceva.

«Ti voglio anch'io» disse semplicemente.

Le sorrise. Lo sguardo intenso scomparve dal suo viso, e la fissò come se fossero gli unici sulla terra in quel paradiso tropicale, invece di due persone che stavano per essere investite da una barca che viaggiava troppo velocemente verso di loro.

«Bene. Fai un respiro profondo, tesoro, e abbassa la maschera. Ci immergiamo. Ci passeremo il mio erogatore avanti e indietro e respireremo a turno. Ci penso io.»

Remi annuì, anche se non ne era affatto sicura.

Vincent armeggiò con qualcosa sull'attrezzatura che indossava, si tirò giù la maschera e, molto prima che lei fosse pronta, iniziarono a scendere sotto la superficie. Per fortuna aveva preso fiato quando lui le aveva detto di farlo. Mentre si immergevano sotto le onde, lui le tese l'erogatore.

Per un attimo pensò che non sarebbe stata in grado di obbligare il suo corpo a fare ciò che gli diceva. Respirare sott'acqua non era naturale, nemmeno con quell'affare. Ma poi lui le strinse la vita, che non aveva lasciato nemmeno per un secondo, e si costrinse a rilassarsi.

Fece due respiri e poi annuì a Vincent, che si portò l'erogatore alla bocca e respirò. Li mantenne fermi a diversi metri sotto la superficie, e a turno condivisero l'aria mentre il rumore della barca diventava sempre più forte. Pochi secondi dopo, alzò lo sguardo e la vide sfrecciare sopra le loro teste, sempre alla stessa velocità sostenuta.

Quindi Vincent aveva avuto ragione. Quelli non erano i suoi amici. Non era qualcuno che era andato a salvarli. Probabilmente era l'uomo che li aveva lasciati lì ed era tornato per assicurarsi che fossero morti.

Quel pensiero la fece rabbrividire e Vincent strinse ancora

una volta il braccio intorno a lei. Rassicurandola. Mantenendola calma.

Non sapeva quanto tempo fossero rimasti sott'acqua a condividere l'aria della bombola sulla sua schiena, ma quando lui le diede un colpetto sulla spalla e indicò in alto, non fu sicura di voler riemergere. Se chi era passato si trovava ancora nelle vicinanze, avrebbe potuto individuarli e finire ciò che aveva iniziato.

Così scosse la testa.

Lui le posò la mano sulla guancia e la fissò attraverso la maschera. Non le stava mettendo fretta, le avrebbe dato tutto il tempo necessario... be', tutto il tempo che avrebbe permesso l'aria rimasta nella bombola. Non era stupida, sapeva che doveva essere quasi esaurita dopo l'immersione che lui aveva fatto all'inizio della giornata, ma la pazienza che le stava dimostrando le diede il coraggio necessario per annuire.

Senza esitare, Vincent girò una manopola sull'attrezzatura e fuoriuscirono delle bolle d'aria che salirono in superficie insieme a loro.

Quando sbucarono con la testa fuori dall'acqua, Remi si guardò freneticamente intorno. Non vide nulla. Nessuna barca.

Vincent non esitò a toglierle la maschera facendola scivolare fin sopra i capelli. Le tolse delicatamente l'erogatore dalla bocca e spinse su anche la propria maschera. Le prese il viso tra le mani e la attirò con forza verso di sé. Lei emise uno sbuffo quando si scontrò con il suo petto, poi Vincent le coprì di nuovo le labbra con le sue.

E questa volta Remi non si trattenne. Lo baciò profondamente, quasi con disperazione. Gli dimostrò senza parole quanto lui stesse già cominciando a significare per lei. Quanto fosse grata che fossero lì insieme. Quanto lo ammirava. Era assurdo, lo aveva appena conosciuto, ma per qualche ragione si sentiva più se stessa con lui di quanto lo fosse stata con qualsiasi altro ragazzo che aveva frequentato.

Le loro lingue si intrecciarono, così come le loro gambe. Gli avvolse le braccia intorno alla schiena, cercando di avvicinarsi di più.

«Calma, tesoro, va tutto bene» le disse.

Solo quando lo sentì parlare, Remi si rese conto che stava respirando troppo velocemente. Era quasi in iperventilazione.

«Se ne sono andati. È tutto a posto.»

«Non posso credere a ciò che abbiamo appena fatto» ansimò contro il suo collo, stringendosi a lui il più possibile.

«Baciarci?»

Lei sbuffò. «No. *Quello* è stato fantastico. Stupendo. Incredibile. Intendevo condividere il tuo erogatore dell'aria.»

«*Tu* sei stata fantastica. Sei sicura di non averlo mai fatto prima?» scherzò.

Remi si tirò indietro. «Neanche lontanamente.»

Il tono che usò fece svanire il suo sorriso. «Dico sul serio. Non ci sono molte persone con cui mi fiderei a farlo.»

«Torneranno?» sussurrò lei, riferendosi a chiunque fosse stato sull'imbarcazione.

«No.»

Si accigliò. «Non puoi saperlo.»

«Allora perché me l'hai chiesto?»

«Non lo so.»

«Non torneranno. Sono venuti per assicurarsi che fossimo morti, in modo da poter fare rapporto a Cazzone o a Bertie.

Le prossime persone che vedremo saranno i miei amici Navy SEAL. Ti do la mia parola.»

«Ok» sussurrò.

«Ok» ripeté lui. Poi aggiunse: «Ero serio, sai.»

«Riguardo a cosa?»

«Sul fatto di voler stare con te quando saremo sulla terraferma.»

«Nel tuo albergo o nel mio?» chiese.

«Non mi interessa. Ma voglio di più, Remi. Non posso credere che abitiamo davvero vicini. È come se fosse destino. Voglio presentarti la mia squadra e mostrarti Riverton. Lì ci sono parecchie mogli di SEAL che credo potrebbero piacerti molto. Quella del mio mentore, Caroline, è molto simile a te. Super intelligente, un po' introversa, ma dolcissima. E Wolf la ama infinitamente.»

Stava parlando in fretta, troppo perché Remi riuscisse a dire qualcosa.

«E puoi venire in campeggio con me e le mie scout. Posso anche mettere una buona parola per farti rifornire di biscotti Thin Mint. Qualsiasi cosa tu voglia, mi farò in quattro per realizzarla. Ti prego, dimmi solo che mi darai una possibilità.»

Quando fece una pausa per respirare, Remi chiese: «Hai finito?»

«Ehm... forse?» rispose un po' imbarazzato. «No, in realtà non ho finito. Il mio lavoro... è intenso. Sono spesso lontano. È per questo che Bertie mi ha lasciato. Diceva che non c'ero mai quando aveva bisogno di me. Amo essere un SEAL, ma posso prometterti che farò tutto il possibile per renderti la vita più facile quando non ci sarò. Probabilmente non l'ho fatto abbastanza con Bertie, ma Caroline può aiutarti. Lei e il suo gruppo di ragazze saranno felici di prenderti sotto la loro ala.»

«Sapeva a cosa andava incontro quando ha accettato di frequentarti» sostenne Remi con fermezza.

«Cosa? Chi?»

«Bertie» rispose, con un tono calmo che non rispecchiava come si sentiva. «Non sono un'idiota. Ho letto libri, visto film, guardato telegiornali. So che i militari vengono inviati in missione. E dato che sei delle forze speciali, probabilmente ti succede più spesso di un normale marinaio o soldato. Posso gestirlo, Vincent. La verità è che... non sono una persona molto estroversa. Sono felice di stare per conto mio, e il più delle volte sono a casa da sola. Ciò non significa che non mi mancheresti, ma Marley, la mia migliore amica, vive vicino. E nemmeno i miei genitori abitano troppo lontano. Sono anche sicura che hai molti amici e conoscenze che potrebbero aiutarmi se si presentasse qualcosa che non riesco a gestire.»

Fece una pausa e arricciò il naso.

«Perché quella smorfia?» le chiese. Aveva un tenero sorriso sul volto e Remi non riusciva ancora a credere che apparentemente lui fosse altrettanto interessato ad avere una relazione.

«Solo che... tutto questo è così... *veloce*. Non sono il tipo di donna di cui gli uomini si innamorano a prima vista.»

«Allora sono degli idioti. Dal primo momento in cui ti ho notata su quel molo, ho lottato contro la voglia di conoscerti meglio. C'è qualcosa in te che è...»

Remi trattenne praticamente il respiro, aspettando di sentire cosa avrebbe detto.

«... Calmante» disse infine dopo un attimo. «A causa del mio lavoro sono dovuto diventare molto bravo a leggere le persone all'istante. Ho dovuto imparare a capire se stanno per estrarre un'arma per cercare di uccidere me e la mia squadra o se sono disposti ad aiutare. Ma non mi sono reso conto di quanto fosse stressante la relazione con la mia ex finché non è finita. Mentre ci frequentavamo, ogni volta che bussavo alla sua porta avevo sempre lo stomaco stretto. Non sapevo mai se sarebbe stata dolce e felice o una vera bisbetica. Ti conosco da poche ore, ma a ogni minuto che passa mi dimostri quanto sei coraggiosa, equilibrata e forte.»

«Vincent» sussurrò, sopraffatta dall'analisi che aveva fatto di lei. Da che ricordava era sempre stata quella strana. Non era estroversa e alla moda come i suoi genitori, anche se loro la adoravano esattamente così com'era. Non faceva amicizia facilmente e i fidanzati erano stati pochi e distanziati. Ma ecco che quello straordinario Navy SEAL, un vero eroe, le stava dicendo che la riteneva coraggiosa e forte.

«Non lo sono» sbottò. «Sono spaventata a morte. Anche se hai detto che sei sicuro che qualcuno verrà a prenderti, temo che dovremo passare la notte qui nell'oceano. Ho sete e fame, e cerco di non pensare a nessuna delle due cose. Inoltre, non posso fare a meno di immaginare squali, razze e piranha che potrebbero banchettare con le dita dei miei piedi per poi risalire a prendersi il resto.

Ho paura che se veniamo salvati, non appena mi darai un'occhiata e vedrai i miei capelli crespi e il mio corpo che ha sicuramente mangiato troppe malasadas in questa vacanza, ti chiederai a cosa diavolo stavi pensando. Mi domando quanto tempo ci vorrà prima che proverai a rimangiarti con educazione tutto quello che hai detto sul fatto di volermi conoscere. E come se non bastasse, anche se ci tireranno fuori da questo stupido oceano, ho paura che Cazzone ci riprovi, per sbarazzarsi di me una volta per tutte.»

Quando finì di parlare era praticamente senza fiato.

Vincent non aveva mai distolto lo sguardo da lei, completamente concentrato su ciò che stava dicendo. Quella era una novità. Aveva sempre avuto l'impressione che il suo ex pensasse a tutto *tranne* che a lei quando erano insieme.

«Essere forti anche quando si è spaventati è l'essenza stessa del coraggio» le disse con fermezza. «Non passeremo la notte qui. Non appena ci salveranno mi assicurerò che tu abbia tutta l'acqua che riuscirai a bere e quei tacos che ti piacciono tanto. E non ci sono piranha in queste acque.»

Fece un sorrisetto mentre lo diceva, e Remi ebbe improvvisamente un'altra idea per uno dei suoi fumetti: Pecky in vacanza che galleggiava su una zattera nell'oceano, circondato da piranha smarriti che volevano solo tornare al loro fiume in Amazzonia. Si costrinse a prestare attenzione a ciò che Vincent stava dicendo.

«... Se pensi che mi sia sfuggito com'è il tuo aspetto, ti sbagli. I tuoi capelli sono molto simili a te, pieni di energia. E il tuo corpo... è *perfetto*.»

Non lo era, lo sapeva bene. Ma il modo in cui lui pronunciò quella parola le fece credere che fosse sinceramente attratto da ogni centimetro di lei. Non sapeva cos'avesse fatto nella vita per meritarsi l'interesse di quell'uomo, ma ne era estremamente grata.

«E per quanto riguarda i nostri ex, non so chi ci abbia incastrati in questo modo, ma hai la mia parola che farò tutto ciò che è in mio potere, usando tutti gli agganci che ho, e ne ho molti, per risolvere la questione e assicurarmi che a nessuno di noi capiti di nuovo una cosa del genere.»

«Ok» replicò dopo qualche secondo.

«Ok?» le chiese, sollevando un sopracciglio.

«Mm-mm.»

«Eccoti, di nuovo calma e forte» mormorò.

«Vuoi che urli, mi agiti, pianga e faccia il broncio?»

Vincent fece finta di rabbrividire. «Assolutamente no. Ti voglio esattamente come sei, tesoro.»

Remi sapeva che intendeva dire che era sollevato che lei non fosse nel panico. Ma per qualche ragione la sua risposta sembrò qualcosa di più. Come una sorta di promessa. Quelle parole furono come un balsamo per la sua anima, perché per tanto tempo aveva avuto la sensazione di dover sempre essere qualcuno che non era per fare colpo su un uomo.

«Come ho fatto a essere così fortunato?» chiese lui dopo un attimo.

Remi non riuscì a trattenersi dal ridere. «Fortunato? Vincent, siamo ancora bloccati in mezzo all'oceano, nel caso l'avessi dimenticato.»

«Non l'ho dimenticato. Ma i miei amici SEAL saranno qui tra meno di tre minuti e avremo coperte, acqua e cibo. Lo chiami essere sfortunato?»

Allarmata, Remi guardò verso la terraferma e vide un'altra barca dirigersi verso di loro. Inspirò bruscamente.

«Rilassati. È la Marina» la rassicurò con estrema certezza.

«Da cosa l'hai capito? Potrebbe essere l'altra barca che torna indietro!» esclamò.

«Dal motore. È sicuramente della Marina» rispose.

Remi guardò l'uomo a cui era ancora aggrappata quasi disperatamente. «Sei sicuro?»

«Sì.»

Fece un respiro profondo e annuì. «È quasi finita.»

«No, è solo l'inizio» ribatté lui.

«Sei sempre così... ragionevole? Perché devo dire che potrebbe diventare fastidioso.»

Vincent le fece un sorrisetto. «Sì. È un rischio dell'essere un SEAL. Non mi agito facilmente dopo tutto quello che ho visto e fatto.»

«Mi sembra giusto» dovette ammettere Remi. «Penso che Pecky abbia bisogno di incontrare un Navy SEAL e vivere delle avventure con lui.»

Il sorriso sbarazzino che comparve sul suo volto fu adorabile. «Saranno tutti gelosissimi se verrò inserito in un fumetto di Pecky il taco viaggiatore. Non vedo l'ora di vantarmene.» Poi la baciò di nuovo, e quando alzò la testa la barca era molto più vicina.

Remi si irrigidì involontariamente. Lui aveva detto di essere sicuro che fossero i suoi amici, ma il ricordo di aver sollevato lo sguardo mentre *l'altra* imbarcazione sfrecciava sopra le loro teste era ancora troppo vivido.

Vincent alzò il braccio, stringendo la mano a pugno.

Dal natante arrivò un grido, mentre si avvicinava a loro molto più lentamente.

«Te l'avevo detto» le disse sorridendo.

«Già.»

«Ehi! Tex ha chiamato e ha detto che potevi aver bisogno di un passaggio. Sembra che avesse ragione.» Un uomo più vecchio di loro, con i capelli molto più lunghi di quelli di Vincent e la barba brizzolata, sorrise mentre manovrava il grande gommone nero per accostarsi a loro.

«Baker!» esclamò Vincent. «Non avrei mai pensato di vederti *qui*. Eri ansioso di incontrarmi senza dover aspettare domani, eh?»

«Be', Mustang e la sua squadra sono in missione in questo

momento. Si arrabbieranno sicuramente per non essere venuti loro a ripescarti. E per la cronaca, sei in debito con me. Stavo pensando ai fatti miei e guardavo la mia donna con i suoi surfisti liceali, quando ho saputo che avevi bisogno di assistenza.»

«Lo apprezzo molto. Domani mi farò perdonare da entrambi, se siamo ancora d'accordo di trovarci.»

«Ovvio che sì» rispose Baker. «Ora che ne dite di salire su questo Zodiac e di andarcene da questo oceano?»

«Assolutamente sì. Prima Remi.» Vincent si girò verso di lei. «Forza, tesoro, ti tiriamo fuori dall'acqua.»

Lei guardò il gommone e scosse la testa incredula. Non sapeva che avesse un nome ufficiale finché Baker non l'aveva menzionato, così archiviò quell'informazione con la sensazione che in un futuro non troppo lontano avrebbe disegnato una vignetta con Pecky su uno Zodiac, con un enorme sorriso e la sua lattuga che volava via nella brezza. Ma per il momento doveva salirci sopra. Da lontano non le era sembrato poi così grande, ma ora che ci stava galleggiando vicino sapeva che non sarebbe stata in grado di issarsi da sola.

Non fece nemmeno in tempo a pensarlo che Baker le afferrò le braccia e la tirò verso l'alto, mentre Vincent la spingeva tenendola per il sedere.

Si ritrovò seduta sul fondo del gommone prima ancora di avere il tempo di prendere fiato. E poi Vincent fu accanto a lei. Si era sollevato sul bordo scavalcandolo come se fosse stata la cosa più semplice del mondo. Si tolse immediatamente la maschera, si scrollò di dosso la bombola e si sedette accanto a lei. Poi la abbracciò e la strinse a sé.

Baker gli passò una coperta d'emergenza piegata in un

piccolo quadrato, e lui gliela avvolse intorno alle spalle in pochi secondi.

«Acqua?» chiese l'uomo, porgendole una bottiglia.

Remi la prese e cominciò a ingurgitare l'acqua più buona che avesse mai bevuto in vita sua. Ma rallentò quando Vincent le disse sottovoce: «Piano, tesoro.»

Lo guardò con aria un po' imbarazzata. «Ne vuoi un po'?» gli chiese.

Lui le sorrise. «Ho la mia. Ma non voglio che vomiti per aver bevuto troppo in fretta.»

Baker aveva già invertito la rotta dello Zodiac e stava tornando verso Oahu a un ritmo molto più lento di quello con cui era arrivato. «Vuoi dirmi come diavolo sei finito a galleggiare in mezzo all'oceano quando dovevi fare solo un'immersione?» gli domandò.

«Sembra che abbiamo entrambi degli ex abbastanza incazzati con noi da cercare di farci rimpiangere di essere andati in vacanza senza di loro» rispose Vincent quasi con nonchalance.

Remi non riusciva a credere che fosse così tranquillo come sembrava.

«Stasera mi metterò a fare delle ricerche. Domani, quando verrete a trovarmi, vi farò sapere cosa scopro, se c'è qualcosa da scoprire.»

Cosa? Remi guardò l'uomo attraente al timone e poi Vincent. Per quanto Baker fosse bello, e non c'era dubbio che i capelli brizzolati lo rendessero più affascinante, non riusciva a distogliere lo sguardo dal suo SEAL. L'uomo che aveva fatto sembrare la peggiore esperienza della sua vita quasi un'avventura, invece del tentato omicidio che era stato in realtà.

«Domani quando andremo a trovarlo?» chiese a Vincent.

«Avevo in programma di andare sulla North Shore per far visita a Baker e sua moglie. Vieni con me?»

Era già stata nella parte nord dell'isola, ma il pensiero di viverla con lui era qualcosa che non poteva rifiutare. Inoltre, pensava ancora che tutte le sue belle parole fossero state una conseguenza della situazione in cui si erano trovati. Che una volta salvati lui sarebbe tornato in sé. Ma se voleva passare più tempo con lei, le andava più che bene.

«Remi?» la sollecitò con aria preoccupata, quando non rispose subito.

«Sì, mi piacerebbe.»

«Bene. Sei già stata alla piantagione Dole?»

Era quasi surreale che stessero parlando di fare i turisti pochi minuti dopo essere stati salvati dall'oceano. «Sì, ma non ho fatto il labirinto, non volevo rischiare di perdermi e non uscire prima che chiudessero.»

«Non ci perderemo» la rassicurò. Poi le prese la mano che non teneva la bottiglia. «Non ti ho nemmeno chiesto per quanto tempo saresti rimasta qui alle Hawaii.»

«Il mio volo parte dopodomani.»

Le sorrise. «Anche il mio.»

Quante probabilità c'erano? Le vennero i brividi sulle braccia.

Naturalmente, Vincent se ne accorse, ma per fortuna interpretò male il motivo.

«Tieni duro, arriveremo prima che tu te ne renda conto» disse, stringendole la mano in modo rassicurante. «Presto ti porteremo a scaldarti.»

Remi annuì, e pensò che avrebbe dovuto sentirsi nervosa per ciò che sarebbe potuto accadere. Se magari Vincent avesse deciso di lasciarla in albergo e non contattarla mai più.

O forse avrebbe dovuto preoccuparsi del suo ex, della reazione di Marley a ciò che le era successo, a quella dei suoi genitori. A un milione di altre cose. Ma, sorprendentemente, non fu così.

Era più che altro eccitata perché l'indomani avrebbe passato del tempo con lui fuori dall'acqua, e perché una volta tornati in California avrebbero continuato a vedersi.

Sperava solo che tutto ciò che le aveva detto di volere fosse vero. Che non si accorgesse di quanto fosse una nerd, cambiando idea sul fatto di voler trascorrere del tempo con lei.

———

Il capitano era seduto in un piccolo bar all'aperto vicino al porto quando vide lo Zodiac avvicinarsi.

Cazzo!

Aveva pensato che l'uomo e la donna fossero morti. Era persino tornato per accertarsene, e quando non aveva trovato alcuna traccia di loro, era stato soddisfatto di aver portato a termine ciò per cui era stato pagato. Ora stavano scendendo dal gommone incolumi, e ciò non avrebbe fatto piacere alla persona che gli stava dando un mucchio di soldi.

Fanculo, cazzo!

Tirò fuori il telefono e scrisse un messaggio.

Un minuto dopo l'invio, il suo cellulare squillò.

Sapendo chi era, valutò di non rispondere, ma avrebbe solo peggiorato le cose. «Pronto?»

«Stronzo! Non posso credere che tu abbia mandato a puttane un incarico così facile!»

«Ehi, ho fatto ciò che volevi. Li ho lasciati in mezzo al

cazzo di oceano. Sono anche tornato indietro per assicurarmi che fossero morti e non ho visto nessuno là fuori. Non è colpa *mia* se lui è riuscito in qualche modo a mettersi in contatto con qualcuno per farsi recuperare.»

«Merda! Che aspetto aveva la persona che li ha prelevati?»

«Vecchio. Barba grigia. Tatuaggi.»

«Cazzo, cazzo, *cazzo*! Non è positivo. Proprio per niente.»

Al capitano non piacquero quelle parole. «E adesso?»

«Be', ovviamente non puoi chiamare la polizia e informarla che i tuoi clienti sono scomparsi durante un'escursione, come avevamo previsto. Semmai sei *tu* che devi sparire dalla circolazione.»

«Ci vogliono soldi» protestò.

«Ti ho già pagato.»

«Voglio l'altra metà che mi hai promesso. Ho fatto quello per cui sono stato assunto. Se non otterrò quello che mi devi, andrò alla polizia e dirò che ci sei tu dietro tutta questa storia.» Stava bluffando, ovviamente. Se fosse andato alla polizia sarebbe stato arrestato anche lui. Ma era disperato. Vivere alle Hawaii non era economico, e se doveva nascondersi per un periodo prolungato aveva bisogno di denaro.

«E ammettere il tuo ruolo nel tentato omicidio? Non credo» ringhiò l'uomo, come se gli avesse letto nel pensiero.

«Non posso nascondermi senza soldi a disposizione.»

«Bene. Liberati del telefono usa e getta. Non sarà possibile risalire a te. Vai a casa. Stasera ti manderò il mio uomo con il compenso. Poi dovrai diventare un fantasma.»

Il capitano si sentì sollevato. I diecimila dollari che gli avrebbero portato sarebbero bastati per rimanere fuori dal giro per un po'. «Lo farò.»

«Non contattarmi più. *Mai più*. Il nostro accordo termina

nel momento in cui chiuderemo la chiamata. Io mi sbarazzo di questo numero e tu devi distruggere quel telefono. Capito?»

«Sì.»

«Cazzo, è un disastro» mormorò. «Dovrò rivalutare la situazione. Assicurati che il mio nome resti fuori da questa storia.»

Poi la chiamata si interruppe.

Il capitano fece un respiro profondo e spense il telefono. A causa di tutta la concorrenza la sua attività di noleggio barche era andata in crisi negli ultimi anni. Aveva accettato quel lavoro perché aveva un disperato bisogno di soldi, e tutto era stato pianificato con cura: era stato consapevole che la polizia lo avrebbe interrogato una volta scomparsi i suoi clienti, ma era stato preparato per tutte le eventuali domande che gli avrebbero fatto e rassicurato che, anche se ci fossero stati dei sospetti, alla fine sarebbe stato scagionato. Nessun cadavere significava nessuna prova che avesse fatto qualcosa di male.

Ma ora che entrambi i passeggeri erano stati ritrovati vivi e vegeti, tutto stava andando a rotoli.

Persone potenti ed estremamente in gamba avrebbero indagato su di lui, sulla sua attività. Avrebbero esaminato tutto, dalla taglia delle mutande che indossava a quello che aveva mangiato a colazione. E i due sopravvissuti avrebbero immediatamente raccontato la loro versione della storia. Del fatto che li aveva semplicemente abbandonati in mezzo all'oceano.

Cazzo!

Si portò la bottiglia di birra alle labbra e tracannò il resto. Fece un cenno di saluto al barista e si mise il cellulare in tasca per liberarsene più tardi, poi si girò e si allontanò, svanendo nel tramonto come il fantasma che ora doveva essere.

———

«Grazie, amico» disse Kevlar stringendo la mano a Baker, il quale aveva riscosso dei favori per far sì che, una volta arrivati al porticciolo, ci fosse già un marinaio ad aspettarli nel parcheggio per portarli ovunque volessero andare, e anche la polizia, a cui avevano rilasciato le loro dichiarazioni... non che ci fosse stato molto da dire. Ora le forze dell'ordine stavano cercando di rintracciare il capitano della barca, e Remi lo stava aspettando in disparte, a circa sei metri di distanza, lasciandogli spazio e privacy per salutare il suo amico. Non era stata obbligata a farlo, ma apprezzava comunque la sua considerazione.

«Non c'è bisogno di ringraziare» rispose Baker. «E devi sapere che Tex se ne sta già occupando. Quando si è accorto che qualcosa non quadrava, ha hackerato la tua posta elettronica. Ha trovato la corrispondenza sul noleggio prenotato per oggi, è entrato nel sito del capitano e ha trovato il nome di Remi. Sa tutto sul fatto che la tua ragazza è l'erede dell'azienda Crown Condoms, sul suo ex... e anche sulla tua. Sta indagando sul proprietario della barca. E, come promesso, vedrò cosa riesco a scoprire anch'io.»

Kevlar non poté far altro che ridere. Non avrebbe dovuto essere sorpreso che Tex avesse hackerato il suo account di posta e sapesse già di Remi, ma comunque lo era. E sentire Baker chiamarla "la sua ragazza" lo fece sentire... bene. Molto bene. «Mi farai sapere se è stato il suo ex, tale Cazzone, o Bertie?» chiese.

«Certo. Ma ha importanza chi dei due possa essere stato?»

«Non proprio. Anche se vorrei saperlo per essere pronto a eventuali sorprese in futuro.»

«Non ci saranno sorprese, se possiamo evitarle. A me e a Tex non piace lasciare questioni in sospeso.»

«Bene. Grazie ancora.»

«Ok. A che ora vieni domani? Se hai intenzione di fermarti alla piantagione Dole e fare il labirinto, arriverai più tardi del previsto?»

Kevlar ci pensò un attimo. «Più o meno all'ora di pranzo? Dovremmo avere il tempo di passare alla piantagione e poi venire sulla North Shore senza doverci alzare alle prime luci dell'alba. Sono sicuro che Remi è esausta e vorrà dormire un po' di più.»

Baker le lanciò un'occhiata, aveva ancora la coperta d'emergenza intorno alle spalle. I suoi capelli si erano asciugati con il vento mentre tornavano a riva, e al momento erano tutti arruffati.

Kevlar la trovava adorabile e non vedeva l'ora di passare le mani tra quelle ciocche selvagge. Ma non gli piaceva che sembrasse insicura e smarrita, da sola in disparte, mentre loro parlavano.

«Il mio istinto mi dice che c'è qualcosa di strano» disse Baker quando si voltò di nuovo verso di lui.

«Cosa intendi? Riguardo a Bertie?»

L'altro scrollò le spalle. «Su tutta la situazione. Sappiamo entrambi che non avresti avuto problemi a tornare a riva, anche se avessi dovuto nuotare per tutto il tragitto. Sembra più probabile che tu ti sia ritrovato in mezzo a un attentato alla *sua* vita. Sei sicuro di voler essere coinvolto?»

«Assolutamente sì» rispose senza esitazione. «Vorrei che

l'avessi vista, Baker. Quando si è accorta che eravamo stati abbandonati, non si è fatta prendere dal panico. Non ha pianto. Era determinata a rimanere forte e calma. Inoltre, quello stronzo del capitano è tornato.»

«Davvero?» chiese sorpreso.

«Sì. La velocità con cui si stava avvicinando alla nostra posizione non mi ha dato una bella sensazione. Di certo non stava tornando per salvarci dopo essersi improvvisamente reso conto di aver abbandonato le uniche due persone che erano state con lui sulla barca. Mi sono immerso e ho condiviso l'erogatore con Remi finché non se n'è andato.»

«E lei non ha dato di matto?»

«No, affatto.»

Baker lo fissò per un attimo. Poi disse: «Respirare in coppia con una persona appena conosciuta non è facile. Deve essere una donna speciale.»

Kevlar non fu sorpreso che l'ex SEAL avesse capito l'importanza di condividere la propria aria con qualcun altro. Non che avessero avuto scelta; quella barca stava andando dritta verso di loro e se chiunque era alla guida si fosse accorto che erano ancora vivi, le cose si sarebbero potute mettere male. Ma se Remi si fosse fatta prendere dal panico una volta immersi, sarebbe stato anche peggio. La respirazione in coppia era il massimo atto di fiducia nei confronti di un altro essere umano.

«Lo è» ribatté con fermezza, confermando il suo commento.

«Vai» gli ordinò. «Scalda la tua donna. E falla mangiare già che ci sei. Assicurati che beva molto.»

«Lo farò. Ci vediamo domani.»

«A domani» disse Baker, salendo di nuovo sullo Zodiac e preparandosi ad allontanarsi dal molo.

Kevlar non sapeva dove stesse andando, ma la sua attenzione non era più rivolta al leggendario ex SEAL, ma su Remi. Indossava ancora la muta corta. Le sue guance erano arrossate dal sole e probabilmente anche dalla salsedine e dal vento. Non aveva mai visto niente e nessuno di così bello come lo era lei in quel momento.

Risalì il pontile di legno e non appena le fu abbastanza vicino la strinse in un abbraccio.

«Tutto bene?» gli chiese, appoggiando le mani sul suo petto.

«Sì. Andiamo nel tuo albergo o nel mio?» le domandò senza girarci intorno.

Lei arrossì un po', ma non contestò, sollevò semplicemente la testa e chiese: «Non lo so. Dove alloggi?»

«All'Holiday Inn di Waikiki.»

Lei arricciò il naso e Kevlar dovette trattenersi per non baciarla di nuovo. «Allora nel mio. Sono all'Hilton. Ho una suite d'angolo con vista sull'oceano.»

Kevlar ridacchiò. «E il tuo sia.»

«Ma se vuoi possiamo fermarci al tuo hotel, così puoi prendere le cose che potrebbero servirti.»

«Non mi serve niente.»

Lei sollevò le sopracciglia. «Vincent, indossi una muta da sub.»

«E sotto ho i pantaloncini da mare. Ma se dovesse servirmi altro da mettere, posso prendere qualcosa in un negozio ABC lungo la strada. Ce ne sono ovunque e non ci vorrà molto.»

«E non ci vorrà molto nemmeno per fermarsi al tuo hotel, così potrai prendere le *tue* cose» replicò Remi con fermezza.

A Kevlar piaceva che gli tenesse testa. Che non si limitasse ad assecondare tutto ciò che lui diceva. Era strano, perché Bertie era famosa per non essere mai d'accordo con lui, e aveva odiato quel particolare, ma la differenza era che Remi lo stava contraddicendo su qualcosa che sarebbe stata una seccatura per *lei*, ma che avrebbe giovato a *lui*. Non riusciva nemmeno a immaginare Bertie nella situazione che Remi aveva affrontato quel giorno. E se le fosse successo, la sua ex avrebbe sicuramente insistito per essere portata immediatamente al suo hotel, senza deviazioni.

«Ti va bene se vengo in albergo con te?» le chiese. Erano stati insieme in una situazione estrema, e poteva avere dei ripensamenti sul fatto di stare con lui ora che erano di nuovo al sicuro e sulla terraferma.

Per tutta risposta, gli afferrò la mano e si voltò verso l'uomo che li aspettava con un SUV. Lo trascinò fino al veicolo e aprì la portiera posteriore. «Sali» gli ordinò.

Kevlar sorrise. «Sì, signora» ribatté obbediente.

Una volta seduti, Remi ringraziò il marinaio che era andato a prenderli e gli chiese educatamente se non gli sarebbe dispiaciuto passare dall'Holiday Inn prima di andare all'Hilton.

Nonostante lo scambio di convenevoli fosse stato breve, Kevlar poté constatare che il giovane pendeva già dalle sue labbra. La sua gentilezza, anche dopo quello che aveva passato, era affascinante e accattivante, e non poteva biasimare il ragazzo se la fissava e le sorrideva in un modo che lasciava intendere che era leggermente invaghito della donna scompigliata sul sedile posteriore.

Kevlar non aveva idea di che ora fosse quando finalmente arrivarono all'Hilton. Ma era completamente buio e si sentiva stanco. E se lo era *lui*, Remi doveva essere esausta. Anche se era palesemente indebolita, fu comunque cordiale e gentile con il personale. Dovette recarsi alla reception per ottenere una chiave sostitutiva e intavolò una conversazione con l'impiegata a proposito del bellissimo fiore che portava tra i capelli.

Mentre lei chiacchierava con la donna, Kevlar aprì la sua app preferita per la consegna di cibo a domicilio e fece in modo che la loro cena arrivasse nella stanza di Remi. *Comfort food*. Cose non troppo piccanti, quindi i tacos avrebbero dovuto aspettare. Dopo aver trascorso la giornata in acqua, entrambi avevano bisogno di carboidrati e proteine. Roba di facile digestione e che fosse delicata per lo stomaco.

Quando Remi aprì la porta della sua stanza, Kevlar, impressionato, non riuscì a trattenere un basso fischio.

Lei ridacchiò. «È un po' troppo solo per me, ma questa vista vale ogni centesimo.» Poi arricciò di nuovo il naso, cosa che lui aveva già capito essere un'abitudine. «Voglio dire, lo pensavo già, ma ora... fissare quell'enorme distesa di oceano ha un significato diverso per me.» La sua voce tremò sulle ultime parole.

Kevlar non ce la fece proprio più a starle lontano. Quella era la prima vera incrinatura nella sua ferrea forza di tutta la giornata. Lasciò cadere lo zaino – in albergo ci aveva messo dentro in fretta un cambio di vestiti, lasciando lì l'attrezzatura subacquea – e le si avvicinò. Senza esitare, la attirò tra le braccia.

Lei gli si abbandonò contro, e niente gli aveva mai dato una sensazione più stupenda. Era mai stato così bello stringere Bertie?

No.

Remi era morbida e arrendevole, e si accoccolò a lui quasi come se l'avessero fatto centinaia di volte. Non era molto più bassa di lui, solo una decina di centimetri. I suoi capelli gli sfiorarono il viso mentre gli appoggiava la testa sulla spalla, e non riuscì a trattenersi dall'infilare le dita in quelle ciocche ribelli.

Non sapeva per quanto tempo rimasero così, sapeva solo che non avrebbe più voluto lasciarla andare. Anche se non si era spaventato quando aveva capito che il capitano li aveva abbandonati nell'oceano, la giornata non era stata priva di stress. Aveva bisogno di quell'abbraccio tanto quanto lei. In quanto Navy SEAL, avrebbe dovuto essere come Superman. Molte persone pensavano che gli uomini come lui non provassero emozioni forti, che non rimanessero scossi dalle cose che vedevano e facevano. Ma per quanto lo riguardava, non era così.

In quel momento il suo cervello lo riportò a pensare a Blink, il SEAL che aveva perso alcuni dei suoi compagni di squadra e che non riusciva a capacitarsi di ciò che era successo nella sua ultima missione. Kevlar si chiese se avere qualcuno come Remi da cui tornare a casa avrebbe potuto fare la differenza nel modo di affrontare il trauma. Non Remi in sé; ormai era *sua*. Ma qualcuno di simile.

Accantonò il pensiero del SEAL quando lei si tirò indietro e gli sorrise, un po' imbarazzata.

«Dovrei farmi una doccia.»

«Già» concordò, ma non la lasciò andare.

«Sto bene» gli disse con dolcezza. «Ammetto di aver avuto... un momento. Vedere l'oceano e rendermi conto che sarei ancora lì se tu non fossi stato con me oggi... probabilmente avrei cercato di tornare a riva a nuoto, e sappiamo entrambi come sarebbe andata a finire. Ma adesso è tutto a posto. Non vedo l'ora di uscire da questa muta e di indossare qualcosa di caldo e morbido. Per non parlare del fatto che i miei capelli non si riprenderanno mai più dalla salsedine, dal vento e dal sole.»

«A me piacciono così.»

Lei rise sbuffando.

Quel suono avrebbe dovuto infastidirlo, invece lo fece sorridere.

«Sì, certo. Il look da Medusa è proprio attraente.»

Non le aveva tolto la mano dai capelli e le strinse la testa avvicinando il viso al suo.

Remi spalancò gli occhi, ma non si allontanò. Un senso di soddisfazione lo pervase. Si chinò e sorrise quando lei sollevò il mento dandogli facile accesso alle labbra. Ma non poteva baciarla. Se lo avesse fatto, non avrebbe voluto fermarsi. Ed era ben consapevole del grande letto dietro di loro. Avrebbe voluto farla sdraiare e toglierle la muta per scoprire tutti i suoi segreti nascosti, ma era esausta. Non era il momento giusto.

Le baciò invece la fronte, tenendola contro di sé e mantenendo le labbra sulla sua pelle. Sapeva leggermente di sale e di sudore. Anche quello non lo infastidì.

Inspirò profondamente, poi, con rammarico, sfilò le dita dai suoi capelli. Le mise entrambe le mani sulle spalle e la fece voltare verso il bagno. «Fai con calma, tesoro. Devo telefonare alla mia squadra. Se arriva la cena, me ne occupo io.»

Remi annuì, si leccò le labbra e si avviò verso il bagno.

Kevlar si sentì un guardone, ma non riuscì a staccare gli occhi dal suo sedere. La muta evidenziava ogni centimetro del suo corpo, anche se era coperto. Era quasi provocante, e in qualsiasi altro momento lo avrebbe fatto impazzire, ma con la stanchezza che lo attanagliava, si accontentò di ammirare le sue curve.

Non si mosse finché lei non chiuse la porta, poi fece un respiro profondo e si diresse verso il balcone. Aveva bisogno di aria. Starle così vicino era una tortura e allo stesso tempo inebriante.

Per fortuna quella mattina aveva lasciato il telefono in albergo prima di andare al molo. Lo tirò fuori dallo zaino, andò sul balcone e compose il numero di Safe.

«Ehi, Kevlar. Come sono le Hawaii?»

«Interessanti.» Riassunse rapidamente quello che era successo quel giorno.

«Porca puttana, sul serio? Quella stronza!»

Kevlar non poté fare a meno di sorridere. Adorava come lo supportavano i suoi compagni di squadra.

«Già, se una settimana fa mi avessi chiesto se pensavo che Bertie avrebbe mai potuto fare una cosa del genere, ti avrei risposto di no, ma ora... non lo so, amico.»

«Cosa vuoi che facciamo?» chiese Safe.

«Niente per il momento. Domani mi incontrerò con Baker. Oggi è venuto lui a prenderci e ha detto che avrebbe fatto delle ricerche per vedere se riesce a trovare qualche indizio che faccia pensare che sia stata Bertie a organizzare tutto. Farà un controllo anche sull'ex di Remi. E naturalmente anche Tex si sta dando da fare.»

«Meno male che avevi la muta con il localizzatore.»

«Già, ha fatto sì che le cose si muovessero molto più velocemente di quanto avrebbero fatto altrimenti. Domani parlerò con Tex e lo ringrazierò di essere sempre sul pezzo.»

Safe ridacchiò. «Oh, gli piacerà da morire. Sai che odia essere ringraziato.»

«Be', per questa volta dovrà accettarlo.»

«E Remi?» gli chiese.

Kevlar giurò di aver percepito un sorriso nella voce del suo amico. «Già.... è diversa da tutte le donne che ho conosciuto.»

«Pensi che una relazione a distanza possa funzionare?»

«È questo il punto. Vive a San Diego.»

«Porca puttana, *sul serio?*»

«Sì.»

«Wow! È una fortuna pazzesca, amico.»

Pensava fosse più che fortuna. Era destino. Ma lo tenne per sé. «È vero.»

«Quindi hai intenzione di rivederla?»

Non riuscì a trattenere un sorriso mentre si voltava a guardare l'interno della stanza. «Sì.»

«Bene. Cerca di non fare troppo lo stronzo e magari ti darà una possibilità.»

Kevlar ridacchiò. «Grazie per la fiducia.»

«Figurati» replicò Safe ridendo.

«Come vanno le cose lì? Vi state godendo tutti la pausa?» domandò.

«Più o meno.»

Percepì una nota... strana nel tono del suo amico. «Cosa c'è che non va?»

«Niente di particolare. Siamo tutti un po' irrequieti. Sai che non gestiamo bene il tempo libero.»

«E?»

Safe sospirò. «Howler sta frequentando il Golden Oyster più del solito. E sparla.»

«Di cosa?»

«Non di cosa... di *chi*.»

Kevlar si acciglò. «Di me?»

«Pare di sì. Ma dice un sacco di stronzate. È l'alcol a parlare.»

«Cosa dice?»

«Stupide cazzate.»

«Cosa dice, Safe?» ripeté.

«Solo... il solito. Cose tipo che avresti potuto annullare il viaggio e andare in missione in Siria. Che se fosse stato lui il leader, avrebbe messo il team e il Paese al primo posto.»

Si sentì riempire di irritazione. C'era stato un periodo in cui Howler *aveva* espresso il suo interesse a diventare leader del team, ma il loro comandante invece aveva scelto lui. Ne avevano parlato a lungo, e aveva pensato che alla fine per il suo amico non ci fossero problemi, ma a quanto pareva c'era ancora un po' di risentimento.

Si ripromise di fare una lunga chiacchierata con il suo compagno di squadra una volta tornato a casa. Se Howler voleva davvero guidare il proprio team, forse era il caso di incoraggiarlo. I SEAL cambiavano spesso squadra. Gli sarebbe mancato, ma allo stesso tempo voleva il meglio per lui.

«Gli parlerò» disse a Safe.

«Lo immaginavo.»

«Il resto va bene?»

«Sì.»

«Ottimo.»

«Torni comunque questa settimana?»

«Certo.»

«Bene. Ci vediamo tra un paio di giorni. Cerca di stare lontano dai guai» scherzò Safe.

«Certo.»

«Kevlar?»

«Sì?»

«Sono contento che tu stia bene. Se sento altre voci circolare qui, te lo farò sapere.»

«Lo apprezzo molto. Ci sentiamo.»

«Ciao.»

Kevlar chiuse la chiamata e fissò l'oceano con la mente in subbuglio. Ripensò a tutto quello che era successo quel giorno, alla telefonata con Safe, alla sua preoccupazione per Howler e a quale cazzo di problema potesse avere.

Un rumore alle sue spalle lo fece voltare, e tutti i pensieri opprimenti svanirono in una nuvola di fumo quando il suo sguardo si posò su Remi.

Il bagno dietro di lei era saturo di vapore mentre stava davanti alla porta con addosso solo un asciugamano. La sua pelle era arrossata dall'acqua calda e aveva ancora delle gocce sulle spalle e sulla parte sopra il seno, dove il telo copriva a malapena il suo corpo formoso.

«Ho dimenticato di prendere i vestiti» disse, con aria imbarazzata.

Kevlar la fissò a lungo prima di rendersi conto che la stava mettendo a disagio. Si girò e tornò a fissare l'oceano con il cuore che gli batteva forte, mentre faceva il possibile per controllare la reazione del suo corpo nel vederla praticamente nuda.

«Mi dispiace davvero. Sarò fuori tra un paio di minuti» mormorò da dietro di lui.

Kevlar sentì il rumore dei cassetti che venivano aperti e il fruscio mentre frugava tra le cose.

«Non c'è problema» riuscì a dire. «Fai con calma.»

Quando sentì la porta del bagno chiudersi, lasciò uscire il respiro che aveva trattenuto. Non era mai stato così scombussolato da una donna, soprattutto una appena conosciuta. Era allo stesso tempo sconcertante ed eccitante.

Il bussare alla porta lo distrasse e andò ad aprire, sollevato di avere qualcosa che lo tenesse occupato.

Stava sistemando i sacchetti di cibo sul tavolo quando Remi apparve di nuovo. I capelli le scendevano sulle spalle e vide che aveva un velo di sudore sulla fronte a causa della doccia calda e dell'umidità del bagno.

«Ho finito. Tocca a te» gli disse con un piccolo sorriso.

«È arrivato il cibo» replicò lui inutilmente.

«Vedo» ribatté con un sorriso più ampio.

Ovvio che sì. Gli succedeva raramente di aver difficoltà a trovare le parole. Ma eccolo lì, a parlare come un idiota.

«Mangia, io torno tra qualche minuto.»

«Non c'è fretta.»

Kevlar andò a grandi passi verso il bagno, raccogliendo lo zaino lungo il percorso. Non avrebbe fatto assolutamente il suo stesso errore. Non poteva stare nella stessa stanza con lei coperto solo da un asciugamano. Non aveva così tanta forza di volontà.

Fu un sollievo chiudersi la porta alle spalle, ma durò solo un attimo perché tutta la stanza profumava di lei; aveva usato il bagnoschiuma e la lozione dell'hotel, qualcosa che sapeva di cocco e fiori, e gli venne voglia di sentirlo su di sé.

Invece della doccia calda che aveva programmato, finì per mettersi sotto il getto di acqua fredda, volendo che il suo corpo si comportasse bene. Il freddo fece il suo dovere, facendo fluire via il sangue dal suo cazzo. Si lavò rapidamente e fece lo stesso con la muta, per poi vestirsi il più in fretta possibile.

Era pazzesco quanto fosse impaziente di tornare da Remi.

L'aveva vista pochi minuti prima, eppure si comportava come un ragazzino innamorato cotto desideroso di rivedere la ragazza che gli piaceva.

Quando aprì la porta del bagno, poté solo rimanere a fissare sorpreso. Mentre si stava lavando e cambiando, Remi aveva tirato fuori tutto il cibo dai sacchetti e lo aveva disposto sul tavolo. Con tanto di tovaglioli sotto le posate.

«Non ho voluto mangiare senza di te» ammise.

Kevlar non sapeva cosa si era aspettato facesse. No... era una bugia. Aveva pensato che avrebbe mangiato perché era ovvio che stesse morendo di fame dopo tutto ciò che era successo. Ma non l'aveva fatto. Lo aveva aspettato. Quel semplice gesto lo toccò in un modo a lui poco familiare.

Si avvicinò al tavolo e lentamente si sedette accanto a lei.

Remi gli fece un piccolo sorriso e prese la forchetta. «So che sono solo maccheroni al formaggio, ma hanno un profumo favoloso» gli disse.

Non riuscì a toglierle gli occhi di dosso mentre lei si metteva in bocca la forchetta con la pasta cremosa. Il modo in cui le sue labbra si chiusero intorno alla posata fu quasi erotico, considerando che non stava nemmeno cercando di eccitarlo.

Il gemito che le uscì dalla gola glielo fece diventare duro come lo era stato prima della doccia.

«Oh mio Dio, è buonissima. Pensavo che i tacos fossero il mio cibo preferito, ma ho mentito. Ora lo sono questi maccheroni al formaggio.» Poi lo guardò. «Non mangi. Stai bene?»

Kevlar si buttò sul piatto che lei gli aveva preparato. Aveva ragione, quella pasta cremosa era esattamente ciò che il suo corpo desiderava.

Mangiarono in un silenzio confortevole, entrambi concentrati ad assimilare le calorie necessarie al loro organismo, godendosi la sensazione di avere la pancia piena. Kevlar si assicurò che Remi mangiasse un po' delle verdure che aveva ordinato, per cercare di farle introdurre il maggior numero possibile di sostanze nutritive. C'era anche del delizioso pollo alla griglia, che condivisero.

Quando finirono di mangiare, era evidente che lei fosse ormai al limite. Aveva sbadigliato più volte e aveva le palpebre pesanti. Era proprio sfinita.

«Sei esausta. Vai a letto, tesoro» le disse. «Pulisco io qui.»

«Non è poi così tardi» protestò, ma lui capì che era un'affermazione poco convinta.

«E quindi?» replicò.

Gli sorrise. «È vero. Sono in vacanza. Posso fare quello che voglio, no?»

«Esatto.»

«Rimani?»

Kevlar si bloccò. Desiderava farlo. Moltissimo. Ma non voleva metterla a disagio in alcun modo.

«Ti prego, resta» gli disse sommessamente. «So che è strano e che ci siamo appena conosciuti, ma mi sentirei meglio se tu fossi qui. Non penso che Cazzone possa farmi qualcosa mentre sono nella mia stanza d'albergo, ma non pensavo nemmeno che sarebbe successo qualcosa durante l'escursione di snorkeling.»

Stava blaterando, e sebbene fosse adorabile, capì che era stressata.

«Rimango» la rassicurò.

Vide le sue spalle abbassarsi per il sollievo; praticamente lo sentì irradiarsi da lei.

«Grazie.»

Andò dritta a letto e si infilò sotto le coperte senza preoccuparsi di cambiarsi. D'altra parte, dopo la doccia si era messa un paio di leggings e una maglietta, quindi poteva tranquillamente dormire così. Si girò su un fianco e Kevlar poté sentire il suo sguardo su di lui mentre sparecchiava la tavola e metteva gli avanzi, quel poco che era rimasto, nel piccolo frigorifero.

Quando si voltò verso di lei, vide che aveva gli occhi chiusi e stava respirando profondamente. Si era addormentata nel giro di pochi secondi.

Fu colpito dalla fiducia che riponeva in lui. Erano ancora praticamente degli estranei, che avevano vissuto un'esperienza molto intensa, ma pur sempre estranei.

Si sedette di nuovo al tavolo e la fissò dormire. Non riusciva a toglierle gli occhi di dosso. Era mai stato così affascinato da Bertie mentre dormiva? O da qualsiasi altra donna, se era per quello. Era sicuro di no. Cosa c'era in *lei* che lo aveva colpito così profondamente e in fretta? Non ne aveva idea. Sapeva solo che se avesse rovinato le cose tra loro avrebbe perso qualcosa di prezioso.

Quella era la sua occasione di avere accanto una vera compagna per il resto della vita. Non gli era ben chiaro come facesse a saperlo, o del perché stesse avendo quei pensieri, ma non dubitava dei suoi sentimenti.

Mentre la guardava, Remi piegò le ginocchia e rabbrividì. Ciò lo fece muovere. Chiuse la portafinestra del balcone e le tende, e spense tutte le luci tranne quella sull'altro lato del letto.

Poi andò al piccolo divano e si sistemò in una posizione che gli permettesse di vederla. Per qualche motivo, aveva bisogno di averla in piena vista. Non desiderava altro che infilarsi sotto le coperte dietro di lei, metterle un braccio intorno e stringerla forte, ma era troppo presto per farlo. Anche se pensava di desiderare una relazione duratura con quella donna, non voleva affrettare le cose. Non voleva che lei si svegliasse e si spaventasse ritrovandosi tra le braccia di uno sconosciuto.

Così scivolò un po' più giù con il corpo, in modo che la testa fosse appoggiata sullo schienale del divano e le gambe fossero distese davanti a lui. Non sarebbe stato comodo, ma aveva sicuramente dormito in posti peggiori nella vita. Inoltre, avrebbe sorvegliato Remi, assicurandosi che nulla disturbasse il suo riposo. Quindi, ciò rendeva perfetta quella posizione.

CAPITOLO SEI

REMI ERA UNA PERSONA MATTINIERA, e ciò aveva fatto impazzire il suo ex. Si era sempre lamentato dicendole che era anormale perché si svegliava troppo presto. Ma anche se era indolenzita e ancora stanca, come al solito i suoi occhi si aprirono di buon'ora.

Percepì subito di non essere da sola. Ma invece di spaventarsi, si rilassò quando il suo sguardo si posò sul lato opposto della stanza.

Vincent era rimasto, come promesso.

Ma poi si accigliò. Era seduto sul divano. Aveva le braccia incrociate sul petto e le gambe dritte davanti a sé. Stava usando lo schienale come cuscino, e sebbene sembrasse abbastanza rilassato, Remi sapeva che quel divano non era comodo come il letto.

Una parte di lei non poté fare a meno di sentirsi confusa sul motivo per cui non le avesse dormito accanto. Il materasso era talmente grande che non si sarebbero nemmeno toccati.

Forse quando le aveva detto che sarebbe rimasto lo aveva fatto solo per educazione, mentre in realtà non avrebbe voluto? Stava già avendo dei ripensamenti su di lei?

Mentre lo osservava, un sacco di dubbi le invasero la mente.

Come se avesse percepito il suo sguardo, Vincent si mosse un poco e aprì gli occhi, concentrandoli subito su di lei.

«Buongiorno» le disse, alzandosi a sedere e stiracchiandosi.

Remi non poté far altro che fissarlo. Quell'uomo era davvero bellissimo. «Ciao.»

Il suo sguardo si fece più penetrante. «Cosa c'è che non va?»

«Ehm, niente? Perché pensi che ci sia qualcosa che non va?»

«Perché sembri... incerta.»

«Ho detto solo una parola» protestò.

Vincent scrollò le spalle ma non distolse lo sguardo. Si chinò in avanti e appoggiò i gomiti sulle ginocchia. «Non ti senti a tuo agio con me presente? Posso andarmene.»

«No!» esclamò. Poi chiuse gli occhi e sospirò. «Stavo solo pensando a quanto deve essere scomodo quel divano e mi chiedevo perché non hai dormito sul letto. So che è stato tutto troppo veloce, ma non mi sarebbe dispiaciuto.»

«Guardami.»

Non avrebbe voluto, anche per rimandare il più possibile la sua partenza, ma non poteva negargli nulla, così riaprì gli occhi.

Il suo sguardo azzurro era intenso nella luce del mattino che filtrava dalle tende, che chiaramente lui aveva chiuso dopo che si era addormentata.

«Volevo farlo. Non hai idea di quanto abbia desiderato

salire su quel materasso accanto a te. Ma non volevo nemmeno fare qualcosa che potesse spaventarti o offenderti.»

Remi si spinse indietro e sprimacciò i cuscini, poi si sistemò con la schiena contro la testiera del letto tenendo la coperta sopra le gambe. Sapeva bene che quel tipo di situazione era il modo in cui molte donne erano state raggirate. Truffate. Ferite. O peggio. Sapeva che non bisognava invitare uno sconosciuto nella propria stanza d'albergo, fidarsi di lui, aprirsi a lui... ma quello era Vincent. L'uomo con cui aveva condiviso un'esperienza molto intensa il giorno precedente, una che lui avrebbe potuto gestire senza problemi, ma che per lei avrebbe potuto concludersi con la morte.

Quello era l'unico motivo per cui in quel momento era seduto sul divano della sua camera d'hotel. Se dopo tutto ciò che era successo non poteva fidarsi del fatto che Vincent avesse a cuore i suoi interessi, di chi diavolo *avrebbe potuto* fidarsi?

«Non ho paura di te» gli disse.

Lui inclinò un po' la testa, e Remi non poté fare a meno di pensare che era ancora più adorabile. I suoi capelli erano sparati in tutte le direzioni e l'ombra di barba era un po' più evidente quella mattina. La sera prima si era trattenuta dal guardare con troppa attenzione i pantaloni grigi della tuta che si era messo dopo la doccia... ma non le era sfuggito come li riempiva più che bene nelle parti basse.

«Non sono un uomo gentile.»

Sembrava che la stesse mettendo in guardia.

Remi non riuscì a impedirsi di ridere. Fece la sua solita risata a sbuffo, ma per una volta non si sentì imbarazzata.

«Non volevo essere divertente» le disse.

«Lo so, scusami. Ma, Vincent, se pensi che mi sia sfuggito

questo aspetto di te, non è così. Sei un SEAL. Forse non sono del tutto sicura di ciò che fai, ma non sono nemmeno stupida. E anche se il tuo è un lavoro pericoloso, in cui a volte si uccide o si viene uccisi, ieri... *sei stato* gentile con me.»

Lui continuò a fissarla dal divano.

Remi fece un respiro profondo e continuò. «Non ti avrei chiesto di restare se avessi avuto paura di te. Può sembrare ingenuo, ma... ciò che è successo ieri mi ha cambiata. Mi ha fatto rimpiangere tutte le cose che mi sono persa nella vita stando chiusa in casa e non avventurandomi di più fuori. Anche qui, su questa splendida isola, ho passato più tempo in albergo che altrove.

Lo snorkeling era l'escursione che attendevo con più trepidazione, e se non ci fossi stato tu, è molto probabile che ora non sarei *qui*. Quindi, no, non ho paura di te. Mi spaventano i ragni, i ponti levatoi, anche il fatto che Cazzone ieri non abbia avuto successo e che potrebbe cercare di uccidermi di nuovo. Ma tu? No, Vincent. Non mi fai paura.»

In risposta, lui si alzò lentamente in piedi. Remi non distolse lo sguardo dal suo. Non poteva. Si sentiva come bloccata. Come se stesse osservando dall'alto ciò che stava accadendo.

Vincent si avvicinò al letto e le si sedette accanto, e lei si spostò un po' per lasciargli più spazio, anche se non le diede la possibilità di fare molto di più perché mise una mano sul materasso vicino al suo sedere e si chinò su lei. Remi trattenne il respiro.

«Penserò io a tutto» disse dolcemente.

Le era difficile staccare gli occhi dalle sue labbra, ma si costrinse a incontrare il suo sguardo. Era intenso e carico di emozioni. Se avesse avuto dei ripensamenti su quell'uomo, sarebbero andati in frantumi proprio in quel momento. Era banale e ridicolo, ma avrebbe potuto giurare di aver visto il loro futuro nei suoi occhi.

«Ok.»

«Ok?» le chiese.

Remi annuì. «Ieri mi hai detto che potevo fidarmi di te, e avevi ragione. Su tutto. Sul fatto di stare calma e che qualcuno sarebbe venuto a cercarci, sul fatto di immergersi e condividere l'aria, e anche che quella barca non fosse del tuo amico... su tutto. Ti sei assicurato che fossi al caldo, che mangiassi e che bevessi cinquanta litri d'acqua. Se dici di avere tutto sotto controllo, ti credo.»

Vincent chiuse gli occhi e inspirò profondamente. Remi non sapeva cosa gli stesse passando per la testa, ma ebbe la sensazione che quello fosse un momento epocale. Un enorme cambiamento nella vita. Fu pervasa dall'eccitazione. All'improvviso aveva voglia di condividere i suoi pensieri più intimi. Di ammettere quanto fosse rimasta delusa di non essersi svegliata tra le sue braccia. Di dirgli che lo desiderava, proprio in quell'istante, nudo e profondamente dentro di lei.

Invece sbottò: «Ma fidarmi di te non significa che *non* scriverò di Bertie e Cazzone in uno dei miei fumetti, facendoli umiliare di brutto da Pecky.»

Vincent aprì gli occhi e sorrise. «Sono impaziente di vedere cos'hai in mente per loro.» Poi, dopo un attimo, aggiunse: «Funzionerà. Tra noi due... funzionerà.»

«Lo spero. Spero davvero che quando vedrai quanto sono introversa, non te ne pentirai.»

«Non succederà.»

Quelle parole furono pronunciate con tale convinzione che Remi sentì qualcosa nel profondo; sentì la parte di lei che le aveva sempre sussurrato di essere troppo grassa, troppo strana, troppo... tutto, avvizzirsi e morire. Con quell'uomo era solo Remi Stephenson. Poteva già essere esattamente chi era.

«Ho una domanda» gli disse con un piccolo sorriso.

«Sì?»

«Più tardi, quando andiamo a trovare il tuo amico, possiamo cercare uno di quei furgoni che vendono tacos? Non ho potuto mangiare quelli promessi dal capitano.»

«Possiamo fare tutto quello che vuoi.»

«Grazie.»

Si fissarono per quelli che sembrarono minuti, ma che in realtà furono solo pochi secondi, prima che Vincent cominciasse lentamente a sporgersi in avanti. Il cuore di Remi accelerò, e sollevò il mento mentre lui si avvicinava. Le loro labbra si sfiorarono, e proprio quando stava aprendo la bocca in un invito, lui sollevò la testa.

Confusa, lo fissò.

«Ti voglio. Voglio baciarti a lungo e intensamente. Voglio sdraiarmi sotto le coperte insieme a te e accarezzare tutte le tue curve senza che nulla mi ostacoli.»

«Sì» sospirò lei. Desiderava tutto ciò che aveva detto con ogni fibra del suo essere.

Vincent curvò le labbra in un piccolo sorriso sexy. «Ma non posso.»

Remi aggrottò le sopracciglia e per un attimo ebbe l'orribile pensiero che forse tutto quello che aveva pensato ci fosse tra loro era una bugia. Ma lo scacciò un attimo dopo averlo avuto. No, lui non le avrebbe mai mentito. Ci avrebbe scommesso l'intera fortuna della sua famiglia. «Perché?» gli chiese.

«Perché ho l'alito cattivo del mattino.»

Fece un sorriso enorme. Quell'uomo era perfetto per lei.

«Anch'io» ammise.

Sollevò una mano per accarezzarle i capelli e Remi fece una smorfia. Non riusciva a credere di aver dimenticato quanto tendessero a essere arruffati al mattino. E non si era preoccupata di asciugarli dopo la doccia, aveva avuto troppa fame ed era stata troppo ansiosa di passare altro tempo con Vincent. Dovevano essere sparati in tutte le direzioni come se avesse infilato un dito in una presa elettrica.

«Adoro i tuoi capelli» mormorò, mentre passava le dita tra le sue ciocche selvagge.

«Sono ridicoli» fu tutto ciò che riuscì a dire. Era così bella la sensazione della sua mano.

«Hanno una mente propria. Sono eclettici, testardi, bellissimi. Proprio come te.»

Ah. Che uomo.

Riportò lo sguardo su di lei, ma non tolse la mano dai capelli. «Cosa mangi di solito a colazione? Un muffin e della frutta? Pancake e salsiccia? Niente? Sei una che beve tanto caffè?»

«A casa mangio yogurt e fiocchi d'avena» si sentì dire, anche se le sembrava ancora di essere in una dimensione alternativa. «Ma in vacanza... qui... malasadas, ananas fresco e altra frutta, e caffè Kona.»

Vincent sorrise. «Mi sembra perfetto. Pensavo di partire presto per dirigerci a nord. Il traffico è sempre orribile, ma se riusciamo a precederlo, avremo più tempo da trascorrere con Baker e sua moglie Jodelle, e forse eviteremo un po' di folla alla piantagione Dole se arriviamo all'apertura.»

«Va bene.»

«Ti va di scegliere come procedere questa mattina?»

«Scegliere?» gli chiese.

«Sì. Posso tornare in albergo per farmi una doccia e prepararmi per oggi, e già che sono fuori posso prendere delle malasadas e il caffè, poi potremmo incontrarci qui nella hall e partire.»

«Oppure?» incalzò, quando fece una pausa.

«Oppure, mentre tu ti fai la doccia, posso scendere al piano di sotto e rimediare la colazione. Posso portarla qui e così puoi mangiare mentre io mi faccio la doccia e mi cambio.»

«Scelgo questa» disse senza esitazione.

Lui si fermò a studiarla.

«Pensavo che avessimo già affrontato questa conversazione oggi. Mi fido di te, Vincent. A meno che tu non stia cercando di offrirmi una via d'uscita, o che sia tu a non voler restare.»

«Voglio restare» replicò subito.

«Allora rimani» sussurrò.

«Cazzo» imprecò sommessamente. Poi la abbracciò.

Remi nascose il naso contro il suo collo e inspirò mentre lui la stringeva forte. Erano entrambi completamente vestiti, ma per qualche ragione sembrò comunque estremamente intimo.

«Non sono degno di te, ma mi farò in quattro per essere il tipo d'uomo che meriti» le disse tra i capelli.

Remi si tirò indietro e lo fissò. Non l'aveva lasciata andare e le sue mani sembravano bruciare attraverso la stoffa della maglietta. «Non lo sai? Lo sei già.»

Non riuscì a interpretare l'espressione sul suo volto, ma era evidente che quelle parole significassero molto per lui.

Vincent si chinò di nuovo e le sfiorò la fronte con le labbra in un bacio appena accennato, facendole inturgidire i capezzoli sotto la maglia e contrarre la pancia. Quella tranquilla seduzione era eccitante. Sarebbe andata a letto con lui proprio in quell'istante, se fosse stato per lei, ma non poteva negare che le piaceva anche quella lenta progressione. Lenta? Le venne quasi da ridere. Era passato *un giorno* da quando lo aveva conosciuto. Nulla della loro relazione fino a quel momento era stato lento. Ma nulla era nemmeno mai stato così giusto.

«Quanta fame hai?» le chiese.

Remi scrollò le spalle. Non pensava che si riferisse al sesso, perché di quello era molto "affamata".

«La piantagione Dole non apre prima delle nove e mezza. Abbiamo un po' di tempo per oziare. Vuoi stare sdraiata qui a guardare l'alba per un po' prima che ci alziamo e cominciamo la giornata?»

«Sì!» Non dovette nemmeno riflettere per rispondere.

Vincent si alzò e si diresse verso l'enorme finestra a tutta altezza e tirò indietro le tende. Una delle caratteristiche migliori della suite era il balcone e il fatto che, essendo una stanza d'angolo, aveva una vista sia sulle montagne sia sull'oceano. Di conseguenza, poteva vedere l'alba e anche il tramonto.

La luce all'esterno aveva una tonalità rosata e il sole non era ancora sopra le montagne. Con sua grande gioia Vincent tornò al letto, ma andò dalla parte opposta, e sollevò le coperte. Si spostò verso di lei, la tirò giù e la fece sdraiare su un fianco davanti a lui. Le circondò la vita con una delle sue braccia grandi e muscolose, tenendola contro di sé. Poi si sistemò un paio di cuscini sotto la testa per poter osservare anche lui l'alba.

Rimasero così mentre il sole saliva lentamente sopra le

montagne. Non parlarono, si godettero semplicemente il momento. Il fatto che Vincent fosse il tipo di uomo in grado di rilassarsi abbastanza da prendersi del tempo per fare qualcosa del genere, la diceva lunga su di lui. Non aveva preso subito il telefono per controllare i messaggi o i social. Non era stato impaziente di alzarsi e partire. Poteva anche essere un Navy SEAL grosso e letale, ma era anche quello che si preoccupava dell'alito mattutino, che voleva assicurarsi che lei non si sentisse costretta ad averlo nella stessa stanza o a disagio, e che era felice di passare la loro prima mattina insieme semplicemente... esistendo.

Remi chiuse gli occhi e sorrise.

Quando li riaprì, percepì che Vincent la stava guardando. Girò la testa e vide che in effetti la sua attenzione era rivolta a lei e non allo splendido spettacolo mattutino che si vedeva dalla finestra. «Che c'è?» sussurrò.

«Nella mia vita ho fatto alcune cose di cui mi pento. Cose che qualcuno potrebbe ritenere moralmente inaccettabili. Ma ho anche fatto del mio meglio per essere un buon amico, figlio e fidanzato, le poche volte che ho avuto una relazione seria. Ho la sensazione che tutto quello che ho fatto, tutto quello che ho vissuto, mi abbia portato a questo punto: stare a letto con una donna che ammiro, che desidero più di qualsiasi altra cosa abbia mai desiderato in vita mia e che non vedo l'ora di conoscere meglio, a guardare semplicemente il sole sorgere su un nuovo giorno. È surreale.»

«Credo che questo avrei dovuto affermarlo io» gli disse Remi, commossa che lui la vedesse così. «Non so come andranno le cose tra noi. Dopo oggi, potremmo scoprire che siamo stati attratti l'uno dall'altra solo per la situazione estrema in cui ci siamo ritrovati. Che non abbiamo nulla in comune. Ma anche se così fosse, voglio che tu sappia che non ti dimenticherò mai e poi mai. E se le cose *dovessero* funzionare, sarò la migliore fidanzata che tu abbia mai avuto. Sosterrò te e i tuoi compagni di squadra. Non proverò mai risentimento verso la Marina perché ti porta via da me quando andrai in missione. Sarò la tua cheerleader, la tua sostenitrice e non ti darò mai per scontato.»

«Come ho detto prima, tra noi funzionerà. Me ne assicurerò» le disse. Poi, mentre i loro sguardi rimanevano incollati, mormorò sottovoce: «Fanculo.» E abbassò la testa.

Le catturò le labbra con le sue prima che Remi potesse battere le palpebre. Si erano baciati nell'oceano, ma ora era diverso. Quel bacio fu meno disperato, più sicuro... più appassionato.

Remi non pensò all'alito mattutino. Non pensò a *nient'altro* che a quanto fosse bello averlo sopra di lei mentre faceva l'amore con la sua bocca come se non ne avesse mai abbastanza. La passione che stava provando con lui era incredibilmente più potente di qualsiasi altra cosa avesse mai provato prima. Accidenti, le fremevano persino le dita delle mani e dei piedi.

Quando lui sollevò la testa, Remi si sentì quasi stordita. «Wow» sussurrò.

Vincent sorrise. «Già.» Le sfiorò la guancia con le dita. «Vado di sotto a vedere se riesco a rimediare delle malasadas per te. Vuoi qualcosa nel caffè?»

«No, liscio, per favore.»

Il suo sorriso si fece più ampio. «Un altro segno che eravamo destinati a trovarci. Quanto tempo ti serve?»

Scrollò le spalle. «Venti minuti?»

«Venti minuti?» le chiese, inarcando un sopracciglio.

«Sì, è troppo?»

«Bertie aveva bisogno di almeno un'ora.»

«Io non sono lei» replicò con fermezza.

«No, di certo non lo sei. Per fortuna.» Poi si chinò e la baciò con forza prima di sollevare le coperte e scendere dal letto. «Fai con calma. Probabilmente starò via per un po'. Non c'è bisogno di fare in fretta, abbiamo tutto il tempo che vogliamo stamattina.»

«Dove vai a prendere le malasadas? C'è una piccola caffetteria di fronte alla hall che le ha. O almeno ha qualcosa di simile.»

«Ti porterò quelle vere. Non c'è niente di meglio di quelle di Leonard.»

«Di Leonard?» chiese, raddrizzandosi sul letto e scostandosi i capelli dal viso. «Ma c'è sempre la fila.»

«Sì, ma sono veloci.»

«Non devi» iniziò, ma Vincent si stava già dirigendo verso il bagno. Riapparve un paio di minuti dopo e tornò verso il letto. Si chinò, la baciò sulla testa e le accarezzò la guancia.

«Torno presto.»

«Ok.» Cos'altro avrebbe potuto dire? Quell'uomo era disposto a fare la fila da Leonard per prenderle delle autentiche malasadas. Si sarebbe innamorata di lui in quell'istante se non lo fosse già stata per metà.

Vincent le sorrise, andò alla porta e uscì.

Remi fece un respiro profondo.

Si stava comportando da stupida? Si stava lasciando abbindolare da quell'uomo?

No, non era così. Ne era certa. Se avesse voluto farle del male ne aveva avuto tutto il tempo la notte precedente, mentre lei stava dormendo.

Lanciò un piccolo strillo, si buttò sulla schiena e fissò il soffitto. Chi avrebbe mai immaginato che un'esperienza così terrificante avrebbe potuto cambiarle letteralmente la vita in meglio? Se il suo ex avesse saputo che il suo stratagemma non aveva funzionato, si sarebbe arrabbiato. Quel pensiero la fece sorridere. Sperava quasi che fosse lui il responsabile. Non era possibile sapere cosa avrebbe portato il futuro, ma si ripromise di non rimpiangerne un solo istante. Se tra lei e Vincent non avesse funzionato, pazienza. Fino ad allora, avrebbe vissuto nel momento per la prima volta nella vita. Poteva praticamente sentire Marley nella testa che le diceva di buttarsi.

Portò le gambe giù dal materasso, si alzò e andò in bagno. Anche se aveva un sacco di tempo, dato che Vincent avrebbe dovuto fare la fila più lunga del mondo da Leonard, voleva essere pronta al suo ritorno. Non vedeva l'ora di cominciare la giornata, di andare alla piantagione Dole in compagnia invece che da sola, e persino di rivedere quell'attraente uomo brizzolato che li aveva salvati nel mezzo dell'oceano.

Aveva programmato di trascorrere il suo ultimo giorno alle Hawaii seduta sulla spiaggia, magari abbozzando qualche nuova idea per il suo fumetto, ma era più che felice che i suoi piani fossero cambiati così drasticamente. Non sapeva cosa sarebbe successo con Cazzone, con Vincent, o con la sua ex, ma per la prima volta dopo tanto tempo, era impaziente di scoprire cos'aveva in serbo per lei il futuro.

CAPITOLO SETTE

L'espressione di Remi quando quella mattina aveva aperto la scatola della Leonard's Bakery e visto cosa aveva comprato per la loro colazione, era stata impagabile. Kevlar aveva esagerato un po', prendendo sia le malasadas normali sia alcune varianti con il ripieno. Ma aveva anche comprato degli involtini di Pao Doce – pane dolce hawaiano ripieno di salsiccia portoghese – e delle tortine all'ananas.

Era passato molto tempo dall'ultima volta che un gesto così piccolo da parte sua aveva portato tanto piacere a qualcuno. Odiava continuare a paragonare Remi a Bertie, ma la sua ex avrebbe sgranato gli occhi, gli avrebbe detto quante calorie contenevano quei dolci e si sarebbe rifiutata di mangiarli. Il piacere e la genuina sorpresa di Remi per il fatto che qualcuno facesse qualcosa di così semplice per lei, gli avevano fatto venire voglia di trovare altri modi di soddisfarla.

La visita alla piantagione Dole era stata divertente. Dato che lei ci era già stata all'inizio della settimana, non si erano preoccupati di osservare i diversi tipi di ananas in mostra, ma erano andati dritti al labirinto. Kevlar l'aveva lasciata al comando e lei li aveva fatti girare in tondo così a lungo che si erano persi. Non si era mai divertito, né aveva mai riso, così tanto.

Era stata una rivelazione. Si divertiva con i suoi amici, ma come SEAL e leader del team, sentiva la pressione di dover stare sempre in guardia. Ma Remi trasudava felicità e voglia di vivere la vita al massimo. Quando gliel'aveva detto, lei aveva alzato gli occhi al cielo e dissentito in modo categorico, dicendo che era una disadattata socialmente impacciata che passava la maggior parte del tempo da sola nella sua villetta, con soltanto Pecky il taco a farle compagnia.

Nella sua testa tutto ciò non conciliava affatto con quello che aveva visto, dato che lei non aveva problemi a chiacchierare e a ridere con le persone che incontravano mentre facevano i turisti. Non gli sembrava timida, anzi, pareva che si divertisse a interagire con gli altri.

Inoltre, Remi era una delle persone più gentili che avesse mai incontrato. Non si era irritata con la gente che le era sbattuta addosso nell'affollato negozio di souvenir della piantagione Dole, aveva sorriso a tutti e persino insistito per comprargli un ridicolo portachiavi a forma di ananas come ricordo.

In definitiva, con il passare della giornata si sentiva sempre più attratto da lei. Non aveva trovato nulla che potesse fargli perdere l'interesse. Certo, l'aveva appena conosciuta, ma comunque non gli sembrava un ripiego. Aveva da poco interrotto una lunga relazione, non aveva avuto intenzione di intraprenderne un'altra così presto, ma stare con Remi gli sembrava... giusto. Non era pronto a sposarla, ovvio, ma nell'anno in cui era stato con Bertie, sapeva di non aver provato, nemmeno all'inizio, quello che stava provando per Remi dopo appena un giorno.

Come promesso, poco dopo mezzogiorno erano arrivati alla casa che Baker condivideva con la moglie Jodelle. Si trovava in un quartiere accogliente vicino alla North Shore. Ora erano seduti su delle sedie di plastica sul portico posteriore e Jodelle stava raccontando a Remi del ragazzo che aveva adottato e di come stava andando al college a Honolulu.

«Mi piace» gli disse Baker sottovoce, in modo che sentisse solo lui.

Kevlar sorrise, compiaciuto per il complimento. Non conosceva bene l'uomo, se non tramite le informazioni che forniva al loro comandante per alcune missioni, ma in base alle voci che circolavano tra i SEAL, non era il tipo che si faceva in quattro per intromettersi negli affari personali degli altri.

«Anche a me» replicò.

Kevlar sentì Remi fare la solita risata con sbuffo e ciò lo fece sorridere ancora di più. Lei poteva pensare di essere goffa, ma per lui era semplicemente adorabile.

«Ho parlato con Tex» disse Baker in tono molto più serio.

Si voltò per dedicargli tutta la sua attenzione. Quando non continuò, chiese: «E?»

«E da quello che possiamo dire, né Bertie né Miles sono coinvolti nella faccenda.»

«Miles?»

Le labbra di Baker ebbero un guizzo. «Cazzone.»

Kevlar si sentì stupido. Non conosceva nemmeno il nome dell'ex di Remi. Nella sua testa lo aveva sempre chiamato come faceva lei. «Giusto. Nei sei sicuro?»

«Direi di sì. Miles è uno stronzo opportunista. Credo che abbia puntato ai soldi di Remi per tutto il tempo. Lei guadagna bene con i fumetti, ma soprattutto... sapevi che grazie agli interessi entrano sul suo fondo fiduciario cifre da sette numeri all'anno?»

Non lo sapeva. Ma onestamente non gli importava. Scosse la testa.

«Sai però chi sono i suoi genitori?»

«Sì.»

«Bene. Quindi sai che quando moriranno lei erediterà altri milioni.»

Annuì. Non gli importava dei suoi soldi. Voleva solo che lei non dovesse preoccuparsi di nulla in futuro, che avesse sempre un tetto sopra la testa e non dovesse trovarsi in difficoltà, ma per quanto lo riguardava, la sua ricchezza o quella dei genitori non erano affari suoi. Non era interessato a lei per il suo conto in banca, gli piaceva per la sua personalità. E sapeva di aver visto solo la punta dell'iceberg. Non vedeva l'ora di approfondire e scoprire di più.

«Il suo ex stava cercando di convincerla a sottoscrivere un'assicurazione sulla vita» gli raccontò Baker. «Dopo aver cercato a fondo, ho trovato una copia elettronica di una polizza completa che aveva fatto redigere da un consulente, ma non è firmata. Questa è solo una mia supposizione, ma credo che lui gliel'abbia portata e lei si sia rifiutata di firmarla.»

Strinse le labbra. «Stronzo» mormorò.

«Già. Ma Bertie non è migliore» proseguì l'altro.

Kevlar sospirò. «Lo so. Mi aveva chiesto di modificare la polizza della Marina. Voleva che facessi mettere il suo nome come beneficiario. Mi ha detto che glielo *dovevo* perché è rimasta con me durante le varie missioni, e che se fosse successo qualcosa avrei dovuto volere che lei fosse sistemata.»

Baker gli lanciò uno sguardo. «È una stronza avida.»

Lui ridacchiò, ma senza divertimento. «Già.»

«Però non sono sicuro che sia abbastanza intelligente da organizzare ciò che è successo ieri.»

«Non credo che ci voglia intelligenza, solo abbastanza soldi nelle mani della persona giusta» replicò in tono piatto.

«È vero. A volte mi sorprendo delle cose che gli stupidi riescono a fare quando sono sufficientemente motivati.»

«Quindi, *potrebbe* averlo fatto.» Fu allo stesso tempo una domanda e un'affermazione.

«È possibile, ma finché io e Tex non troviamo prove concrete, pensiamo di no.»

Kevlar annuì. Poi fece la domanda che gli era venuta subito in mente quando Baker aveva detto che lui e Tex non avevano trovato nulla che coinvolgesse i loro ex. «Allora chi è stato?»

«È quello che stavo per chiederti. Hai fatto incazzare qualcuno ultimamente?»

«Un sacco di gente» rispose con sincerità.

«Qualcuno che vorrebbe liberarsi di te?»

Scrollò le spalle. «Lasciarmi a quindici chilometri al largo dalla costa, *con* la mia attrezzatura subacquea, è davvero volersi liberare di me?»

«No.»

La sicurezza nella sua risposta era una nota positiva. «Esatto.»

«Quindi rimane qualcuno che vuole uccidere Remi» disse Baker.

Quel pensiero gli provocò una stretta allo stomaco. «Tipo chi?»

«Non lo so. È per questo che te lo sto chiedendo.»

«Non la conosco abbastanza bene da sapere la risposta a questa domanda.» Odiò dirlo, ma dovette ammetterlo.

«Dovresti darti da fare a tal proposito.»

«Ci sto lavorando» lo rassicurò.

«Anche noi.»

Si sentì meglio sapendo che i due uomini avrebbero continuato a indagare, e annuì.

«La porti a casa con te?» gli chiese.

Kevlar sorrise. «Be', per mia fortuna vive a San Diego.»

«Fortunato davvero» concordò, «ma non è quello che ti ho chiesto.»

Lo guardò con un'espressione interrogativa.

«Lei mi ricorda la mia Jodelle» continuò Baker a bassa voce per non farsi sentire. Non che le due donne sembrassero interessate ad ascoltare la loro conversazione; stavano ridendo e chiacchierando come se si conoscessero da sempre. «La mia donna ha un mare d'amore talmente immenso dentro di lei che sommerge chiunque sia abbastanza fortunato da penetrare le sue barriere e scoprirlo. Tu, la tua squadra, qualsiasi anima sfortunata che lei ritenga bisognosa. Una volta che apre il suo cuore, è fatta. Ho la sensazione che Remi sia simile. Fai attenzione, Kevlar. Non arrivare a quel punto se non sei disposto ad andare fino in fondo.»

L'inizio del suo discorso gli aveva dato una bella sensazione, ma quando finì si ritrovò a essere un po' incazzato. «Io non prendo in giro le donne» gli disse in modo un po' aggressivo. «Quando ero più giovane mi andavano bene le relazioni superficiali, ma ora voglio di più. Voglio quello che hanno

Wolf e i suoi compagni di squadra. Voglio una donna da cui tornare a casa, che mi faccia sembrare di essermi lasciato alle spalle tutte le preoccupazioni non appena varco la porta. Qualcuno che faccia svanire con un semplice sorriso le cose che ho visto e fatto.»

«E tu pensi che Remi sia quella donna?»

«Non lo so.» Non voleva mentirgli. «Ma dopo averla frequentata per un solo giorno, mi sento più vicino a lei di quanto lo sia *mai* stato con Bertie, che ho frequentato per poco più di un anno. Lei mi fa ridere. Mi fa riflettere. Mi fa desiderare di essere una persona migliore e più gentile. Voglio fare il possibile per renderla felice. Una cosa che *so* è che non si tratta di un ripiego. Per ciò che provo, è molto, molto di più.»

«Mi sembra un buon inizio» disse Baker.

«Qualcuno ha fame?» chiese Jodelle, interrompendo la conversazione. «Io non ne ho molta, visto che abbiamo fatto colazione tardi, ma posso andare a preparare dei panini o altro se volete qualcosa.»

Baker sorrise alla moglie e Kevlar provò una fitta di gelosia. L'ex-SEAL era un uomo estremamente brutale. La sua vita lo aveva reso così. Ma era evidente che fosse completamente diverso con lei.

«Io non mangio se non mangi anche tu» disse Baker a Jodelle.

Lei rise e guardò Remi. «Una volta ho preparato dei panini come colazione per i surfisti delle scuole superiori. Me ne era avanzato uno e l'ho offerto a Baker. Lui si è rifiutato di mangiare se non mangiavo anch'io. Così, ancora oggi, quando siamo insieme, si rifiuta di farlo se non lo faccio io. È fastidioso e dolce allo stesso tempo.»

Baker si limitò a scrollare le spalle. «E non cambierà, donna.»

«Apprezzo l'offerta, ma ho promesso a Remi di trovarle uno di quei furgoni che vendono tacos» disse Kevlar.

«Fantastico!» esclamò Jodelle. «La maggior parte dei food truck qui serve gamberi, ma il Surf N Salsa ha dei tacos di pesce da urlo e, naturalmente, la loro salsa è tra le migliori che abbia mai mangiato. Hanno anche i burrito e un piatto con carne asada che è davvero delizioso. Credo che il Pupukea Grill abbia anche le quesadillas, ma la fila al furgone è sempre molto lunga. Quasi mi dimenticavo di Papi's Tacos! Ne fanno di *fantastici*. Ma, Kevlar, non lasciare la North Shore senza passare da Matsumoto Shave Ice. Fanno le migliori granite dell'isola, senza ombra di dubbio.»

«Hai preferenze, Remi?» le chiese Kevlar.

«Ehm... tutto?» rispose con una piccola risata.

«D'accordo.»

Lei sollevò un sopracciglio. «Stavo scherzando.»

«Io no. Hai altri programmi per oggi?»

«Intendi oltre a tornare in hotel rotolando?»

Tutti risero.

«E assicurati di passare a Laniakea Beach per vedere le tartarughe. Non è garantito che ci siano, ma amano andare sulla riva e stare al sole. La gente del posto fa i turni per proteggerle dai turisti idioti che potrebbero avere voglia di sedersi su di loro per fare delle foto o altre sciocchezze.»

«Tartarughe? Sulla spiaggia?» Remi si voltò verso Kevlar. «Possiamo andare? Per favore.»

«Certo» rispose senza esitare. Percepì Baker fissarlo, ma non volle distogliere lo sguardo dall'eccitazione e dalla felicità che vedeva negli occhi di Remi. Stava praticamente vibrando.

«Questo è il giorno più bello di sempre!» esclamò lei.

Kevlar si rese conto ancora una volta che quella donna era diversa da tutte quelle con cui era stato. Non si era mai soffermata a rimuginare sul fatto che qualcuno aveva fatto sì che venissero abbandonati in mezzo all'oceano. Non dubitava che fosse ancora preoccupata di chi fosse stato e perché, ma non aveva lasciato che ciò le impedisse di godersi il loro ultimo giorno sull'isola. Inoltre, non le interessava passare il tempo a fare shopping o a cenare in un ristorante stellato Michelin. Era eccitata per i tacos e le tartarughe.

Era inebriante, e non poté fare a meno di impregnarsi della felicità che lei sembrava emanare da ogni poro.

Voleva continuare a nutrire quella parte di Remi. Non nasconderle i problemi della vita, ma lavorare sodo per farle vivere esperienze positive che compensassero quelle negative. Per vederla sorridere al pensiero di osservare le tartarughe, di mangiare i tacos o di perdersi in un labirinto. Quella donna aveva fatto emergere un lato di lui che non sapeva di avere. Un lato amorevole.

I suoi amici ne avrebbero riso. Non era un uomo *amorevole*. Pretendeva il meglio del meglio dai suoi compagni di squadra, li spronava con durezza. Non elargiva complimenti o lusinghe, ma ognuno degli uomini della sua squadra non aveva alcun dubbio che avrebbe fatto ciò che era necessario per riportarli a casa sani e salvi.

Ma con Remi voleva essere... più tenero, qualcuno che la facesse sorridere. Voleva essere la sua roccia nei momenti di difficoltà, come era accaduto il giorno precedente, quando non aveva esitato a fare affidamento su di lui nell'istante in cui le cose si erano complicate. Aveva amato essere quella persona per lei, ma voleva fare lo stesso anche quando le cose andavano bene.

Mentre si preparavano a lasciare la casa di Baker e Jodelle, Kevlar osservò Remi abbracciarli forte. Poteva affermare di essere un'introversa, ma per lui era evidente che le piacesse stare in mezzo alla gente. La sua bontà era contagiosa, e non provò un briciolo di gelosia quando abbracciò il taciturno Baker. Remi era fatta così. Era amichevole, compassionevole. Aveva la sensazione che avrebbe potuto fare amicizia anche con il più burbero e bellicoso dei brontoloni. E probabilmente, nel frattempo, si sarebbe guadagnata la sua devozione a vita.

Accidenti, non l'aveva già fatto con lui?

Kevlar le mise una mano sulla schiena mentre la conduceva all'auto a noleggio.

«Mi è piaciuto molto conoscere i tuoi amici» gli disse, mentre le apriva la portiera.

«Non sono miei amici» si sentì in dovere di precisare.

Lei aggrottò le sopracciglia, rimanendo fuori dalla macchina. «Cosa? Sì che lo sono.»

«Tesoro, prima di ieri ho parlato con Baker solo per telefono e via mail. L'ho incontrato per la prima volta su quella barca, quando l'hai fatto tu.»

«Cosa? Non può essere vero.»

«È così, invece.»

«Oh... be', ora sono tuoi amici. E penso che siano adorabili.»

Kevlar poté solo sorridere. «Sali, Remi. Fa caldo qui fuori e voglio accendere l'aria condizionata per non farti accaldare troppo. Pensa da quale furgone vuoi andare a mangiare per primo.» Quando lei si sedette, chiuse la portiera e girò dietro l'auto fino al lato del conducente.

Guardò la piccola casa e vide Baker ancora sulla soglia. Gli fece un cenno di saluto con il mento e ne ricevette uno in cambio.

Con un piccolo sorriso pensò che Remi avesse ragione, che lui e lo schivo Baker erano probabilmente diventati amici. Salì in macchina e accese il motore e l'aria condizionata.

Se qualche settimana prima gli avessero chiesto cosa si aspettava dalla sua vacanza alle Hawaii, mai e poi mai avrebbe detto di diventare amico *di* Baker Rawlins, di fare un'immersione con un risvolto inaspettato e di trovare la donna con cui avrebbe voluto passare il resto della vita.

Quell'ultima parte era ridicola e così inverosimile che la maggior parte delle persone avrebbe deriso la possibilità che lui sapesse con così tanta certezza che Remi Stephenson era destinata a essere sua. Ma lui sapeva cosa provava. Doveva solo capire come *non* rovinare le cose tra loro. Scoprire chi poteva volerla morta ed eliminare la minaccia.

Poi come vivere per sempre felici e contenti.

Non sarebbe stato facile, ma d'altra parte era più che pronto per quella sfida. Quella poteva essere la missione più importante della sua vita e non doveva assolutamente fallire. Altrimenti le ripercussioni sarebbero state incalcolabili.

Guardò Remi nel sedile accanto. I suoi occhi scintillavano, muoveva la testa di qua e di là per non perdersi nulla. Era felice di essere lì. Felice di stare con lui.

No, fallire non era un'opzione, soprattutto se significava perdere la luce brillante e luminosa seduta accanto a lui.

CAPITOLO OTTO

«NON ESSERE NERVOSA.»

Remi avrebbe voluto sbuffare in risposta, ma era bloccata. Il giorno precedente le era sembrato un sogno. Si era goduta ogni secondo trascorso con Vincent. Le era piaciuto incontrare i suoi amici, cercare i furgoni ambulanti che Jodelle le aveva consigliato, chiacchierare con la gente in fila per le granite, persino rimanere bloccati nel traffico mentre tornavano a Waikiki.

Per concludere quella giornata perfetta, Vincent aveva prenotato al Duke's. Era sembrata un'esperienza completamente diversa condividerla con qualcun altro.

Poi l'aveva accompagnata nella sua stanza d'albergo e avevano guardato un film su uno dei servizi di streaming che offrivano, e infine avevano osservato il tramonto e i fuochi d'artificio che l'hotel proponeva ogni venerdì sera. Remi non avrebbe voluto che la giornata finisse ed era stata ansiosa che arrivasse la notte, ma Vincent non le aveva strappato i vestiti per darsi da fare con lei come aveva sperato.

Sì, si *erano* baciati e non si era mai sentita così desiderata in vita sua, ma lui si era fermato prima che le cose andassero troppo oltre, e lo aveva fatto in modo da non farla sentire rifiutata, dicendole che voleva che la loro prima volta fosse speciale. Che voleva conoscere tutto di lei, ciò che amava e odiava, così da renderla perfetta.

Remi non era mai entrata in sintonia con un uomo così rapidamente. Pensava che magari avrebbe dovuto temere fosse una sorta di bisogno inconscio di convalidare il suo fascino, soprattutto dopo la storia con il suo ex. Ma nel profondo sapeva che non era così. Sentiva che stare con Vincent era... giusto. Come se lo conoscesse da sempre, invece che da un solo giorno.

Lui se n'era andato verso le undici e si era presentato alle sette di quella mattina con il caffè, e avevano condiviso le paste di Leonard che non avevano finito il giorno prima.

Inoltre, scoprire di essere sullo stesso volo per tornare in California era sembrata un'ulteriore prova del fatto che fossero destinati a incontrarsi. Il loro aereo non era partito prima delle venti, quindi avevano trascorso la mattinata facendo snorkeling vicino all'hotel.

Poi si erano fatti la doccia, avevano preparato le valigie e visitato un po' i dintorni prima di andare all'aeroporto. Era riuscita ad aggiornare il biglietto di Vincent alla business class, in modo che potessero sedersi vicini sul volo notturno. Lui aveva protestato, ma lei lo aveva fatto lo stesso.

E ora stavano camminando mano nella mano verso il ritiro bagagli dell'aeroporto di San Diego. I suoi amici, Wolf e Caroline, li avrebbero raggiunti lì. Si era messa d'accordo con

Marley perché andasse a prenderla, ma prima del volo le aveva inviato un messaggio raccontandole un po' di Vincent e spiegandole che l'avrebbe portata a casa lui... be, l'avrebbe fatto il suo amico. Marley l'aveva avvertita che presto avrebbero avuto una serata tra donne per poter conoscere tutti i dettagli del nuovo ragazzo, che Remi era felicissima di rivelare. Voleva l'opinione della sua migliore amica. Ci teneva molto.

Ma prima doveva incontrare Wolf, l'uomo di cui Vincent le aveva parlato sull'aereo. L'uomo che era il suo mentore, che stimava, e di cui riteneva molto importante l'opinione. Il pensiero di incontrare una persona che significava così tanto per lui le metteva l'ansia.

Si sentiva un po' sporca dopo il lungo volo. Quella mattina non aveva ancora bevuto il caffè, non si sentiva certo al meglio e voleva fare una buona impressione sul mentore di Vincent. Era una cosa importante per lei e aveva l'impressione di non esserne per niente all'altezza.

«Non essere nervosa» le ripeté, stringendole la mano mentre salivano sulle scale mobili.

«Non posso farne a meno» ammise.

Non appena giunti al piano superiore, Vincent la tirò da parte e la fece indietreggiare contro una parete, poi le si incollò addosso, e in quel momento sembrò che fossero le uniche due persone al mondo. Lo afferrò per i fianchi e lo fissò.

Lui le prese delicatamente il viso tra le mani. «Non hai nulla di cui essere nervosa.»

Remi sbuffò.

«Davvero» insistette.

«Vincent, questo è un uomo che rispetti. Voglio piacere a lui e a sua moglie. Voglio pensino che sono abbastanza in gamba per te, anche se io stessa mi sto ancora chiedendo se sia vero. È l'alba, i miei capelli probabilmente sono tutti spettinati e non ho ancora assunto caffeina.» Chiuse gli occhi sentendo il proprio tono lagnoso. Odiava quando la sua ansia si impennava in quel modo. Non si era preoccupata più di tanto che Baker ne fosse stato testimone, dato che l'aveva letteralmente vista nel suo momento peggiore quando l'aveva ripescata dall'oceano. Ma ora era diverso.

«Guardami» le ordinò.

Non voleva farlo, ma non poteva negare nulla a quell'uomo. Li riaprì e fissò i suoi bellissimi occhi azzurri.

«Ti prometto che Wolf ti amerà. E anche Caroline. Sai come lo so?»

Remi scosse la testa, aveva la bocca troppo secca per parlare.

«Perché vedrà in te ciò che vedo io.»

Quello non spiegava nulla.

Le labbra di Vincent ebbero un guizzo. «Vedrà la bontà che c'è fin nel profondo di te. Non dovrai nemmeno provarci, è lì per chiunque interessi vederla. Ma, soprattutto, vedrà come ti guardo e capirà.»

Non riuscì a trattenere la domanda. «Capirà cosa?»

«Che sei mia.»

Quelle tre parole avrebbero dovuto farla scappare a gambe levate. In quale universo un uomo rivendicava una donna che conosceva appena? Invece le fecero provare fremiti di piacere in tutto il corpo. «Ok.»

Vincent si tirò un po' indietro e la studiò, come se cercasse di leggerle nella mente. «Ok? Questo non ti spaventa? Non vuoi protestare e sostenere che è troppo presto, che mi sto comportando come un cavernicolo?»

«*È* troppo presto. Siamo entrambi reduci da lunghe relazioni. Ma, onestamente, provo le stesse cose. Tu sei mio, Vincent Hill.» L'ultima frase fu un sussurro, ma il sorriso che si aprì sul suo volto fu l'approvazione di cui aveva bisogno per sapere di non aver esagerato; non era la sola a provare quei sentimenti.

«Va bene, allora. Quindi credimi quando ti dico che non devi essere nervosa di conoscere Wolf e Caroline.»

«Ci proverò.»

«È tutto ciò che chiedo.»

Poi si chinò e la baciò. Come se non gli importasse di essere in un aeroporto affollato. O che avessero preso una sorta di impegno a lungo termine. Ma in realtà non importava nemmeno a lei.

Il bacio fu dolce e tenero, e le fece desiderare solo di avere di più. Le fece ricordare il tocco delle sue mani la sera prima, quando lo avevano fatto nella sua suite.

Quando lui staccò la bocca dalla sua ansimavano entrambi, e Remi sentì la sua erezione contro la pancia. Mentre si baciavano, l'aveva premuta di più contro la parete, e si era sentita avvolta da lui. Al sicuro.

«Ho bisogno di un secondo» le disse, quando lo guardò confusa perché non si muoveva.

Poi comprese. «Giusto. Ok» replicò con un piccolo sorriso.

«Sei orgogliosa di te?» le chiese. Ma rispose prima che potesse farlo lei. «Dovresti esserlo. Non riesco a ricordare l'ultima volta che ho avuto un'erezione in pubblico.»

Il suo sorriso si fece più ampio.

Vincent respirò profondamente e si allontanò da lei, facendo scivolare le mani fino alle sue spalle. «Tutto a posto?»

«Sì.»

«Non sei più nervosa?» incalzò.

Non poteva mentire. «Lo sono ancora, ma meno.»

«Bene. Vedrai che ho ragione. Sei pronta?»

Non lo era, ma in un certo senso sì. Voleva uscire da quell'aeroporto. Andare avanti con la sua nuova vita. A essere sincera, avrebbe dovuto ringraziare Cazzone. Se non fosse stato un tale... be'... cazzone, non avrebbe mai incontrato Vincent. Il pensiero di non sperimentare tutto ciò che avrebbero vissuto insieme – sperava – era troppo deprimente anche solo da considerare.

Vincent si voltò, le prese di nuovo la mano e proseguirono verso il ritiro bagagli. «Inoltre, questa sarà un'ottima prova generale prima di farti conoscere il resto della mia squadra.»

Remi per poco non inciampò. Accidenti, aveva dimenticato quanto fosse legato ai membri del suo team SEAL. Il pensiero di incontrare altri uomini alfa come lui la agitava un po'.

«E io devo conoscere Marley, i tuoi genitori e tua nonna. Se pensi che non sia nervoso alla prospettiva, ti sbagli.»

Ci rifletté mentre camminavano. Aveva ragione. Se volevano far funzionare la loro relazione, dovevano presentarsi a vicenda alle persone più importanti della loro vita. E non aveva dubbi che i *suoi* cari lo avrebbero adorato. Era così diverso dal suo ex.

Sapere che anche lui provava la stessa trepidazione le tolse un po' di nervosismo per l'incontro con Wolf e Caroline. Sapeva che Vincent avrebbe fatto una buona impressione sui suoi amici e la sua famiglia, e se lui non aveva dubbi che sarebbe successo altrettanto con i *suoi*, gli avrebbe creduto.

Poi non ci fu più tempo per pensare. Un uomo e una donna stavano andando verso di loro e capì istintivamente che si trattava della coppia che era lì per riportarli a casa. Wolf aveva un'aria distinta, ma comunque intimidatoria, e Caroline era...

Sospirò piano. Sembrava una persona comune e alla mano. Si vergognò un attimo per il tempestivo giudizio che aveva dato a quella donna misteriosa. Per qualche motivo se l'era immaginata alta, slanciata, perfettamente truccata e completamente fuori dalla sua portata. Invece, era piuttosto... normale.

«Kevlar!» esclamò l'uomo avvicinandosi. Lasciò la mano della moglie e abbracciò Vincent nel modo che usavano i ragazzi: una sorta di mezzo abbraccio con un paio di pacche sulla schiena. Entrambi sorridevano e Remi rimase in disparte a guardare.

«Sono contento che tu stia bene!» gli disse.

«Ovvio che sto bene» replicò con un po' di presunzione.

Poi Wolf si rivolse a lei. «E sono contento che anche *tu* stia bene.»

Rimase un attimo spiazzata, ma sorrise educatamente. «Grazie.»

«Non posso nemmeno immaginare ciò che hai passato. Be'... posso, ma questo è un discorso per un'altra volta. Sono molto contenta che Kevlar fosse lì con te» disse Caroline.

Sapeva di cosa stava parlando, dato che sull'aereo Vincent le aveva raccontato un po' la storia di Caroline, del motivo per cui era così rispettata e ammirata negli ambienti dei SEAL. Era difficile credere a tutto quello che aveva affrontato, e sentirne parlare era in parte ciò che l'aveva resa così nervosa all'idea di incontrarla. Lei non era affatto come Caroline. Non avrebbe potuto sopravvivere alla metà delle cose che aveva passato quella donna. Ma vedere la sua espressione sinceramente accogliente la fece rilassare un po'.

Mentre si dirigevano verso il nastro trasportatore dei bagagli per aspettare le loro valigie, Wolf chiese a Vincent: «Cosa ti serve da me?»

Remi spostò lo sguardo su di lui quando rispose: «Ho bisogno di prendere in prestito il tuo gruppo di ragazze.»

Wolf e Caroline risero, ma lei era confusa.

«Ci sto già lavorando» disse la donna.

«Aces Bar and Grill?» chiese Wolf.

Remi non era sicura a chi dei due fosse rivolta la domanda, ma risposero entrambi.

«Perfetto!»

Poi Vincent si rivolse a lei con un tenero sorriso. «Cosa ne pensi?»

«Ehm... di cosa?» domandò, sempre più confusa.

«Kevlar!» lo apostrofò Caroline esasperata, dandogli uno schiaffo sul braccio. Poi si voltò verso di lei. «Io e le mie amiche siamo il "gruppo di ragazze". Kevlar vuole che ti prendiamo sotto la nostra ala, che rispondiamo a tutte le tue domande e ti rassicuriamo sul fatto che uscire con un Navy SEAL non è così orribile come alcuni vogliono far credere. Certo, può essere complicato, ma ne vale la pena per ciò che ricevi in cambio.»

Guardò il marito con un'espressione così intima che si sentì un po' come un terzo incomodo. E quando Wolf si chinò per baciare la fronte della moglie, Remi li fissò sorpresa. Quante volte Vincent aveva fatto la stessa cosa con lei? L'aveva imparata da lui? Era una cosa innata in quegli uomini duri e valorosi?

Non ebbe il tempo di pensarci, perché Caroline continuò a parlare.

«Se ti va, mi piacerebbe chiacchierare ancora con te all'Aces Bar and Grill. È un posto divertente, tranquillo e sicuro che ci piace frequentare. Il locale è di proprietà di una del nostro gruppo, che ha lavorato duramente per renderlo meno un bar per rimorchiare e più un posto allegro dove rilassarsi, senza pressioni o aspettative riguardo all'aspetto, a ciò che si indossa e senza dover avere a che fare con le "Frog Hogs".»

Remi lanciò un'altra occhiata perplessa a Vincent, che le andò in soccorso.

«I SEAL a volte vengono chiamati frogmen, uomini rana, e una "Frog Hog" è una donna che vuole andare a letto con il maggior numero possibile di SEAL.»

Remi arricciò il naso, poi cercò di mascherare la sua reazione.

Gli altri risero.

«Esattamente» disse Caroline. «L'Aces è un posto tranquillo e non succedono queste idiozie. Sono sicura che c'è ancora chi cerca un'avventura e cose del genere, ma non è così palese come in altri bar. Comunque, se ti va, ci piacerebbe che ti unissi a noi a uno dei nostri ritrovi. Cerchiamo di uscire almeno una volta alla settimana. Lasciamo i bambini ai mariti e parliamo del più e del meno. Una delle cose che preferiamo è che si uniscano a noi donne nuove al mondo dei SEAL, in modo da poter raccontare loro la verità – bella, brutta e terribile – su cosa significa uscire con qualcuno delle forze speciali. Che ne dici? Ti prego, dimmi che verrai!»

Non poteva assolutamente rifiutare un'offerta così gentile. E la verità era che non voleva farlo. *Aveva* un sacco di domande, e sarebbe stato divertente passare del tempo con Caroline e le sue amiche. Di certo aveva sentito parlare molto di loro da Vincent. «Posso portare la mia migliore amica?»

«Certo!» rispose senza esitazione. «Più siamo meglio è. È single? Perché i compagni di squadra di Kevlar lo sono tutti.»

«Ice» la avvertì Wolf.

Lei si limitò a ridere.

Remi sapeva che Ice era il suo soprannome. Le era stato dato quando aveva salvato un aereo pieno di persone dai terroristi.

«Che c'è? È così» insistette, con un'espressione non molto innocente. «Vero, Kevlar?»

Vincent contorse le labbra. «Sono tutti single.»

«Vedi?» disse al marito.

«Marley è sposata. Ha due figli» si intromise Remi.

«Oh, be', è fantastico. Allora si inserirà bene nel nostro gruppo.»

E ovviamente ciò la fece sentire di nuovo a disagio. Lei non aveva figli. Significava che non si sarebbe inserita bene?

«Inizia a pensare a tutte le domande che hai. Mi darai il tuo numero quando saremo in macchina e ti invierò un po' di date e orari per vedere quando ti è più comodo.»

«Oh, i miei orari sono flessibili. Lavoro da casa, quindi per me va bene quando vi incontrate di solito» replicò in fretta.

«Perfetto. Che cosa fai... se posso chiederlo?»

«È un'artista. Disegna il fumetto di Pecky il taco viaggiatore» rispose Vincent al posto suo. Sentì il suo braccio circondarle la vita, e quando alzò lo sguardo su di lui vide che aveva un'espressione orgogliosa.

«Non ci credo! Sul serio? Oh mio Dio, aspetta che lo dica

alle ragazze! Sarà impossibile che qualcuna di loro si perda il nostro prossimo incontro all'Ace!»

Era surreale che non solo Vincent, ma anche Caroline sapesse del suo piccolo fumetto. Mentre aspettavano le valigie, la sua nuova amica le fece domande a raffica su come le venissero le idee per le sue strisce a fumetti, come avesse iniziato a disegnare e su un centinaio di altre cose relative a Pecky e i suoi amici.

Quando ritirarono i bagagli e si diressero tutti verso il parcheggio, le sembrava di conoscere Caroline da sempre. E non le era sfuggito come Wolf teneva costantemente d'occhio sua moglie. Si era messo tra lei e il grosso della folla che li circondava, poi l'aveva presa per il braccio per spostarla dalla traiettoria di un uomo che non stava prestando attenzione a dove camminava. Inoltre, aveva la testa sempre in movimento, come se fosse costantemente alla ricerca di possibili minacce, e teneva una mano protettiva sulla sua schiena mentre uscivano dall'aeroporto.

A pensarci bene, Vincent stava facendo la stessa cosa.

Era ben consapevole di ogni volta che la toccava, e quando stavano aspettando i bagagli non aveva potuto fare a meno di appoggiarsi a lui. Era stanca. Capiva che a causa del fuso orario un volo notturno verso il territorio continentale era il modo più ragionevole per sfruttare al massimo il tempo trascorso dai turisti sulle isole, ed era sollevata di non dover andare in ufficio o altro e di potersi adattare al cambio dell'ora con comodo, ma era ancora più felice per il tempo extra che aveva trascorso con Vincent prima di dover tornare alla sua vita reale.

Nonostante tutte le sue rassicurazioni, una piccola parte di lei era ancora preoccupata che una volta tornato alla sua normale routine, dopo aver avuto il tempo di riflettere su tutto quello che era successo, si sarebbe chiesto cosa diavolo gli fosse venuto in mente. Dopotutto, non si erano mai separati da quando erano riemersi in superficie e si erano resi conto di essere rimasti da soli in mezzo all'oceano. Quella vicinanza forzata poteva aver fatto nascere in lui dei sentimenti non autentici. Aveva dovuto prendersi cura di lei, proteggerla, e forse ora che erano a casa sarebbe tornato in sé. Magari, quando si fossero separati, non avrebbe più avuto sue notizie.

Non le aveva dato alcun segno che per loro fosse finita. Anzi, semmai era l'esatto contrario. Anche adesso, stava tenendo la mano premuta contro la sua schiena mentre si dirigevano verso l'auto di Wolf. Quelle erano solo preoccupazioni che cercavano di minare la sua fiducia.

«Mi scuso in anticipo per la macchina di Matthew» disse Caroline ridendo, mentre entravano nel parcheggio. «*Giga* è oltraggiosa.»

«Non è poi così male» protestò Wolf.

«Quel SUV è enorme» spiegò a Remi. «*Giga* sta per gigantesca, ovviamente. Potrebbe battersi con un treno e vincere.»

«È proprio questo lo scopo» sostenne Wolf con un sorriso soddisfatto. «Quando la guidi, so che sei al sicuro.»

Caroline scosse la testa e alzò gli occhi al cielo. Lanciò uno sguardo a Remi che comunicava chiaramente il suo divertimento nei confronti del marito.

Dentro di sé pensò che fosse una cosa dolce.

Quando Wolf schiacciò un pulsante sul portachiavi, i fanali di un SUV non troppo lontano da loro lampeggiarono. Mentre si avvicinavano, Remi dovette convenire con lei: il veicolo era enorme. Non conosceva i modelli delle auto, ma aveva riconosciuto l'emblema della Cadillac sul retro.

I due uomini misero le valigie nel bagagliaio, mentre lei e Caroline salirono in macchina. Non appena Vincent la raggiunse sul sedile posteriore, le prese la mano. Gliela strinse e sollevò un sopracciglio, come per chiederle se stesse bene.

Gli sorrise in risposta. Era stata sinceramente preoccupata di conoscere i suoi amici, ma era sollevata che lui avesse avuto ragione. Erano persone alla mano e si era sentita subito a suo agio con loro.

Durante il viaggio Caroline continuò a chiacchierare. Il piano prevedeva di accompagnare prima Remi e poi Vincent. A ogni chilometro che la avvicinava a casa, si sentiva sempre più inquieta. Sarebbe stato strano essere di nuovo da sola. Lei e Vincent erano stati insieme quasi ogni minuto da quando si erano conosciuti.

Wolf si fermò nel parcheggio davanti alla sua villetta, e invece di sentirsi sollevata per essere a casa, Remi provò... tristezza. La vacanza era stata bella, poi terrificante, poi divertente. E ora era finita e non aveva idea di cosa le riservasse il futuro, a parte un'imminente serata tra ragazze con le amiche di Caroline.

«È stato un vero piacere conoscerti» le disse la suddetta voltandosi sul sedile per guardarla. «Ti manderò un messaggio più tardi per farti sapere quando ci incontreremo all'Aces e per darti l'indirizzo. Spero davvero che tu e la tua amica veniate, perché le ragazze saranno gelosissime per il fatto che ti ho già conosciuta. E ricordati di pensare alle domande che vuoi farci sulla vita militare, sulla Marina e sui SEAL e, be'... su tutto!»

«Caroline, respira» disse Wolf ridendo. «La rivedrai presto, questa non è l'ultima volta che le parlerai.»

«Lo so, sono solo emozionata» replicò al marito sbuffando. «Vorrei davvero scendere dall'auto e abbracciarti, ma probabilmente sarebbe strano. Ma aspettatene uno la prossima volta che ci vedremo. Un tempo non ero una persona da effusioni, ma stare con le mie amiche e i loro figli mi ha trasformata, e ora abbraccio sempre tutti.»

«Mi date un minuto per accompagnarla alla porta?» chiese Vincent, interrompendola.

«Certo» rispose Wolf. «Io sarò qui a baciare mia moglie.»

«Matthew» protestò lei. Le sue guance erano arrossate mentre schiaffeggiava il braccio del marito.

Remi stava sorridendo quando scese dal grande veicolo e si incontrò con Vincent sul retro. Lui si rifiutò anche solo di prendere in considerazione l'idea di farle portare la valigia e le fece invece cenno di fare strada.

Mentre percorrevano il marciapiede si voltò a guardarlo, e sentì le farfalle nella pancia quando lo sorprese a fissarle il sedere. Si voltò sorridendo e aprì la porta di casa. Vincent entrò e posò la valigia nel piccolo ingresso.

Poi la spinse indietro finché non si ritrovò contro il muro. La porta era ancora aperta, ma non riuscì a vedere il SUV o gli altri veicoli nel parcheggio.

«Vincent?» chiese, quando lui non fece nulla né parlò.

«Ho delle cose da fare» disse stranamente. «Devo chiamare Tex, poi Bertie per dirgliene quattro e capire se c'è lei dietro a quello che è successo, il mio comandante e la mia squadra. Devo controllare che stiano bene e vedere se mentre ero via è successo qualcosa che devo sapere.»

Quando fece una pausa, Remi sussurrò: «Ok.»

«Ma mi sta già uccidendo il pensiero di voltare la testa e non vederti. Di non sentire il tuo piccolo mormorio di piacere quando bevi il primo sorso di caffè. Di non vedere i tuoi occhi illuminarsi davanti a una scatola di malasadas. Di non vedere tutti quelli che incontri pendere dalle tue labbra grazie a una tua parola gentile. Per farla breve, tesoro... mi mancherai.»

Remi si sentì praticamente sciogliere a quelle parole. Qualcuno aveva mai detto qualcosa che le avesse fatto provare una sensazione così bella? No. La risposta era decisamente no.

«Vincent» sussurrò.

«Dico sul serio. Ormai mi sei entrata dentro.» Percorse il suo viso con lo sguardo, come se stesse cercando di memorizzarlo. «E mi piace averti lì» continuò. «Spero proprio che tu fossi seria quando hai accettato di vedermi una volta tornati a casa. Perché io lo ero. Lo *sono*. Non mi sono mai sentito così prima d'ora. È travolgente ed eccitante allo stesso tempo.»

Sapeva esattamente cosa intendeva, perché aveva descritto perfettamente i suoi stessi sentimenti.

Poi abbassò la testa e appoggiò la fronte contro la sua. Rimasero così per quelli che sembrarono minuti, ma che probabilmente furono solo pochi secondi.

«Devo andare» le disse, ma non si mosse.

«Lo so.»

«Devi dormire un po'.»

«Mm-mm» mormorò, stringendo ancora di più le mani sulla sua maglia.

Poi lui sollevò la testa. «Non devi trovarti con Caroline se non vuoi.»

«Voglio» lo rassicurò.

«Bene. È... è una brava persona. Come tutte le altre donne. Sono ottimi modelli di riferimento come mogli di SEAL. Ti diranno le cose come stanno realmente. Non indoreranno la pillola. Ti informeranno su tutte le cose brutte e belle che comporta essere la compagna di un SEAL. Ho bisogno che tu sia sicura di voler stare con me, Remi. Perché se lo facciamo... io sarò coinvolto al cento per cento, e mi distruggerà se tu non lo sarai. Ho visto troppe relazioni andare a rotoli a causa di aspettative non soddisfatte e di idee sbagliate sul fatto di frequentare un operatore delle forze speciali.»

«Sono davvero noiosa, Vincent» sbottò. «La mia idea di divertimento è stare sul divano in indumenti comodi, non di uscire. Non sono molto socievole... per *niente*. Preferisco stare a casa a disegnare piuttosto che andare fuori. Mi sono imposta di fare ciò che ho fatto alle Hawaii perché visto che ero lì ho pensato che tanto valeva vedere più cose possibili. Ma sarei stata altrettanto felice di stare in camera mia, sul balcone, a guardare l'oceano da lontano piuttosto che starci dentro.» Buttò fuori un respiro. «Sarebbe stato anche più sicuro.»

«Ma allora non ci saremmo incontrati» le disse con un sorriso. «E sbagli se pensi che mi importi che tu preferisca stare a casa piuttosto che in giro per la città. A dire il vero, mi sembra il paradiso. Anche se mi piace uscire con i miei compagni di squadra e spero che imparerai a goderti anche questo. Caroline non mentiva riguardo all'Aces. È un posto molto tranquillo, è quasi come stare a casa. Ma se dovessi odiarlo, non ti costringerei mai a fare qualcosa che ti mette a disagio.»

«Vincent?»

«Sì?»

«Lo so già anch'io... sono già sicura. Sono *già* coinvolta al cento per cento.»

La fissò per un attimo, poi abbassò la testa e premette le labbra sulle sue. Remi spostò le mani sulla sua schiena e si aggrappò a lui mentre la baciava con intensità. Lei ricambiò allo stesso modo. Poteva anche essere un'artista introversa e nerd, ma quell'uomo aveva tirato fuori un lato di lei che non sapeva di avere. Lo desiderava. Aveva bisogno di lui. Avrebbe fatto di tutto purché le tirasse giù i pantaloni in quell'istante e la prendesse contro il muro.

«*Cazzo*» sussurrò Vincent ansimando, dopo aver staccato la bocca dalla sua. Le stava stringendo il sedere con una mano, e aveva infilato l'altra sotto la sua maglia; era come un marchio a fuoco sul suo seno.

Lei, invece, gli stava accarezzando l'uccello sopra i jeans mentre con l'altra mano era afferrata al suo bicipite, con le unghie conficcate nella pelle.

Entrambi respiravano a fatica, e non era mai stata così bagnata come in quel momento. Non avrebbe desiderato altro che trascinarlo in camera da letto e fare sesso, ma lui aveva delle cose da fare, e Wolf e Caroline lo stavano aspettando.

Vincent le prese la mano posata sul suo cazzo, la sollevò verso il viso e ne baciò il palmo. Fece un respiro profondo. Poi un altro.

«Ti chiamo più tardi. Ti darò il tempo di fare un pisolino. Assicurati di mangiare qualcosa di sano quando ti alzi.»

«Vuoi dire non una ciambella?» chiese con un piccolo sorriso.

«Esatto.»

«Solo se lo farai anche tu. È una settimana che non mangi un biscotto Thin Mint. Quindi non divorare tutta la scatola che so hai nascosto nel freezer.»

Le sorrise, poi si fece serio. «Mi conosci meglio della

maggior parte delle persone, e solo dopo due giorni.»

«Tre» lo corresse.

«Giusto. Lo faremo funzionare» disse con fermezza. «Ti chiamo più tardi. Ti va di cenare insieme?»

«Sì.» Suppose che forse avrebbe dovuto mettere un po' di spazio tra loro. Le cose si stavano muovendo molto in fretta. Marley probabilmente le avrebbe detto di rallentare, di fare attenzione. Ma come aveva pensato prima, se non poteva fidarsi di Vincent, un uomo che le aveva letteralmente salvato la vita, di chi altro avrebbe potuto fidarsi?

«Passo a prenderti alle cinque e mezza, poi andremo a casa mia. Non è bella come questa, ma ti voglio nel mio spazio. Ti va bene?»

Remi annuì con entusiasmo. Voleva vedere il suo appartamento. Si poteva imparare molto su una persona vedendo dove e come viveva.

«E domani ti porterò all'Aces. Così potrai farti un'idea prima della tua serata con le ragazze. Ti sentirai più a tuo agio a incontrarle se non sei preoccupata per l'ambiente.»

Aveva ragione. Ovvio. «Grazie.»

«Ma ti avverto che vorranno incontrarti anche gli uomini del mio team. Potrebbero esserci domani sera.»

Quello la rese nervosa, ma voleva conoscere i ragazzi che Vincent considerava dei fratelli. Le aveva parlato molto di loro e le sembrava già di conoscerli un po'. Se volevano avere una relazione che funzionasse, doveva fare amicizia con gli uomini più importanti per lui. «Ok. E io credo che potresti ricevere una telefonata da Marley. Può comportarsi da mamma orsa. Sa già di te e di quello che hai fatto nell'oceano... tenermi al sicuro e tutto il resto... ma ora che ci frequentiamo vorrà sapere molto di più.»

«Non c'è problema.»

«Quando ho iniziato a uscire con Cazzone mi ha rubato il telefono, si è presa il suo numero e poi gli ha inviato ininterrottamente delle domande. Lui l'ha bloccata la sera stessa.»

«Dalle pure il mio numero, tesoro. Non mi dà fastidio se ce l'ha, e non ha bisogno di ottenerlo in modo subdolo. Risponderò a qualsiasi cosa, non ho nulla da nascondere.»

«Disse il Navy SEAL» lo stuzzicò.

Fece un sorrisetto, poi tornò serio. «Be', ci sono cose di cui non posso parlare. Cose che riguardano il mio lavoro. Le mie missioni.»

«Lo so» lo rassicurò. «Mi interessa solo che tu torni a casa sano e salvo, non dove sei stato o cos'hai fatto. Solo che tu e i tuoi amici non veniate feriti.»

Vincent la fissò a lungo.

«Che c'è?»

«Sei già la compagna perfetta per un SEAL e non lo sai nemmeno. Molte donne non riescono a sopportare di non sapere dove va il loro uomo o per quanto tempo starà via.»

«Non dico che mi piacerà, soprattutto non sapere per quanto tempo starai lontano. Ma capisco che fa parte dell'avere una relazione con un militare. Non mi sono mai sentita così con nessuno in vita mia. Quindi sono disposta a sopportare le parti più brutte per avere quelle più belle. Perché non ho dubbi che ne varrà la pena.»

Vincent aprì la bocca per rispondere, quando dal parcheggio arrivò il suono di un clacson.

Remi arrossì. «Immagino che Wolf sia stanco di aspettarti.»

«Mi sta solo provocando. Ti garantisco che si sta godendo questi minuti da solo con sua moglie. Guardami, Remi.»

Lei incontrò il suo sguardo.

«Ti telefono più tardi per assicurarmi che siamo ancora d'accordo per la cena. Se hai bisogno di qualcosa, qualsiasi cosa, non esitare a chiamare o a scrivermi. Ti risponderò appena possibile.»

«Ok, vale lo stesso anche per te. Cioè, non so di cosa potresti aver bisogno da parte mia, visto che sei tu il SEAL cazzuto, ma comunque...»

«Ho bisogno del tuo sorriso. Ho bisogno della tua gentilezza. Ho bisogno della tua adorabile risata con lo sbuffo. Ho bisogno di *te*, Remi. Solo di te.»

La stava facendo impazzire. Non avrebbe voluto lasciarlo andare, ma sapeva di doverlo fare. Le passarono per la testa le immagini del loro futuro. La tristezza di doverlo veder partire per una missione, ma anche la felicità e il sollievo che avrebbe provato quando fosse tornato da lei.

Aveva davvero intenzione di intraprendere una relazione con un uomo che si metteva volontariamente in pericolo, e sperare solo che tornasse vivo e vegeto dopo ogni operazione?

Sì. Sì, voleva farlo. Perché non aveva mai provato niente di simile prima, con nessuno. Lui la faceva sentire viva in modi che non si sarebbe mai aspettata. Avrebbe fatto di tutto per continuare a sentirsi così.

Sollevò il mento e lo baciò, sentendosi coraggiosa e fiduciosa nei confronti del rapporto che stava sbocciando. Lui ricambiò il bacio stringendola più forte per un attimo, poi fu lei ad allontanarsi. Vincent doveva andare. Avevano entrambi delle cose da fare.

«Ci vediamo dopo.»

«Sì, a dopo» le disse, con una tale determinazione che le vennero i brividi sulle braccia. Rimase sulla porta mentre lui si dirigeva verso il SUV di Wolf, e quando si girò prima di salire in auto, lo salutò con la mano. Vincent le fece un cenno con il mento, poi saltò sul sedile posteriore e chiuse la portiera.

Mentre Wolf usciva dal parcheggio, Caroline abbassò il finestrino e gridò: «Ti mando un messaggio più tardi con i dettagli della serata con le ragazze!»

«Ok!» replicò allo stesso modo.

E poi sparirono. Chiuse lentamente la porta e vi si appoggiò con la schiena. Fu accolta dal silenzio. Scivolò verso il basso fino a sedersi per terra, avvolse le braccia intorno alle gambe e appoggiò la guancia sulle ginocchia. Non le era mai dispiaciuto stare da sola, ma ora... era sconcertante. Le ricordava troppo il momento in cui aveva tirato fuori la testa dall'acqua e si era resa conto di essere stata abbandonata. Quella sensazione di angoscia, la consapevolezza che nessuno sapeva dove si trovava o di essere addirittura in pericolo... era stato terrificante.

Fece un respiro profondo e si costrinse ad alzarsi in piedi. Doveva fare il bucato, ordinare la spesa online, disegnare fumetti, telefonare, dormire. Non aveva tempo per un crollo. Inoltre, stava bene. Tutto si era risolto.

Ma in un angolo della mente un pensiero la assillava: la preoccupazione di ciò che avrebbe potuto fare Cazzone quando si fosse reso conto che il suo piano non aveva funzionato.

Vincent poteva anche pensare che ciò che era successo fosse colpa della *sua* ex, ma Remi era certa che si sbagliasse. E anche se era una cartonista sovrappeso e nerd e non un muscoloso Navy SEAL, avrebbe fatto tutto il necessario per assicurarsi che lui non fosse in pericolo a causa sua.

CAPITOLO NOVE

ALLA FINE KEVLAR non ebbe la possibilità di vedere Remi la sera del loro ritorno in California. Né quella successiva. Come leader del team, era una sua responsabilità rimanere aggiornato sulle informazioni necessarie per le loro missioni, e il suo comandante lo aveva avvisato che probabilmente sarebbero stati inviati nelle prossime settimane. Il che, in effetti, era un bel po' di tempo. A volte avevano solo poche ore di preavviso prima di partire.

Ma ciò significava anche che c'era molto da fare per prepararsi. L'ultima cosa che voleva era affrontare un'operazione senza il maggior numero possibile di dettagli: era la chiave per il successo di ogni missione.

E dato che era stato via una settimana, aveva dovuto riunirsi con il comandante per scoprire cosa si era perso durante la sua assenza. Quindi, quando aveva finito di lavorare ed era potuto uscire dalla base, era tardi. Troppo per trascorrere del tempo con Remi nel modo piacevole che avrebbe voluto.

L'aveva chiamata, sentendosi in colpa per averla svegliata, ma lei aveva insistito per restare a parlare al telefono con lui mentre tornava a casa e poi mentre cenava. Ed era stato... bello. Non si era lamentata dell'ora, di quanto fosse stanca, del fatto che lui lavorasse così tanto e che non avesse rispettato i piani che avevano fatto per cena. Lo aveva semplicemente ascoltato parlare delle cose che poteva dirle.

Ed era ciò che avevano fatto anche la sera precedente, ma quella telefonata aveva portato una notizia spiacevole. Le aveva raccontato di aver parlato con Tex, il quale lo aveva informato che la polizia di Honolulu aveva trovato morto il capitano della barca, apparentemente per un'overdose. Stava ancora indagando sul *motivo* per cui l'uomo li avesse abbandonati nell'oceano, dato che non c'era stato modo di interrogarlo.

Aveva però amato sentire com'era andata la sua giornata. Della sua visita alla nonna e i dettagli di alcune delle ultime stramberie dell'anziana. Di quanto fossero felici i suoi genitori di averla a casa sana e salva e di quanto Marley si fosse arrabbiata quando Remi le aveva finalmente raccontato tutto sulla sfortunata escursione di snorkeling.

Kevlar era un po' arrabbiato per non essere riuscito a portarla all'Aces prima della serata tra ragazze che Caroline aveva organizzato. Le aveva fatto una promessa che non era stato in grado di mantenere, e non era il modo migliore di iniziare una relazione.

Ma Remi, essendo Remi, gli aveva detto che la vita non andava sempre come previsto e che non era un problema. Caroline l'aveva aggiunta in una chat di gruppo con tutte le altre donne e si stavano parlando fin da quando era tornata in California.

Ma quella sera finalmente l'avrebbe rivista. Di persona. Non solo su FaceTime o sentita per telefono. Non vedeva l'ora.

Certo, avrebbe dovuto dividerla con le altre donne, oltre che con la sua migliore amica e tutti i suoi compagni di squadra, ma Kevlar si sarebbe accontentato di stare insieme a lei in qualsiasi modo.

Caroline gli aveva mandato un messaggio, mettendo in chiaro che non doveva osare portare via Remi mentre la stavano conoscendo. Quelle parole lo avevano fatto ridere, perché era proprio quello che aveva intenzione di fare. Dare a Caroline una ventina di minuti prima di inventarsi una scusa per poter parlare con Remi, per poi farla uscire di nascosto dalla porta sul retro per portarla a casa sua e avere finalmente il tempo da soli che desiderava.

Ma voleva anche che Remi conoscesse tutti. Lei sosteneva di essere introversa, di sentirsi più a suo agio a casa, ma l'aveva vista alle Hawaii. Aveva affascinato tutti quelli con cui era entrata in contatto, tranne forse il capitano della barca, ma dato che era stato quasi sicuramente pagato per fare ciò che aveva fatto, non contava.

Remi sembrava davvero sbocciare in mezzo agli altri. Solo che non se ne rendeva conto. La sua bontà era come un faro luminoso. Le persone erano attratte da lei, e lui non faceva eccezione. Ma sarebbe stato uno stronzo egoista se avesse smorzato quella luce, se avesse cercato di tenerla per sé.

Quella sera avrebbe visto se aveva ragione. Se Remi avesse dato l'impressione di essere a disagio o di volersene andare, l'avrebbe portata via da lì. Ma aveva la sensazione che sarebbe nata una bella amicizia con le altre mogli dei SEAL. E non aveva alcun dubbio che avrebbe fatto colpo anche sui suoi compagni di squadra.

Erano stati molto scettici quando aveva detto loro di aver incontrato la donna con cui voleva passare il resto della vita. Ancora di più quando avevano sentito le circostanze del loro incontro. Avevano insistito sul fatto che provasse una sorta di "complesso di Dio" per averla salvata. Ma si sbagliavano. Se lo sentiva fin nel profondo.

E se ne sarebbero accorti da soli una volta incontrata.

Entrò nel parcheggio del suo complesso residenziale e sorrise. Viveva in una zona sicura e la sua villetta era bellissima. Ma non era geloso. Non si sentiva minacciato dal suo conto in banca. Era felice per lei. E sollevato che non faticasse a pagare le bollette. Non sarebbe mai stato il tipo di fidanzato o marito che si arrabbiava per non essere l'unico a provvedere alla famiglia. Ma l'avrebbe supportata in modi che i soldi non avrebbero potuto fare. Con il sostegno, l'affetto, con compiti che potevano servire in casa: portare fuori la spazzatura, dipingere le pareti, badare al loro bambino in modo che lei potesse disegnare.

Scosse la testa per quanto era ridicolo... era troppo presto per pensare ad avere dei figli con Remi. Anche se l'idea gli fece pulsare l'uccello e il desiderio che sentì dentro di sé quasi lo travolse.

Parcheggiò la Subaru Crosstrek e scese, desideroso di rivederla. Praticamente corse sul marciapiede fino alla porta di casa che, con sua grande gioia, si aprì prima che lui arrivasse. Era bello sapere che Remi era altrettanto entusiasta di vederlo.

Stava sorridendo da un orecchio all'altro e, prima ancora

che potesse parlare, Kevlar la abbracciò e le coprì la bocca con la sua. La baciò con tutte le emozioni accumulate negli ultimi due giorni; la frustrazione per non essere riuscito a vederla, la felicità di averla di nuovo tra le braccia e l'eccitazione che gli rimaneva dentro quando pensava al loro ultimo interludio nell'ingresso.

Aveva rivissuto più di una volta la sensazione della sua mano sul cazzo; sotto la doccia, a letto e occasionalmente mentre lavorava. Il suo tocco era impresso a fuoco nella sua psiche e non vedeva l'ora di essere pelle a pelle con lei e di sentire ancora una volta le sue mani su di sé.

«Vincent» gemette, mentre lui posava la bocca nell'incavo tra la sua spalla e il collo. Inspirò profondamente, amando la fragranza del suo shampoo, o della sua lozione, o qualunque cosa fosse. Spiaggia. Profumava come la spiaggia: di sabbia, di cocco, di sale. Non sapeva come si chiamasse, ma gli fece diventare il cazzo duro all'istante. Il che era incredibile, considerando che non aveva un buon ricordo della spiaggia a causa della Hell Week. Ma sentire quel profumo su di lei, non era mai abbastanza.

«Ciao» gli disse dopo un attimo.

Kevlar si costrinse a scostarsi e a calmarsi. L'ultima cosa che voleva era spaventarla con la sua intensità.

«Ciao» replicò.

Gli sorrise un po' insicura e si passò una mano sui capelli.

«Sei perfetta» le assicurò. E non lo aveva detto solo per tranquillizzarla. Era vero. Era bellissima. Indossava dei jeans attillati, un paio di Skechers e una maglietta con la scritta Leonard's Bakery.

La fissò sorpreso.

«Dove hai preso quella maglietta?» le chiese.

Remi arrossì un po' e scrollò le spalle. «L'ho ordinata su internet. Volevo un ricordo di quella fantastica scatola di malasadas che ci hai comprato per colazione. Ero delusa di non poter ordinare online i dolci veri e propri, ma ho deciso di prendere una maglietta. Stavo andando di sopra a cambiarmi quando sei arrivato.»

«Cambiarti? Perché?» le chiese.

«Perché sì. Ho bisogno di indossare qualcosa... di meglio per stasera.»

«Come ho detto prima, sei perfetta. Dovresti rimanere vestita così» disse con fermezza. «Jeans, maglietta, scarpe da ginnastica. È quello che indossano tutti.»

«Se lo dici tu» replicò, alzando gli occhi al cielo.

«È così» insistette. «*Non* voglio che tu ti senta fuori posto o in imbarazzo la prima volta che incontri i miei amici. Manda un messaggio a Caroline e chiedile cosa indossa.»

«Non posso farlo.»

«Perché?»

«Perché no!»

«Va bene. Lo farò io.»

«Cosa? Vincent, no! Cosa stai facendo? Fermati!»

Ma non si fermò, perché non voleva che cambiasse quell'adorabile abbigliamento. I jeans abbracciavano le sue curve attizzando il suo desiderio, e quella maglietta... tutto ciò a cui riusciva a pensare guardando il logo della Leonard's Bakery, era Remi seduta di fronte a lui al tavolo della sua stanza d'hotel, che gemeva mentre assaggiava i diversi gusti delle malasadas.

«Vieni dentro» gli disse dopo un attimo, senza permettergli di inviare a Caroline il messaggio che aveva iniziato a scrivere. Gli afferrò il braccio ridendo e lo tirò all'interno. «Marley vuole conoscerti.»

Kevlar si fermò di colpo. Era così intento a osservare Remi che si era dimenticato che ci sarebbe stata la sua migliore amica e che l'avrebbe finalmente incontrata. Aveva l'impressione di conoscerla già abbastanza bene, dopotutto erano due giorni che si scambiavano messaggi, da quando Remi le aveva dato il suo numero. E non si era nemmeno trattenuta. Gli aveva chiesto di tutto, a partire da quanto spesso era via, della sua famiglia, fino al suo colore preferito. Supponeva che avesse pensato di fargli domande su qualsiasi cosa solo per vedere se si sarebbe infastidito e l'avrebbe mandata a quel paese. Ma non l'aveva fatto. Era stato più divertito che irritato dalla sua costante raffica di domande.

Inoltre, sapere che condivideva ogni singola risposta con la sua amica rendeva tutto più sopportabile. Aveva capito che le passava le risposte quando Remi aveva commentato la coincidenza che il bordeaux era anche il suo colore preferito.

Ma... ora capiva perché era stata nervosa di conoscere Wolf e Caroline. Marley era la sua migliore amica e lui voleva fare una buona impressione. Se l'incontro non fosse andato bene, avrebbe potuto convincere Remi che poteva avere di meglio. Kevlar sapeva che era vero, ma sperava comunque di poter essere l'uomo che lei meritava.

Lo trascinò all'interno della villetta, e Kevlar pensò ironicamente che quella era la prima volta che superava l'ingresso, anche se in quel posto erano successe cose piuttosto piacevoli.

La sua casa era bella. Entrando nella zona giorno intravide brevemente la cucina; ampia, con elettrodomestici moderni in acciaio inossidabile e ogni cosa al proprio posto. C'era un tavolo appena fuori dalla cucina, con dei fiori al centro e le tovagliette trapuntate di fronte a ogni posto a sedere. Osservando la zona giorno notò che era molto pulita, e fu sollevato di vedere che era anche accogliente. Una coperta era stata gettata a casaccio su una poltrona reclinabile, c'erano delle riviste sparse sopra un tavolino e il divano in pelle sembrava molto comodo e molto usato.

Non ebbe il tempo di guardare da vicino i libri e le foto sulla grande libreria o i quadri alle pareti, perché una donna che poteva essere solo Marley gli stava sorridendo educatamente mentre veniva trascinato verso il divano. Era più bassa di Remi di qualche centimetro, aveva dei folti capelli rossi e gli occhi verdi, che al momento erano socchiusi come se stesse cercando di comprendere che tipo di persona fosse prima ancora che lui aprisse bocca.

«Marley, questo è Vincent. Vincent, questa è la mia migliore amica Marley. E puoi credere solo alla metà delle cose che escono dalla sua bocca.»

«Vabbè. Ciao, è un piacere conoscerti» disse la donna, tendendogli la mano.

Continuava a sorridere, ma Kevlar capì che si stava riservando di giudicare finché non le avesse dimostrato che tipo di uomo fosse. Ovviamente non aveva nulla di cui preoccuparsi, ma lei non avrebbe creduto alle sue parole, doveva constatare di persona che lui non aveva intenzione di fare nulla che potesse nuocere alla sua amica.

Le prese la mano e la strinse con forza, ma non tanto da farle male.

«Allora... cosa stai facendo riguardo a Cazzone?» gli chiese, una volta terminati i convenevoli.

«Marl! Cosa ti avevo detto in proposito?» la richiamò Remi un po' agitata.

«Mi hai detto che non potevo torchiarlo e che dovevo essere gentile. Ma al diavolo. Sono rimasta lì a guardare quello stronzo che ti feriva in continuazione. Non lo farò di nuovo.»

Era evidente che Remi fosse imbarazzata, e sebbene non gli dispiacesse che Marley volesse proteggerla, non era entusiasta che la stesse facendo sentire a disagio.

«Ho chiesto a un ex compagno SEAL di controllare i suoi tabulati telefonici per vedere cosa riesce a trovare. Ho intenzione di fare una chiacchierata con Miles non appena avrò notizie dal mio amico. Ora, apprezzerei che tu ti moderassi un po', la stai mettendo in imbarazzo e questo non va bene.»

La donna lo fissò, e Kevlar capì che si era già pentita di ciò che aveva fatto. Si voltò verso Remi e fece un respiro profondo. «Scusa.»

«Non importa. L'hai fatto in buona fede.»

Marley annuì, poi tornò a lui. «Per la cronaca, non usiamo quel nome per il suo ex. Mai. È Cazzone. Sempre e per sempre.»

Kevlar sorrise. «Giusto. Scusate. Errore mio.»

«Ammette quando sbaglia. È un buon primo passo» disse, strizzando l'occhio a Remi. «Devo riconoscerlo, sei stato in gamba con tutti i miei messaggi» aggiunse in tono un po' più amichevole.

«E *io* devo riconoscere che hai fatto delle ottime domande» replicò lui. «Quella su chi sceglierei di salvare se gli uomini del mio team avessero dei pesi incatenati alle caviglie e si trovassero su una barca che sta affondando mentre Remi sta per essere mangiata da uno squalo. ... è un classico.»

«Sul serio, sto morendo» borbottò Remi, lasciando cadere la testa nella mano come per cercare di scomparire.

«Non vuoi sapere la sua risposta?» le chiese Marley, con gli occhi che brillavano divertiti.

Kevlar non attese che replicasse. «Sceglierei di salvare te, Remi. Sempre. Il mio team sa badare a sé stesso. Safe troverebbe il modo di togliere i lucchetti alle catene, Smiley farebbe una battuta per mantenere bassa la tensione, Preacher urlerebbe continuamente per farmi sapere dove si trova lo squalo, se si sta avvicinando. MacGyver... troverebbe un modo per tappare il buco della barca. Flash userebbe le catene che Safe ha rimosso per distrarre lo squalo e Howler mi sostituirebbe per organizzare tutti mentre io sono occupato con te.»

Lo sguardo che Remi gli rivolse fu così pieno di... non sapeva come descrivere l'emozione che vide sul suo volto. Stupore, incredulità, divertimento?

«Bene, quindi... siete SEAL cazzuti che possono salvare il mondo. Ci saranno tutti i tuoi amici stasera, vero?» chiese Marley.

Gli fu difficile distogliere lo sguardo da Remi, ma si costrinse a guardare l'amica. «Sì, il posto sarà gremito. Tra la serata delle ragazze, i mariti che vogliono sorvegliare le loro donne e la presenza della mia squadra, sarà un po'... caotico.»

«Avevo capito che di solito Wolf e i suoi amici rimangono a casa per badare ai figli» disse Remi.

«È così, ma ogni tanto escono tutti insieme. Non succede più molto spesso, per via dei bambini, ma amano avere qualche ora per poter stare tutti insieme e fare cose da adulti.»

«Oh, che bello.»

Kevlar aveva pensato che non era il caso di ammettere che dopo che Wolf aveva raccontato al suo team di loro due e di come si erano conosciuti, tutti volevano incontrarla. L'avrebbe spaventata ed era l'ultima cosa che voleva. «Già.»

«Allora, chi sono le donne che saranno presenti stasera?» chiese Marley.

«Caroline, che Remi ha già conosciuto. Alabama, Fiona, Summer e Cheyenne. Poi Jessyka, che speriamo *non* stia tutta la sera dietro al bancone. Non so se Julie ci sarà, ma potrebbe farsi vedere Dakota.»

«Wow, ok, sono un sacco di nomi da ricordare» replicò, suonando insicura per la prima volta.

«Appunto!» esclamò Remi. «Ho cercato di dirtelo, ma tu hai detto che ero solo la solita ansiosa.»

L'amica alzò gli occhi al cielo. «Va bene, mi sbagliavo. Sei sicura di voler andare? Con tutte le ragazze, più il doppio dei ragazzi, è... tanto.»

«Lo ero, finché non mi hai ricordato che tutte quelle persone vengono lì per conoscermi e giudicare se sono abbastanza in gamba da frequentare Vincent» rispose con sarcasmo.

Ma Kevlar scosse la testa. «Hai frainteso tutto» le disse serio. «Sì, vengono lì per conoscerti, ma non ti giudicheranno. Finché non rimprovererai il personale o non farai una scenata ubriacandoti e ballando sui tavoli – e so che non lo farai – non ci saranno problemi. Dopo che avranno conosciuto la donna che mi ha scombussolato così tanto, i ragazzi saranno più interessati a prendere in giro *me*, dato che non mi hanno mai visto così distratto. E le ragazze... vogliono solo un'altra donna che si unisca al loro gruppo. Come ha detto Caroline "Più siamo meglio è con quei ragazzi". Non sarai tu quella sotto il microscopio stasera, tesoro, ma io.»

Il sollievo, un po' di scetticismo e di trepidazione erano evidenti nella sua espressione.

«Mi farebbero comodo altre amiche» disse Marley con

un'alzata di spalle. «E ai miei piccoli selvaggi servirebbero nuovi amici da terrorizzare.»

Remi sorrise. «Mia nipote e mio nipote sono degli angeli, e non mi piace che tu la racconti diversamente.»

«Questo perché non vivi con loro» ribatté.

A Kevlar piaceva la dinamica tra le due. «Siete pronte per andare?» chiese, improvvisamente eccitato all'idea di arrivare all'Aces e sfoggiare Remi. Perché non c'era dubbio che era quello che avrebbe fatto. Lei era la cosa migliore che gli fosse capitata da parecchio tempo e non vedeva l'ora di farle conoscere le persone più importanti della sua vita.

«Marl, Vincent sostiene che quello che indosso va bene per stasera, ma credo che dovrei mettermi il vestito che abbiamo scelto prima. Che ne pensi?»

La sua amica la guardò dalla testa ai piedi, poi si voltò verso di lui. Kevlar pregò che non la incoraggiasse a cambiarsi. Gli piaceva la maglia che indossava, gli ricordava i bei momenti trascorsi alle Hawaii, e quei jeans erano incredibilmente sexy su di lei.

«Penso che dovresti fidarti dell'uomo che ti ha salvato la vita alle Hawaii» rispose dopo un attimo.

Rilassò le spalle per il sollievo.

«Sei sicura? È troppo... casual» mormorò Remi, abbassando lo sguardo e facendo scorrere i palmi su e giù per le cosce.

«Stai andando in un bar, non in un ristorante a cinque stelle» ribatté l'amica.

Grazie, le mimò lui con la bocca.

Marley annuì, accettando il ringraziamento, poi disse: «Ma forse potresti metterti quelle scarpe che hai comprato prima di andare in vacanza. Darebbero un tocco di classe.»

«Oh! Buona idea. Torno subito!» Remi gli fece un sorrisetto, poi si diresse verso le scale.

Non appena scomparve dalla vista, la donna si voltò verso di lui, che si preparò.

«Finora non hai fatto nulla che abbia pungolato il mio "fiuto riconosci stronzi". Ma ti avverto: *non* prenderla in giro. È buona fin nel profondo dell'anima e ha tanto amore da dare, ma se stai con lei solo per i suoi soldi, o perché vuoi una sorta di avventura post-vacanze, chiudila subito qui. Dico sul serio. È stata trattata di merda troppe volte perché possa succedere ancora, e così presto dopo Cazzone. E se alzi anche solo un dito contro di lei, te lo spezzo e te lo ficco in gola fino a farti morire soffocato.»

Anche se si trattava di una conversazione seria, ed era ovvio che Marley fosse completamente seria, Kevlar non riuscì a trattenere un piccolo sorriso.

«C'è poco da ridere» lo avvertì. «Farei qualsiasi cosa per Remi. E ciò include anche lottare con te, anche se so che perderò. È la mia più cara amica e merita il meglio. E se tu non lo sei, se questo ti spaventa, devi farti da parte prima che lei si innamori troppo profondamente.»

Le sue parole lo scioccarono, ma non nel modo in cui avrebbe potuto pensare lei. Cancellò ogni traccia di divertimento dal viso. «Non mi spaventa. Remi è... è diversa da tutte le altre donne con cui sono stato prima, in ogni senso positivo. Sai che quando si è resa conto che eravamo stati abbandonati in mezzo all'oceano non si è fatta prendere dal panico neanche una volta? È rimasta calma, ha scherzato con me e ha fatto tutto ciò che le ho chiesto senza esitare. Mi è entrata nel cuore, e ogni minuto che ho trascorso con lei, che ho parlato con lei, non ha fatto altro che affascinarmi sempre di più.

Non sto con lei per i suoi soldi. Non desidero avere un'avventura. E non le farei mai e poi mai del male. Non sono perfetto, lei probabilmente merita qualcuno migliore di me, e il mio lavoro renderà la relazione estremamente difficile, ma voglio farlo. Voglio lei. Più di quanto abbia voluto qualcosa da molto tempo.»

Gli si strinse la pancia mentre aspettava di vedere come avrebbe reagito alla sua replica sincera.

Con suo grande sollievo lei sembrò rilassarsi, e addirittura sorrise. «Bene» fu tutto ciò che disse, un attimo prima che sentissero un rumore di passi sulle scale.

Quando Remi rientrò nella stanza Marley esclamò: «Perfetta!»

Kevlar era d'accordo. Le scarpe che indossava la mettevano quasi al pari con il suo metro e ottantatré, e la sicurezza in sé che sembravano darle lo intrigavano enormemente. Mentre era di sopra aveva raccolto i capelli in uno chignon basso e si era messa un po' di lucidalabbra. Remi era troppo per uno come lui, e non era mai stato così orgoglioso di avere una donna al suo fianco come in quel momento.

«Bene, allora facciamo così» disse Marley. «Ci vediamo là, perché subito dopo cena devo tornare dalle piccole pesti.»

Il rispetto che provava per quella donna aumentò. Probabilmente aveva delle cose da fare, ma aveva comunque trovato del tempo da dedicare a Remi. Era contento che Marley fosse andata a darle il suo sostegno morale, anche se era sicuro che non ne avrebbe avuto bisogno. Caroline e le altre le avrebbero accolte entrambe a braccia aperte.

Le due donne presero le borse, poi uscirono tutti di casa e proseguirono insieme fino al parcheggio. Marley partì con il suo minivan e Kevlar condusse Remi alla Crosstrek. Una volta saliti, lei gli mise una mano sul braccio.

«Stai bene?»

«Sì, perché non dovrei?» le chiese confuso.

«Marley può essere... aggressiva. Sono sicura che quando sono salita in camera ha detto qualcosa, forse ti ha anche intimato di starmi lontano, ma non lo fa con cattiveria. Ne abbiamo passate tante insieme.»

Kevlar si rilassò. «Non mi dispiace» le disse con sincerità. «È protettiva nei tuoi confronti. Approvo il suo atteggiamento.»

Remi alzò gli occhi al cielo. «Vi comportate come se avessi dieci anni.»

«Niente affatto» ribatté lui. «Vogliamo solo assicurarci che nessuno ti faccia del male, se possiamo evitarlo.»

«So badare a me stessa» obiettò lei.

«Certo che sì. Sei un'adulta. Vuoi dirmi che se qualcuno si avventasse contro Marley non ti lanceresti a difenderla?»

«Farei qualsiasi cosa per lei.»

«Appunto.»

Si fissarono per un attimo. «Bene. Ok allora. Quindi tutto a posto tra di voi?»

«Tutto a posto» confermò.

«Fiù» disse con un piccolo sorriso, fingendo di asciugarsi la fronte. «Cazzone la odiava.»

«Questo perché è un coglione» replicò con franchezza.

Remi rise sbuffando, facendogli contrarre l'uccello nei pantaloni. La sua risata particolare non avrebbe dovuto eccitarlo, eppure lo faceva. Era così... da Remi.

Le mise la mano dietro la nuca e la attirò più vicino a sé. Lei lo lasciò fare, con un sorriso sulle labbra.

«Mi sei mancata» le disse con dolcezza.

«Sono passati solo due giorni da quando ci siamo visti, e abbiamo parlato ogni sera» protestò.

«Non ti sono mancato?» le chiese.

Arrossì e rispose un po' esitante: «Forse.»

«Allora credo di doverti ricordare cosa ti sei persa» mormorò, prima di posare la bocca sulla sua.

Probabilmente si sarebbe ritrovato lucidalabbra dappertutto, ma non gli importava. Anche se fosse stata ricoperta di trucco da clown avrebbe voluto baciarla lo stesso. Farlo con lei lo eccitava più di quanto avesse fatto l'atto sessuale vero e proprio con le sue precedenti ragazze. Era un'altra dimostrazione del fatto che fosse destinata a essere sua.

Quando si costrinse a scostarsi stavano entrambi ansimando. Le aveva un po' rovinato lo chignon con la mano, e ora alcune ciocche le incorniciavano il viso. Ma non aveva mai visto niente di più bello in vita sua.

«Mi hai rovinato la pettinatura» si lamentò con un piccolo sorriso.

«Ne è valsa la pena.»

Remi si risistemò sul sedile facendo un profondo respiro, e tirò giù l'aletta parasole. «È meglio che ti avvii, Vincent. Se lasciamo a Marley troppo vantaggio chissà cosa dirà ai tuoi compagni di squadra o alle altre donne prima del nostro arrivo.»

Kevlar ridacchiò, ma girò la chiave nell'accensione. La osservò con la coda dell'occhio lisciarsi i capelli e rifare lo chignon. Quando si voltò a guardarlo stava sorridendo.

«Vincent?»

«Sì?»

«Grazie.»

«Per cosa?»

«Per tutto. Per essere te.»

Le prese la mano e provò sollievo quando lei gliela strinse. «Se stasera dovessi sentirti in difficoltà, dimmelo e ce ne andremo. O possiamo uscire a prenderci una pausa. Qualsiasi cosa vuoi.»

«Starò bene» lo rassicurò.

«Dico sul serio. Non importerà a nessuno se ce ne andiamo prima di loro.»

«Sono un'introversa, ma posso gestire una serata fuori casa» disse in tono piatto.

«Non ho mai detto il contrario, ma ci sarà un sacco di gente.»

«È tutto ok, Vincent. Promesso. Se per me sarà troppo, andrò in bagno o troverò un angolo tranquillo o qualcosa del genere. Ho avuto molto tempo per imparare a muovermi in contesti sociali, anche se non li amo molto. Non preoccuparti per me.»

«Non capisci? Mi preoccuperò sempre per te. Non importa se sarò sprofondato nella sabbia del Medio Oriente nel bel mezzo di una missione, o dall'altra parte della città in una noiosa riunione alla base. Ho la sensazione che sarai sempre nei miei pensieri e che mi chiederò in continuazione se stai bene.»

«Vincent» sussurrò.

Lui alzò le spalle. «Sono passionale, tesoro. Ormai dovresti saperlo. Se non riesci a sopportarlo, ad accettarlo, allora forse dovrei essere *io* a intimarti di starmi lontana. Come ho detto a Marley, per me non è un'avventura. C'è qualcosa in te che mi ha attratto non appena ti ho vista. Voglio tutto con te, Remi. Se non vuoi le stesse cose, giro immediatamente quest'auto e possiamo andare ognuno per la nostra strada prima che le cose diventino più serie.»

«Lo voglio» replicò subito, stringendogli la mano. «E comunque è troppo tardi.»

«Per cosa?»

«È già una cosa seria» disse po' cauta.

Il cuore di Kevlar ebbe un sussulto. «Già. Sì, lo è» concordò con un piccolo sorriso.

«Il giorno più bello della mia vita è stato quello in cui sono stata abbandonata in mezzo all'oceano con te» ammise.

Non poteva non essere d'accordo, anche se non gli piaceva che la sua vita fosse stata messa in pericolo.

«E se *tu* hai bisogno di una pausa, se questa serata dovesse diventare troppo per te, sentiti libero di usare me come scusa e ce ne andremo da lì.»

Che donna. Era perfetta per lui.

«Se vorrò andarmene, lo dirò semplicemente. Non ti userei mai come scusa. Non in questo modo. Ma se dovessi decidere che non mi piace che i miei amici fissino troppo la mia donna, e volessi portarti a casa tua, o a casa mia, per poterci baciare come degli adolescenti, saresti d'accordo?»

Lo guardò timidamente, e senza alcuna malizia rispose: «Sì.»

Il suo cazzo si contrasse di nuovo.

«Buono a sapersi» la stuzzicò.

Remi ridacchiò.

In qualche modo, stare con quella donna faceva sparire tutte le cose che di solito lo tormentavano. Tutto ciò che aveva visto e fatto nella vita era valso la pena, se l'aveva portato a lei. Starle seduto accanto, tenerle la mano, faceva sì che tutta la morte e la distruzione sperimentate svanissero sullo sfondo.

Entrò nel parcheggio dell'Aces Bar and Grill fin troppo presto.

«Sei pronta?» le chiese.

«Assolutamente sì.»

A malincuore le lasciò la mano così che potessero scendere dal veicolo, ma gliela prese di nuovo non appena si riunirono davanti all'auto, e s'incamminarono verso la porta. Kevlar fece un respiro profondo e la aprì, poi seguì Remi all'interno.

CAPITOLO DIECI

REMI ERA STATA nervosa per quella serata, ma si stava divertendo moltissimo. Vincent aveva avuto ragione: i jeans e la maglietta si adattavano perfettamente all'abbigliamento delle altre donne e dei clienti del bar. Lei e Marley erano sedute a un tavolo con Caroline e cinque delle sue amiche, e dal momento in cui avevano iniziato a parlare era stato come se le avesse conosciute da sempre.

Non era mai entrata in sintonia con un gruppo numeroso di donne. Essendo sempre stata un tipo solitario, tendeva a fare amicizia con una, forse due persone alla volta. Ma quelle ragazze erano alla mano, amichevoli, e non si facevano problemi a stuzzicarsi a vicenda – e a stuzzicare lei – mentre parlavano del più e del meno. Gli argomenti spaziavano dalla politica della Marina, agli invii in missione, ai figli, alla vita dopo il congedo dei loro mariti e alle bevande alcoliche migliori.

Avevano risposto volentieri a tutte le domande che aveva

posto sui Navy SEAL, e ad altre a cui non aveva nemmeno pensato.

«Fa schifo quando li mandano in missione» le disse Jessyka senza giri di parole. «Avevo il terrore delle telefonate che informavano Benny che sarebbero partiti entro tre ore. Doveva precipitarsi a fare i bagagli ed era davvero difficile spiegare ai bambini dove stava andando papà e perché. Soprattutto perché non conoscevo le risposte.»

«Sì, non sapere quando sarebbero tornati era la cosa peggiore» concordò Summer.

«Ma quando le cose si facevano difficili, avevamo l'un l'altra» aggiunse Fiona.

Tutte annuirono.

«Vi ricordate il periodo prima che avessimo dei figli, quando ci ritrovavamo tutte da Caroline e stavamo nel suo seminterrato a deprimerci insieme?» chiese Alabama.

«Era fantastico!» concordò Cheyenne.

«Non la parte della depressione, ma esserci l'una per l'altra» chiarì Fiona con una piccola risata.

Caroline appoggiò i gomiti sul tavolo e si sporse verso Remi. «Il punto è questo. I nostri ragazzi – i SEAL e gli altri operatori delle forze speciali – fanno questo lavoro, servono il loro Paese, perché ci credono veramente. Non per ricevere premi o pacche sulle spalle, ma perché i loro cari possano vivere una vita libera e relativamente sicura. La cosa più importante che ho fatto per Matthew è stata lasciargli fare ciò che amava, ciò che sapeva fare bene, senza doversi preoccupare di me che ero a casa.

Ciò che gli serviva di più era di avere una donna fedele e forte. E per me non è stato un sacrificio. Se mi preoccupavo o pensavo di non farcela, ne parlavo con le mie amiche che stavano vivendo la mia stessa situazione. Siamo qui per te se hai bisogno di noi, Remi. Amare un SEAL non è la cosa più facile dell'universo. I nostri uomini erano spesso via. Ma sapere che stavano rendendo il mondo un posto migliore, un posto più sicuro, valeva il sacrificio.»

Quelle parole penetrarono nel profondo della sua anima. Non le piaceva già l'idea che Vincent fosse assente per lunghi periodi di tempo, ma non era che andasse a spassarsela sotto il sole e sulla sabbia. Andava a fare un lavoro pericoloso. Un lavoro importante.

«E non durerà per sempre» aggiunse Summer. «Alla fine i ragazzi più giovani, come Kevlar e la sua squadra, subentrano e i vecchi bacucchi vengono cacciati.»

Tutte risero della battuta.

«Poi sono sempre a casa, ci intralciano, sono iperprotettivi e ci danno ordini» concordò Cheyenne.

«A parte che a te piace quando Dude ti dà ordini» la stuzzicò Fiona.

«È vero» ribatté lei senza il minimo imbarazzo. «Lo fa così bene.»

Risero di nuovo.

«Devo ammettere che è bello avere un aiuto in casa, soprattutto quando significa che posso andare a fare la spesa senza i bambini» disse Alabama.

Remi ascoltò le donne parlare dei ritrovi in spiaggia con tutte le famiglie, ed era evidente che era valsa la pena affrontare tutte quelle difficoltà quando i loro mariti erano stati in servizio attivo, visto che ora stavano conducendo una vita felice.

«Possiamo parlare di Kevlar e del suo team adesso?» chiese

Summer, lanciando un'occhiata verso l'altro lato del bar dove si erano riuniti gli uomini.

Guardando in quella direzione, Remi non riuscì a trattenere un sorriso. Vincent e la sua squadra si stavano intrattenendo con Wolf e i suoi amici. Era un miscuglio di uomini brizzolati e attraenti e delle loro controparti più giovani. I mariti delle sue nuove amiche le erano già stati presentati – Abe, Cookie, Mozart, Dude e Benny – ma non distingueva ancora chi fosse chi. Erano tutti in ottima forma, ed era chiaro che lavoravano sodo per mantenere il loro fisico snello e prestante. Anche nei brevi momenti in cui li aveva osservati, non era stato difficile capire che erano completamente devoti alle loro mogli. Le avevano lasciate lì a trascorrere la loro serata tra donne, ma andavano spesso a controllare, assicurandosi che avessero da bere e che nessuno andasse a importunarle.

Non che qualcuno lo avrebbe fatto. Jessyka era la proprietaria, e prima aveva spiegato quanto si fosse impegnata duramente per cambiare la reputazione dell'Aces per trasformarlo dal chiassoso bar usato dai SEAL per rimorchiare, a un posto più rilassato dove uomini e donne potevano andare semplicemente a bere qualcosa in pace, senza doversi preoccupare di essere molestati o adescati.

«Sul serio, tutti i SEAL presenti in questo bar sono bellissimi» disse Cheyenne con un sospiro felice, prima di bere un sorso di vino.

Remi dovette convenire con lei. Aveva immaginato che probabilmente gli amici di Vincent sarebbero stati in forma e muscolosi grazie al lavoro che facevano, ma non si era aspettata che ognuno di loro fosse così bello. Erano sulla trentina, e come altezza variavano più o meno dalla sua fino al metro e novanta o giù di lì. Possedevano tutti caratteristiche diverse, ma, onestamente, avevano comunque l'aspetto da ragazzi di una confraternita, solo più maturi e muscolosi.

Tuttavia, c'era in loro una velata quanto inconfondibile aura pericolosa. Erano anche molto vigili. Ogni volta che si apriva la porta del bar, gli sguardi di tutti valutavano subito chi entrava, alla ricerca di potenziali minacce. A parte un breve incontro con la squadra di Vincent, non aveva avuto la possibilità di parlare con loro, dato che Caroline aveva portato via lei e Marley subito dopo le presentazioni. Ma erano sembrati tutti amichevoli e felici per lei e Vincent.

«Blink mi fa pena» disse Jessyka a bassa voce.

«Chi?» chiese Marley.

«Blink. È l'uomo seduto al bancone da solo. Fa parte di un altro team. Viene quasi ogni giorno e si fa durare una birra tutta la sera. Non si ubriaca, sta semplicemente seduto a fissare il vuoto, perso nei suoi pensieri.»

«Qualcuno sa cosa gli è successo?» domandò Fiona.

«Io sì» rispose Caroline.

Tutte si voltarono verso di lei.

«Ma non posso dirlo. Matthew me l'ha raccontato l'altra sera e non spetta a me condividerlo.»

«Ho sentito che alcuni dei suoi compagni di squadra sono morti» disse Summer.

«Sì, è vero. Altri sono stati congedati per motivi di salute. La loro ultima missione... non è andata bene» ammise Caroline.

«Credo si dia la colpa» sostenne Jessyka.

«Sembra di sì» concordò.

«Quindi... non fa più parte di un team?» chiese Remi. «È in vacanza, o in licenza, o come si chiama?»

«Congedo di convalescenza» spiegò Caroline. «Credo di trenta giorni, ma non ne sono sicura.»

«E poi cosa succederà?» domandò Marley.

«Probabilmente verrà assegnato a un'altra squadra, o forse otterrà un PCS.»

«È il cambio permanente di zona di servizio» spiegò Summer. «Il che significa che verrà trasferito in un'altra base della Marina e lì si unirà a un team di SEAL.»

«Ma prima dovrà ottenere l'approvazione dello psicologo» disse Caroline.

«Non è esattamente Mr. Simpatia» aggiunse Alabama a bassa voce. «È un po' burbero.»

«Non è poi così male» affermò Jessyka. «È solo... triste.»

«Ma può essere triste e non prendersela con gli altri» incalzò Fiona. «Ha risposto male ad alcune persone anche prima.»

«Puoi biasimarlo? Se qualcuno si comporta da idiota e lui ripensa a quello che è successo agli uomini della sua squadra, probabilmente non può fare a meno di richiamarli per il loro comportamento stupido» disse Jessyka con un'alzata di spalle.

«È vero, ma se non vuole stare in mezzo alla gente, perché viene in un bar?» chiese Fiona.

Nessuna di loro rispose, si limitarono a fissare l'uomo dai capelli rossi seduto da solo in fondo al bancone.

«Comunque» disse Caroline, sedendosi più dritta. «Tu e Kevlar siete adorabili insieme, Remi.»

Era evidente che stesse cercando di cambiare argomento, cosa che le andava bene, perché non si sentiva a suo agio a parlare di quel tizio alle sue spalle. Non le sembrava giusto. Le dispiaceva per lui, ma non conosceva abbastanza la Marina, o i

SEAL in generale, per sapere cosa gli avrebbe riservato il futuro.

«Caroline ci ha detto che tu e Kevlar siete stati lasciati in mezzo all'oceano mentre facevate snorkeling» commentò Cheyenne.

«Ma non devi parlarne se ti fa venire in mente dei brutti ricordi» aggiunse rapidamente Fiona.

Stranamene, non le dispiaceva parlare di ciò che era successo alle Hawaii. Sebbene essere stata abbandonata in mezzo all'oceano fosse stato spaventoso, il tempo trascorso con Vincent le aveva regalato anche tanti bei ricordi.

«Non c'è problema» disse alle sue nuove amiche. «Sì, stavo seguendo una tartaruga marina e quando alla fine ho sollevato la testa dall'acqua e mi sono guardata intorno, la barca non si vedeva da nessuna parte. Non sapevo cosa diavolo stesse succedendo e poi Vincent è risalito in superficie. Mi ha tenuta calma. Mi ha assicurato di avere un localizzatore nella muta, che il suo amico avrebbe saputo che era nei guai e mandato i soccorsi.»

«Tex» dissero Caroline e Fiona contemporaneamente.

Tutte risero, tranne Remi e Marley.

«Chi è Tex?» chiese Marley.

«È un ex SEAL che vive sulla East Coast con sua moglie Melody. Per lui è quasi un'ossessione tenere traccia dei suoi amici e delle loro donne» spiegò Caroline.

«È un uomo meraviglioso» disse Fiona con dolcezza. «Ci tiene davvero. Non so cosa avrei fatto senza di lui.»

«Anch'io» concordò Cheyenne.

«Idem» aggiunse Jessyka.

«Quindi questo Tex stava monitorando Vincent? Perché?» chiese Marley, evidentemente ancora confusa.

«Vincent ha detto che il localizzatore era nella sua muta, quella che indossa in missione, cosa di cui inizialmente si era dimenticato, e che Tex avrebbe capito che c'era qualcosa che non andava, dato che era in acqua da troppo tempo nello stesso punto per essere una semplice immersione» spiegò Remi.

«Devi aver avuto paura. Io ne avrei avuta tanta» disse Alabama.

«Sì. Ma Vincent è stato... perfetto. Era così certo che qualcuno sarebbe venuto a prenderci. Ovviamente quando il tizio che ci ha abbandonati è tornato per assicurarsi che fossimo morti o chissà cosa, dato che non sono ancora sicura di cos'avesse intenzione di fare se ci avesse trovati... niente di buono, probabilmente, Vincent ci ha portati sott'acqua e abbiamo condiviso la sua bombola d'aria finché la barca non è sparita di nuovo.»

Marley spalancò gli occhi. «Non mi avevi detto questa parte!» la rimproverò.

Remi aveva volutamente tralasciato quel particolare dell'angosciante situazione perché la sua migliore amica era già arrabbiata e spaventata per tutte le altre cose che le aveva raccontato.

«Non è facile farlo. Respirare in coppia, intendo» disse Caroline.

«Tu l'hai mai fatto?» le chiese Remi.

«Sì. Con Cookie. È una lunga storia, ed è davvero tremendo. Devi davvero fidarti dell'altra persona che ti dà l'erogatore per respirare quando ne hai bisogno.»

Remi annuì. *Era* stato tremendo. Ma fissare Vincent negli occhi mentre se lo passavano avanti e indietro, l'aveva reso un po' meno spaventoso.

«Quindi è ovvio che quell'idiota non vi ha visti e qualcuno è venuto a salvarvi» incalzò Cheyenne.

«Già. Baker. Un tipo cupo, ma simpatico. Il giorno dopo siamo andati a casa sua e abbiamo passato un po' di tempo con lui e sua moglie Jodelle. È stato divertente.»

«Aspetta, Baker? *Quel* Baker? Che invidia! Ho sentito parlare di lui da alcuni amici di Benny che sono di stanza alle Hawaii» disse Jessyka.

«È il surfista sexy che vive nella North Shore?» domandò Fiona.

«Sì, lui!» esclamò Jessyka.

«Ho sentito dire che ha camminato sulla lava per bruciare un criminale.»

«Io ho sentito dire che conosce tutti i membri della mafia di New York e di altre grandi città.»

«E *io* ho sentito dire che è così bello che fa segretamente il modello per *GQ.*»

«Come può essere un segreto se lascia che qualcuno lo fotografi per una rivista?»

«Non lo so, ma a quanto pare è un recluso che esce raramente di casa se non per fare surf.»

Remi ridacchiò a quello scambio bizzarro, e le interruppe per dire: «Non so nulla di tutto ciò, ma *posso* dire che sono stata felicissima di vederlo avvicinarsi a noi in mezzo all'oceano, che la visita da lui e sua moglie è stata del tutto normale, e che è un uomo amichevole che si è preoccupato di come stavo dopo la mia esperienza.»

«Ma è bello, vero? Dimmi che è bello» disse Jessyka, con gli occhi scintillanti.

«Oh sì, è molto attraente. Potrebbe benissimo fare il modello, ma ho la sensazione che sarebbe scioccato se qualcuno gli proponesse una cosa del genere. Non sembra il tipo di persona a cui piace stare sotto i riflettori. Per niente» rispose.

«Cos'altro avete fatto mentre eravate alle Hawaii?» chiese Alabama.

Remi continuò a parlare di alcune delle attività "pre-Vincent", come si riferiva ora alla prima parte del suo viaggio, e poi di quello che avevano fatto insieme l'ultimo giorno.

Le chiacchiere intorno al tavolo passarono alle vacanze e a dove le altre donne volevano andare. Remi lanciò un'occhiata agli uomini, che ora erano impegnati in una sorta di torneo di biliardo. Avevano occupato due tavoli e ridevano e scherzavano tra loro.

Poi riportò l'attenzione sull'uomo seduto al bar da solo. Le dispiaceva per lui. Probabilmente aveva fatto ciò che facevano gli altri SEAL in ogni missione. E se era come Vincent, aveva perso uomini che amava come fratelli. Doveva essere orribile e terribilmente dura per lui.

«Vado al bar a prendere una bibita. Qualcuno vuole qualcosa?» chiese Remi durante una pausa nella conversazione.

«Posso portartela io» si offrì Jessyka cominciando ad alzarsi.

Ma lei la fermò subito: «Oh no, resta. Non c'è problema. Ho bisogno di sgranchirmi le gambe. A posto così.»

«Se ne sei sicura...»

«Ne sono sicura.»

Quando ripresero a chiacchierare, Marley si chinò verso di lei. «Tutto bene? So che stare in mezzo a così tanta gente non è esattamente il tuo forte. Vuoi che venga con te?»

«Sto bene. Giuro. Torno subito.»

Mentre Remi si alzava, la sua amica annuì e si immerse

subito nella conversazione su cosa fosse meglio tra una vacanza in un posto freddo, dove avrebbero passato tanto tempo accoccolate al marito, e quella in una località tropicale, dove sarebbero state tanto tempo sotto il sole in costume da bagno.

Si fece strada nel locale affollato per andare verso il bar e incrociò lo sguardo di Vincent, che fece per posare la stecca da biliardo, ovviamente intenzionato a raggiungerla. Ma lei scosse la testa e mimò *"Tutto a posto"* con la bocca.

Lui inclinò il capo come per chiederle se fosse sicura e Remi annuì.

Le fece un cenno con il mento e tornò a giocare, ma lei continuò a percepire il suo sguardo mentre proseguiva verso l'estremità del bancone. Era una bella sensazione. Sia riuscire a fare un'intera conversazione con lui mentre si trovava dall'altra parte della stanza, sia che lui fosse disposto a lasciare tutto per andare da lei se ne avesse avuto bisogno.

Per quanto volesse trascorrere del tempo con Vincent, in quel momento la voglia di parlare con l'uomo che tutti chiamavano Blink era più forte.

Era davvero triste per lui, per quello sconosciuto, e non poté fare a meno di pensare se al suo posto ci fosse stato Vincent. Se fosse stata la *sua* squadra a trovarsi in una missione così orribile. Inoltre, quell'uomo sembrava non avere nessuno a cui appoggiarsi. Odiava che si trovasse in quella situazione. Sentiva di dover almeno fare uno sforzo per vedere come stava. Avrebbe potuto respingerla, comportarsi da stronzo con lei, come apparentemente aveva fatto con altri, ma non sarebbe riuscita a dormire se non ci avesse almeno provato.

Marley l'aveva chiamata "tenerona" più di una volta. Era

sicura che fosse per quello che era finita con uomini un po' troppo sgradevoli. Ma lei era fatta così. Non le piaceva quando le persone soffrivano. Anche se si trattava di estranei.

Accanto a quell'uomo c'era un posto vuoto, il che probabilmente non era un buon segno, ma era decisa almeno a salutarlo.

Si accomodò sullo sgabello e il barista le disse che sarebbe stato da lei in un attimo.

Ora che era lì, non sapeva bene cosa dire. L'uomo accanto a lei non l'aveva nemmeno degnata di uno sguardo quando si era seduta.

Fece un respiro profondo e sbottò: «Ciao, sono Remi.»

Lui non si mosse. Sembrava non averla nemmeno sentita.

«Sono un'amica di Vincent... ehm... Kevlar. Forse lo conosci. Credo che venga sempre qui con la sua squadra, i suoi amici.»

A quello, si voltò a guardarla. Non aveva esattamente uno sguardo amichevole, ma nemmeno ostile. E non le disse di andarsene, così lei gli fece un sorriso e continuò a parlare.

«È la prima volta che vengo qui. È un bel locale. Non mi aspettavo che un posto chiamato Aces Bar and Grill fosse così raffinato. Lo so, è una cosa orribile da dire e mi fa sembrare una snob, ma non sono una gran frequentatrice di bar. Voglio dire, mi piace andare in un normale ristorante e bere un bicchiere di vino con il pasto, ma in un bar? No, soprattutto in questa città. Senza offesa, ma i militari che ci provano con me mentre sto cercando di godermi un drink non è una cosa che mi diverte. Non che qualcuno vorrebbe provarci davvero con me. Cioè, non è che io trasudi esattamente un magnetismo che inviti a provarci con me, ma comunque...»

Lui non fece commenti, continuò semplicemente a

fissarla. Ma, ancora una volta, non le disse di sparire, quindi proseguì.

«Stasera sono venuta qui per conoscere Caroline Steel e le sue amiche. E gli amici di Vincent. E la squadra del marito di Caroline. È tanto da gestire in una sola volta. Sono tutti molto simpatici, ma dato che sono abituata a stare a casa a parlare con le voci nella mia testa, stare qui è... rumoroso.»

«Ti rispondono?»

Le aveva parlato!

Remi non riuscì a trattenere un sorriso. Non capiva se la stesse prendendo in giro o meno, ma non importava.

«Sempre» rispose, scrollando le spalle. «Sono un'artista. Be', una cartonista. *Penso* che si possa considerare come artista, anche se sono sicura che molte persone non sarebbero d'accordo. Ma a Pecky, che è il personaggio principale dei miei fumetti, non importa cosa pensano gli altri. Quando vuole vivere delle avventure me lo dice senza mezzi termini, e pretende che lo disegni nei luoghi in cui vuole andare.»

Si chiese per la prima volta come quell'uomo avesse ottenuto il suo soprannome. «La gente ti chiama Blink perché vinci le gare di sguardi e non sbatti mai gli occhi?» sbottò. Sulla scia di quel pensiero, le venne un'idea. «Ti dispiace se ti inserisco in una delle mie vignette? Ti vedrei a fare una gara di sguardi con Pecky, ma vincerebbe lui... mi dispiace. Dopotutto, Pecky è un taco, e credo che potrebbe stare a fissare più a lungo di chiunque altro, anche di te. Quindi lui ti batte, ma tu, invece di arrabbiarti, ti limiti a fargli uno di quei virili cenni con il mento che Vincent e i suoi amici militari di solito rivolgono alle persone, per poi tornare al tuo drink.»

Con suo grande stupore, vide le labbra dell'uomo curvarsi

verso l'alto. Lo aveva fatto sorridere! Il suo blaterare imbarazzante era valso la pena.

«Cosa posso portarti?» le chiese il barista, distogliendo la sua attenzione da Blink.

«Qualcosa di dolce e ghiacciato, per favore.»

«Long Island?»

Aggrottò le sopracciglia confusa. «Come, scusi?»

«Long Island Iced Tea?»

«È una marca di tè?»

Un verso sommesso la fece voltare di nuovo verso il SEAL accanto a lei. Blink, l'uomo che tutti dicevano essere depresso e scontroso, aveva *riso*. In quel momento non lo stava facendo, ma un attimo prima l'aveva sentito.

«Il Long Island Iced Tea è una bevanda alcolica. È piuttosto forte» la avvisò.

Remi arrossì, sentendosi stupida. «Giusto. Lo sapevo. No, facciamo solo un semplice tè freddo. Niente alcol. Molto dolce, se possibile. Grazie.»

Il barista guardò a lungo Blink, poi le annuì e si girò per prepararle il drink.

«Kevlar è una brava persona» le disse Blink.

«Sì, mi piace. Molto.»

«Dovresti fare attenzione, però. Non tutti sono così... leali come lui.»

«In che senso?» gli chiese.

Ma invece di risponderle, Blink prese la birra davanti a sé e ne bevve un sorso, tornando a fissare il vuoto.

Si prese il rischio di toccargli il braccio, e sentì i suoi muscoli contrarsi sotto la mano, anche se non si mosse. «Mi dispiace per la tua squadra. Non so cosa sia successo, ma deve essere stato orribile. Nulla che possa dire riporterà indietro i tuoi amici. E deve fare ancora più male perché tu eri lì ad assistere.»

A quello girò la testa, ma non c'era nessuna emozione nel suo sguardo. Sembrava... vuoto.

Remi avrebbe quasi voluto scendere dallo sgabello e tornare dalle altre donne, ma era determinata a dirgli ciò che pensava avrebbe dovuto sentire.

«So che forse sto oltrepassando un limite, ma mi fa male il cuore vederti seduto qui da solo e triste. Sai, se io morissi e Marley se ne andasse in giro abbattuta a fare la scontrosa con quelli che le stanno intorno e che vogliono solo aiutarla, mi arrabbierei con lei. Voglio dire, non mi dispiacerebbe che fosse triste, perché è la mia migliore amica, ma vorrei che se ne facesse una ragione e continuasse a vivere. Per me. Che facesse tutte le cose di cui abbiamo sempre parlato e che non siamo riuscite a fare. Noleggiare una decappottabile e attraversare gli Stati dell'Ovest come hanno fatto Thelma e Louise in quel film. Mangiare zucchero filato fino a vomitare, anche se a nessuna di noi due piace quella roba. Andare in Texas e scattare foto in un enorme campo di lupini. Non so... tutte quelle cose stupide che nei film sembrano fantastiche ma che nella realtà nessuno ha il tempo di fare.

Non conoscevo i tuoi amici e, come ho detto, non so cosa sia successo, ma tu sei un SEAL. E se non avessi avuto Vincent quando mi sono ritrovata in una brutta situazione mentre ero alle Hawaii, oggi non sarei qui. Tu sei un eroe. Ne sono convinta. E voglio solo dirti... grazie per quello che fai.»

«Non sono un eroe» ringhiò. Un vero e proprio ringhio.

«È ciò che dicono sempre gli eroi. Ma il fatto che tu lo dica non lo rende vero.»

«Sei un po' irritante.»

«Lo so» replicò, per nulla turbata. Gli strinse il braccio. «Ti è permesso essere triste. Essere arrabbiato. Puoi sentirti in qualsiasi modo tu voglia, ma credo che qualunque team sarebbe fortunato ad averti, e che qualsiasi cosa sia successa ti abbia insegnato molto. Se nella tua missione sono stati commessi degli errori, non permetterai che si ripetano. Questo di per sé ti rende una persona preziosa quando devi coprire le spalle a qualcuno. Aggiungerei addirittura che se Vincent fosse nei guai, ti vorrei al suo fianco.»

Blink la fissò con un'espressione strana che non riuscì a interpretare.

«Scusa. Sto di nuovo blaterando. Ma ti metterò *assolutamente* in un fumetto di Pecky. Forse però ti farò vincere quella gara di sguardi, perché devo dire che sei davvero bravo.»

Fu ricompensata da un raggrinzimento intorno agli occhi, come se fosse di nuovo divertito da lei. Si sarebbe accontentata.

«Ecco il tè ghiacciato. Dolce.» Il barista le posò davanti il bicchiere su un tovagliolo.

«Grazie» replicò Remi, prendendo le banconote che si era messa in tasca prima.

«Mettilo sul mio conto» gli disse Blink.

«Oh, non c'è problema, posso...»

«Sul mio conto» ripeté con fermezza.

«Sarà fatto» ribatté il barista, poi se ne andò.

«Grazie» mormorò Remi.

Lui non rispose.

Gli strinse ancora una volta il braccio, poi scese dallo sgabello. Si allontanò di un passo, ma qualcosa la fece fermare.

Si avvicinò a Blink, si chinò e lo baciò su lato della testa, vicino alla tempia.

Fu un'azione del tutto spontanea e non sapeva nemmeno perché l'avesse fatto, se non che non riusciva a sopportare la tristezza che lui sembrava trasudare da ogni molecola del suo corpo.

«È un cliché» ammise con dolcezza, «ma lo dirò lo stesso. Grazie, Blink. Per il tuo servizio. Per quello che fai. Per quello che hai visto e fatto. Per i tuoi sacrifici. Li apprezzo molto. E apprezzo te.»

Poi si girò e se ne andò senza voltarsi. Forse non aveva fatto la differenza per quell'uomo, ma si sentiva meglio per averci almeno provato.

CAPITOLO UNDICI

«LA TUA nuova ragazza ha appena baciato Blink» disse Howler con una smorfia di disgusto.

Kevlar si voltò verso il bar, dove aveva visto Remi sedersi accanto all'altro SEAL, e la osservò mentre tornava verso il tavolo delle donne. «Cosa?»

«La testa. Gli ha baciato la *testa*. Accidenti, Howler, non fargli venire un infarto» lo rimproverò Safe.

«Un bacio è un bacio. Se fosse la mia donna non vorrei che baciasse un altro uomo. Soprattutto uno come *lui*» continuò.

«Lascialo in pace» ringhiò Flash.

«È stato uno stronzo per tutta la sera» protestò.

«E ha una buona ragione» ribatté subito Flash. «Dagli un po' di tregua.»

«Chissà cosa gli ha detto» rifletté Preacher. «Perché, ragazzi, che io sia dannato se non sembra meno incazzato con il mondo rispetto al solito.»

Kevlar studiò il SEAL seduto come sempre in fondo al

bancone, e dovette ammettere che il suo compagno aveva ragione. Blink stava comunque con le spalle ingobbite a fissare il vuoto... ma aveva un mezzo sorriso sulle labbra che prima non c'era. Accidenti, non c'era mai stato dal ritorno dalla sua ultima missione.

Non lo sorprendeva affatto che la sua Remi fosse riuscita in qualche modo a superare le barriere che quel SEAL distrutto aveva eretto intorno a sé da quando quell'operazione era finita male.

«Non vorrei comunque che la mia donna baciasse un altro» brontolò Howler.

Ma Kevlar ignorò le parole dell'amico. Aveva già bevuto più che a sufficienza quella sera, e ultimamente c'era qualcosa che lo tormentava. Non aveva intenzione di prendersela per ciò che diceva.

Da quando era tornato dalle Hawaii e il team aveva iniziato a prepararsi per l'imminente missione, Howler era stato ancora più difficile da gestire del solito. Il suo compito era sempre stato quello di fare l'avvocato del diavolo quando pianificavano le strategie. Di evidenziare le falle nei piani, sollevare questioni opposte a ciò che gli altri suggerivano, ma per quella missione sembrava più... arrabbiato per il ruolo che aveva. Come se prendesse tutto sul personale, cosa che non aveva mai fatto in passato.

Kevlar aveva pensato di chiedere a Flash di prendere il suo posto, di essere lui a proporre punti di vista e suggerimenti alternativi, per essere sicuri al cento per cento che quello che stavano progettando fosse assolutamente il meglio per la missione. A Howler non sarebbe piaciuto, ma se non riusciva a tenere le sue emozioni, o qualsiasi cosa stesse accadendo nella sua vita privata, fuori dalle sessioni di pianificazione, allora le cose dovevano cambiare.

«È perfetta per te» gli disse Smiley.

«Continua a lanciarti occhiate, è una cosa maledettamente adorabile» aggiunse MacGyver.

«Già. Guarda di qua come se volesse assicurarsi che tu stia bene» concordò Safe.

«Come se Kevlar avesse bisogno di qualcuno che badi a lui» borbottò Howler sbuffando. «È con una dozzina di Navy SEAL intorno. Cosa pensa che possa succedere? Che un gruppo di nemici sfondi il muro e ci faccia fuori?»

«Magari le piace solo guardargli il culo» suggerì Preacher.

Tutti scoppiarono a ridere e Kevlar non poté fare a meno di apprezzare quel pensiero.

«Forse allora dovrebbe darle qualcosa da guardare. Perché non vai dall'altra parte del tavolo e provi a mettere la palla tre nella buca d'angolo?» suggerì Flash sollevando un sopracciglio.

«Stai cercando di far guardare il *suo* culo alla *mia* donna?» chiese Dude, che evidentemente aveva ascoltato la conversazione.

«Come se Cheyenne guardasse qualcun altro» disse Cookie all'amico, dandogli una pacca sulla spalla.

«Sa che non deve farlo» replicò con un sorrisetto.

«Devo trovarmi una donna sottomessa» disse Howler. «Una che faccia *quello* che voglio, *quando* voglio. Dev'essere bello avere qualcuno sempre a tua disposizione. Forse proverò a dare ordini alla prossima che mi rimorchia, la porterò a casa e la metterò in ginocchio, il posto che le spetta.»

«Bada a quello che dici, Howler» lo avvertì Dude, con una voce bassa e dura che non aveva nulla a che vedere con il tono scherzoso di un minuto prima. «La sottomissione di una donna è un dono, non qualcosa da imporre.»

«Stavo scherzando, accidenti. Datti una calmata» ribatté Howler.

«Cos'hai detto?» Dude posò la stecca che aveva in mano e fece un passo verso di lui.

«Dai, Dude, basta» gli intimò Wolf con fermezza, mettendosi davanti all'amico.

«Quanti drink hai bevuto, Howler?» gli chiese Kevlar, infilandosi anche lui tra i due uomini.

«Sempre il leader, eh?» sogghignò. «Sempre al comando, anche in un bar. Ho una notizia per te, amico, non sai tutto. Neanche lontanamente.»

«Non ho mai detto il contrario» ribatté con calma. Howler diventava sempre un po' aggressivo quando beveva. Non era una novità. Ma non gli piaceva lo sgradevole atteggiamento che aveva quella sera. Non gli piaceva affatto.

«Vabbè. Ho finito qui. Ho conosciuto la tua nuova amichetta come un buon compagno di squadra. Non è alla tua altezza, Kevlar, e probabilmente sono l'unico ad avere abbastanza palle da dirlo ad alta voce. È scialba e insignificante e ci stava provando con un altro SEAL proprio davanti a te, ma sei così disperato che non te ne sei nemmeno accorto o non t'importa. Ricorda le mie parole: una volta che avrà cavalcato il tuo cazzo, se ne andrà. Proprio come tutte le altre troiette che corrono dietro ai SEAL.»

«Stai esagerando» sbottò Cookie, afferrando il braccio di Kevlar.

Non si era accorto di aver fatto un passo verso l'amico con fare minaccioso finché Cookie non lo aveva fermato. «Vai a casa a dormire» sibilò a Howler.

«O vattene semplicemente da qui» ringhiò Wolf, chiaramente incazzato. «Remi mi ricorda molto la mia Caroline. Le donne non hanno bisogno di essere sulla copertina di una rivista per essere belle, idiota. È ciò che hanno *dentro* che le rende tali.»

«Sapevo che *l'avresti* detto. Me ne vado. Vado al Golden Oyster, dove le donne almeno sono oneste riguardo a quello che vogliono. Una notte con un grosso cazzo. Due cose che sarò felice di fornire» disse, biascicando leggermente. «Non venire a piangere da noi quando ti lascerà dopo la prima missione che si ritroverà a dover gestire, Kevlar.»

«Non lo farò» mormorò, mentre lo guardava dirigersi verso la porta.

«Guida?» chiese Mozart.

«No. Prende sempre un taxi o un Uber quando usciamo, perché gli portiamo via le chiavi e non gli piace dover organizzare il trasporto della sua macchina a casa il giorno dopo» spiegò Preacher.

«È già qualcosa» borbottò Benny.

«Wow, è proprio uno *stronzo*» dichiarò Abe, dopo che l'altro uscì.

«Non è sempre così» disse Flash, difendendo il compagno di squadra.

Kevlar non intervenne per difenderlo. Era disgustato dal suo amico. Avevano passato l'inferno insieme, letteralmente, e si erano sempre protetti a vicenda. Ma sentirlo denigrare Remi gli aveva fatto venire voglia di prenderlo e sbatterlo a terra. Aveva oltrepassato il limite. E di molto. Le sue parole non lo portarono a riconsiderare l'idea di stare con lei, ma di *sicuro* avevano alimentato dei dubbi sul fatto di farla stare intorno al team.

Be', intorno a Howler. E non gli piaceva.

«Non ascoltarlo» gli disse Smiley.

«Non lo farò.»

«Ha baciato Blink sul lato della testa, non un bacio *bacio*, ma penso che se c'è qualcuno che ha bisogno della compassione e della gentilezza di una donna, quello è lui» sostenne Cookie.

Kevlar era d'accordo, ma dopo lo scontro e le parole meschine del suo compagno di squadra, la serata aveva perso ogni attrattiva.

A quanto pareva l'uscita di Howler aveva attirato anche l'attenzione delle donne, che ora li stavano guardando con preoccupazione.

«Sembra che le signore abbiano finito la loro serata» disse Dude. «Penso che porterò a casa Cheyenne.»

«E io farò lo stesso con Summer. Sono sicuro che April sarà contenta di vedere sua madre» disse Mozart, mentre si avvicinava alla rastrelliera sulla parete per mettere via la stecca.

Gli altri lo imitarono, e Wolf diede a Kevlar una pacca sulla schiena mentre lo oltrepassava. «È una da tenersi stretta. Ho capito subito che Caroline era speciale. E avevo ragione. Quando lo sai, lo sai. Non lasciartela scappare.»

«Non ne ho alcuna intenzione» replicò.

Wolf annuì e si diresse verso il tavolo.

«Howler si sta comportando da stronzo» gli disse Safe quando gli altri uomini si allontanarono. «Stasera ha proprio esagerato.»

«Non so cos'abbia ultimamente» ribatté Kevlar.

«Gli parlerò» si offrì Flash.

«Non sono sicuro che serva» mormorò Preacher.

«Che si fotta» sostenne MacGyver con fermezza. «Remi è fantastica. Ci piace. È giusta per te. Avere una vita al di fuori delle missioni e della Marina è una cosa positiva, e il fatto che tra tutti noi bastardi tu sia riuscito a catturare l'attenzione di una persona dolce come lei, mi fa sperare che forse possiamo farlo anche noi.»

«Grazie» replicò, sentendosi un po' meglio ma volendo comunque andarsene da lì.

«Vai» lo incitò Smiley. «Porta a casa la tua donna.»

La sua donna. Suonava meravigliosamente. Annuì, e si diresse verso il tavolo dove Remi stava abbracciando le altre per salutarle.

———

«Qualunque cosa sia successa, è stata intensa» sussurrò Caroline all'orecchio di Remi mentre l'abbracciava. «Non conosco così bene tutti quei ragazzi, ma conosco mio marito. E se quello che è stato detto è bastato a fargli assumere quell'espressione incazzata, il tuo uomo avrà bisogno di essere calmato. Quindi... vai a calmarlo.»

Il suo uomo. Le piaceva molto come suonava.

Abbracciò le altre e le osservò venire raggiunte dai mariti e poi avviarsi verso la porta.

«Ragazza, questa serata è stata interessante» le disse Marley. «Adoro quelle donne, e i loro mariti sono sexy da morire. Sono decisamente invecchiati bene. E i compagni di squadra di Vincent...» Si sventolò il viso. «Wow. Dovrebbero metterli su un poster per il reclutamento. Non sono sicura riguardo a quel tizio al bancone, ma ti ammiro per averlo voluto aiutare.»

Remi non era sorpresa che la sua amica sapesse cos'aveva fatto. Ormai si conoscevano a vicenda quasi meglio di loro stesse.

«Ecco Vincent. Portalo a casa, strappagli i vestiti e domani dimmi se nudo è bello come lo è con la muta.»

«Marley!» esclamò, ma non riuscì a dire altro perché lui arrivò e le avvolse un braccio intorno alla vita da dietro.

«Divertitevi!» disse l'amica con un sorriso. «Vado a casa dal marito. Penso che metteremo a letto presto i ragazzi. Sono stata... ispirata da tutti i bei bocconcini che c'erano stasera.»

Remi alzò gli occhi al cielo. «Guida con prudenza. Mandami un messaggio per farmi sapere che sei arrivata a casa senza problemi.»

«Certo. *Tu* non mandarmi un messaggio quando torni a casa, perché sarà troppo presto per me.»

Remi arrossì, ma la sua amica si limitò a ridere e a salutare per poi dirigersi verso la porta. Mentre la guardava, Safe la seguì tra la folla e fece un cenno con il mento a Vincent.

«Cosa significava?» gli chiese Remi.

«La accompagnerà alla macchina e si assicurerà che sia tutto a posto» rispose.

«Oh, che gentile. Grazie.»

«Non devi ringraziarmi solo per essermi preso cura delle persone che ami.»

Era incredibile che pensasse davvero di non fare nulla di straordinario. Ma era così, e gliene era grata. Riconoscente. Si sentiva fortunata che stesse con lei.

«Sei pronta ad andare?»

«Sì.»

Senza dire altro, la girò verso la porta.

«Aspetta, devo pagare i miei drink.»

«Già fatto.»

«Da chi?»

«Da me. Ho vinto il diritto di pagare le bevande stasera.»

«Aspetta, hai *vinto?* Sono confusa» gli disse, mentre si avviavano verso l'uscita.

«Quando c'è una serata tra donne, i ragazzi pagano a turno. Visto che stasera tu e Marley vi siete unite a loro, ho avuto il privilegio di pagare io.»

«Non sono sicura che sia un privilegio» mormorò ironicamente.

«Col cavolo che non lo è.»

Remi non capiva proprio gli uomini, ma non poté fare a meno di sentirsi attraversare da un brivido per il fatto di essere trattata in modo così gentile. Di far parte di un gruppo di persone così straordinarie. Non che non potesse permettersi di pagare ciò che beveva; poteva benissimo pagare i drink di *tutti*. Ma era bello ogni tanto non doverlo fare.

Vincent la condusse alla sua auto, e una volta che furono in strada si voltò a guardarlo. Sembrava... turbato. Però non pensava che fosse a causa sua. «Le cose sono sembrate intense tra te e i tuoi amici alla fine della serata. È tutto a posto?»

Invece di dire subito di sì e di liquidare così la sua preoccupazione, rimase colpita quando lui scrollò le spalle e rispose: «Non proprio.»

«Ne vuoi parlare?» azzardò.

Vincent sospirò. «Howler si è comportato da stronzo.»

Remi pensò al suo amico. Sembrava il più giovane della squadra. Aveva i capelli biondi e gli occhi azzurri ed era estremamente bello. Probabilmente avrebbe potuto fare il modello se avesse voluto. Era muscoloso, ma non eccessivamente. Non era alto come gli altri SEAL, ma non dubitava che potesse tenere testa a chiunque in combattimento. Però il modo in cui l'aveva guardata l'aveva messa a disagio. Come se l'avesse analizzata per tutta la sera senza trovarla all'altezza.

«Ha detto qualcosa su di me, vero?» Vincent si voltò a guardarla, e dal suo sguardo capì di avere ragione.

Lui sospirò. «Sì.» Una sola parola, ma il suo rispetto per l'uomo che le stava accanto aumentò ancora di più.

«Non c'è problema se non piaccio a uno dei tuoi amici. È normale. Non mi dà fastidio.» Si voltò di nuovo a guardarla, con un sopracciglio inarcato.

Remi gli rivolse un piccolo sorriso. «Cioè, è ovvio che vorrei essere simpatica a tutti loro, ma le probabilità che ciò accada sono basse. Sono un po' strana e posso risultare un po' fredda quando incontro qualcuno per la prima volta. È il risultato del fatto che crescendo ho avuto molte persone che volevano essere mie amiche o uscire con me solo per i soldi della mia famiglia. E non puoi immaginare quante battute sui preservativi e allusioni sessuali ho dovuto sopportare perché sono la figlia dell'uomo che ha fondato la Crown Condoms. Se mi ha preso in antipatia solo per il mio aspetto posso accettarlo, perché sono quella che sono. Ma se si tratta di qualcosa che ho effettivamente detto o fatto, ti prego di dirmelo, così potrò cercare di rimediare la prossima volta che lo vedo.»

«Non è stato per qualcosa che hai fatto. È da un po' di tempo che Howler si comporta in modo strano, non riesco a capire cos'abbia e lui non mi dice niente. Ma lo scoprirò prima o poi. Preferibilmente prima, visto che a breve partiamo per una missione, e se continua a fare lo stronzo la squadra si rivolterà contro di lui. Ma no, non hai fatto nulla di offensivo o che abbia bisogno di essere sistemato.»

«Sei arrabbiato perché ho parlato con Blink?»

«Cosa? No. Perché me lo chiedi?»

«Non lo so» rispose, con una piccola scrollata di spalle. «È solo che... nessuno è andato a parlargli stasera, e lui è un vostro collega SEAL. Ho solo pensato che forse aveva combinato qualcosa di così orribile da essere stato emarginato, o qualcosa del genere, dalle vostre cerchie, e che magari vedermi parlare con lui abbia fatto scattare qualcosa in Howler.»

Capì di avere ragione quando Vincent fece una piccola smorfia.

«È stato *quello* a farlo arrabbiare, vero?»

«Blink non è un emarginato. Siamo tutti dispiaciuti per lui, ma non sappiamo cosa dirgli per aiutarlo a superare ciò che è successo alla sua squadra. Come ho detto prima, Howler ha qualcosa in testa, ma non ha nulla a che fare con te. E puoi parlare con chi vuoi. Non sono il tipo d'uomo che pretende che la sua ragazza interagisca solo con lui. Finché so che tornerai a casa con me alla fine della serata, puoi parlare con chiunque tu voglia.»

Le sue parole le diedero una piacevole sensazione, ma voleva comunque chiarire la questione di Blink. «Sta soffrendo, Vincent. Non so cosa sia successo, ma lo sta consumando. In realtà è piuttosto dolce, in stile vecchio brontolone. Sembrava che avesse bisogno di un amico. Mi sono messa in imbarazzo da sola, ho detto un sacco di cose stupide, ma lui ha *sorriso*. E una volta ha anche riso! Probabilmente stava ridendo *di me* perché ero così imbranata, ma non mi importava perché l'avevo fatto sorridere. Non ci stavo provando con lui, ho solo sentito il bisogno di parlargli un po'. Di fargli sapere che ho apprezzato tutto quello che ha fatto per il nostro Paese... anche se non so nemmeno cos'abbia fatto.»

«Glielo hai detto?» le chiese.

«Sì. Non ha risposto e non gliene ho data veramente la possibilità. Non gli è piaciuto che l'abbia definito un eroe, ma pazienza. Però lo è. Come lo siete tu e tutti i tuoi amici. No, non scuotere la testa, è vero» insistette quasi con ferocia. «Se non ci fossi stato tu alle Hawaii...» Si interruppe e rabbrividì. Vincent le prese la mano e la strinse.

Remi fece un respiro profondo per controllare le sue emozioni. Non voleva piangere. La serata era stata davvero bella e si era divertita. Si rifiutava di pensare ai "se".

«L'ho baciato» sbottò. Poi si affrettò a specificare per evitare che Vincent si facesse un'idea sbagliata. «Non so se mi hai visto farlo o meno, ma non ha significato nulla. Cioè, sì, ma non allo stesso modo di quando bacio te. Gliel'ho dato su un lato della testa. Volevo solo sapesse che per quanto potesse sentirsi solo, c'era qualcuno che teneva a lui. Come amica. Anche se sono abbastanza sicura che stesse solo tollerando la mia presenza e le mie chiacchiere. Ma è stato solo questo.»

«Rilassati, Remi. È tutto a posto. So cosa *mi fanno* i tuoi baci, e ho la sensazione che Blink avesse bisogno del tuo tipo di attenzione speciale più della maggior parte delle persone.»

I muscoli che non si era resa conto di aver irrigidito si rilassarono.

Vincent si fermò davanti alla sua villetta e Remi spalancò gli occhi sorpresa. Il viaggio non era durato tanto quanto aveva pensato, o sperato.

Senza dire nulla, lui spense il motore e afferrò maniglia della portiera. «Ti accompagno» le disse, facendo capire che non avrebbe accettato un no come risposta.

Remi scese, e sorrise quando lui le prese la mano mentre si dirigevano verso la porta d'ingresso. Notò che durante il percorso si guardava intorno, osservando la zona.

«Dovresti far tagliare i cespugli intorno alla porta» disse quasi con nonchalance. «Qualcuno potrebbe nascondersi in mezzo, e tu non ti accorgeresti della sua presenza fino a quando non la aprirai e ti arriverà alle spalle spingendoti dentro.»

Rabbrividì alla visione che le sue parole le crearono nella mente.

Vincent imprecò sottovoce. «Scusa, non volevo spaventarti.»

«No, hai ragione. Preferisco prevenire che curare.» Aprì la porta, poi si girò verso di lui e gli chiese timidamente: «Vuoi entrare?»

«Sì, ma non lo farò.»

Remi si accigliò. «Ah no?»

Lui fece un passo avanti e le prese il viso tra le mani. Lo sollevò verso di sé e la fissò a lungo.

«Perché?» gli chiese sussurrando. «Voglio che tu lo faccia.» Più tardi si sarebbe vergognata di essere sembrata così disperata, ma in quel momento voleva semplicemente passare più tempo con lui. Portarlo nel suo letto e mostrargli quanto lo desiderava.

«Voglio entrare più di quanto desideri il mio prossimo respiro. Ma sai cosa voglio di più?»

«Cosa?» domandò, cercando di non farsi sopraffare dalla delusione.

«Te nel mio letto tra un anno. Che mi sorridi al tavolo della colazione. Che mi aspetti quando torno dalle missioni. Voglio che la tua gentilezza unica e la tua bontà contagino tutti i miei amici. Che tu ci sia per i miei compagni SEAL quando sono allo stremo e stanno lottando per trovare una ragione per andare avanti. Voglio più di una notte, Remi. Voglio tutto da te. Tutte le tue mattine, le tue notti, le tue lacrime, le tue risate, voglio sentirti blaterare di qualsiasi cosa ti venga in mente e che mi guardi esattamente come stai facendo adesso, come se fossi sul punto di strapparmi i vestiti di dosso perché moriresti se non potessi avermi subito.»

Era così che lo guardava? Non ne era esattamente sorpresa. Si leccò le labbra, e le piacque sentire la sua erezione contro la pancia. «E se vieni dentro adesso non puoi avere tutto questo?» gli chiese.

«Non lo so. Posso? Non voglio che tu stia con me per un senso di gratitudine per ciò che è successo alle Hawaii. Non voglio essere una sorta di scopata di ripiego perché ti senti emotiva riguardo alla situazione. Voglio stare nel tuo letto perché desideri ciò che desidero io. Un futuro.»

Remi aprì la bocca per assicurargli che *era* ciò che voleva, ma lui le posò un dito sulle labbra.

«Ti chiedo solo di esserne sicura. Di pensarci su. Di rifletterci seriamente. Stare con un SEAL non è una passeggiata. Spero che stasera Caroline e le altre lo abbiano messo bene in chiaro. Sarò via spesso. Quando avrai bisogno di me, molte volte non ci sarò. Dovrai tagliare l'erba da sola, aggiustare il WC se si rompe, asciugare le lacrime dal viso della nostra bambina quando cadrà e si sbuccerà un ginocchio. Stare con te questa sera e poi sentirmi dire che hai deciso di non potercela fare, di non poter vivere la vita come moglie di un SEAL... ho la sensazione che mi cambierebbe in modi per niente positivi.»

Remi poteva capirlo. Era appena uscito da una brutta relazione e lei rispettava il fatto che non volesse solo sesso.

«Non sei un ripiego» gli disse. «Avevo chiuso con Cazzone molto prima di lasciarlo definitivamente. Non sei *affatto* come lui. E se c'è da tagliare l'erba o da sistemare il WC, posso farlo io o chiamare qualcuno che se ne occupi. Inoltre, sono abbastanza forte da prendermi cura della nostra famiglia fino a quando non tornerai a casa per dare i bacini sulle bue, asciugare le nostre lacrime e festeggiare tutte le pietre miliari che potresti aver perso.»

Vincent chiuse gli occhi mentre lottava per controllare le emozioni. Glielo si leggeva in faccia: ciò che aveva detto era importante per lui. Remi fece scivolare le mani sul suo petto, ne avvolse una intorno alla nuca e usò l'altra per tirarlo più vicino, mentre lui lasciava cadere le sue dal viso per chiuderle intorno alla sua vita.

«Sono sicura, Vincent. Ma posso aspettare finché non ne sarai certo *tu*. Non sto insieme a te per il tuo lavoro o per gratitudine. Rispetto ciò che fai e sono dannatamente grata che tu fossi con me in quella barca, ma posso provare gratitudine e rispetto per altre persone e comunque non desiderare invitarle nel mio letto. Ti voglio lì perché sei *tu*. Quando sarai pronto, io sarò qui. Non ho mai provato per nessun altro uomo quello che provo per te.»

Riaprì gli occhi e la fissò con un tale desiderio che le fece quasi cedere le ginocchia.

«Mi rendi estremamente difficile essere un gentiluomo.»

Remi sbuffò. «Tu, Vincent Hill, non sei un gentiluomo. E

non vedo l'ora di sperimentare ogni parte di te. Abbi pazienza con me, perché ho la sensazione che all'inizio non sarò all'altezza delle tue aspettative.» Arrossì, ma si rifiutò di distogliere lo sguardo.

«Mi prendi in giro? Stare con te mi fa sentire come se fosse di nuovo la mia prima volta.» Gli sorrise. «Sei sicuro di non voler entrare?» lo stuzzicò.

«Sto per baciarti, tesoro.»

«Non mi sentirai lamentarmi.»

Poi le catturò le labbra con le sue e Remi poté giurare di vedere le stelle. Fece l'amore con la sua bocca risvegliando ogni terminazione nervosa del suo corpo. Lo desiderava. Dentro di lei. Voleva che la scopasse con forza e intensamente con il cazzo che stava sentendo contro la pancia. Un bacio non era abbastanza. Aveva bisogno di qualcosa di più. Aveva bisogno delle sue mani su di lei. Della sua bocca.

Remi si tirò indietro ansimando e lo fissò. «Quanto tempo?» gli chiese.

Lui aggrottò le sopracciglia confuso. «Come, scusa?»

Si sentì un po' meglio per il fatto che sembrasse stordito come lei. «Quanto tempo ti serve per essere sicuro delle mie intenzioni nei tuoi confronti? Una settimana? Due? Un anno? Quanto vuoi farmi aspettare?»

Le sorrise. «Non credo esista uno scadenziario per questo genere di cose, tesoro.»

Lei lo studiò, poi disse: «Ventitré telefonate, altri due ritrovi con la tua squadra, quattro appuntamenti io e te da soli, una sessione di baci e tocchi più intimi, un pomeriggio a casa dei miei genitori e una cena insieme a casa di Marley. Questo dovrebbe convincerti che faccio sul serio.»

«Quindici telefonate, un altro ritrovo con la mia squadra,

due appuntamenti da soli, l'incontro con la tua famiglia e con quella di Marley e *tre* sessioni di baci e tocchi più intimi» ribatté.

«Ci sto.»

«Accidenti, non ci hai nemmeno pensato» la stuzzicò.

«Non ce n'è bisogno. Sono stata io a invitarti a entrare stasera, ricordi?»

Un'altra emozione gli attraversò lo sguardo prima che chiudesse gli occhi e appoggiasse la fronte contro la sua.

«Non ferirmi» sussurrò Remi. «Non potrei sopportarlo. Il mio cuore non reggerebbe.»

A quello li riaprì. «Non lo farò. Te lo prometto.»

«Grazie.»

La baciò di nuovo, e il suo corpo fu come attraversato da correnti elettriche, ma si scostò da lei prima che fosse pronta. Remi si leccò le labbra, sentendo ancora il suo sapore. Voleva di più, ma lo rispettava abbastanza da dargli ciò di cui aveva bisogno. Cioè la rassicurazione che lei voleva una relazione duratura.

«Entra, Remi. Chiudi la porta a chiave. Ci sentiamo presto.»

Annuì e indietreggiò appena nell'ingresso.

Vincent rimase sulla soglia, ed era così bello da farle male al cuore. Aveva ancora difficoltà a credere che fosse interessato a lei; Remi Stephenson, la nerd, la cartonista.

Le sorrise. «Hai intenzione di chiudere?»

«Sì.» Ma non si mosse.

«Remi» la avvertì con un lieve cipiglio.

Lei ridacchiò, poi chiuse lentamente la porta, girò la chiave e sbirciò attraverso lo spioncino. Vide Vincent passarsi una mano tra i capelli, aggiustarsi le parti basse con una smorfia, poi voltarsi e tornare alla macchina. Non poté fare a meno di guardare il suo sedere. Aveva decisamente un bel culo. L'aveva notato al bar mentre stava giocando a biliardo, ma da vicino era ancora meglio.

Si voltò continuando a sorridere come una stupida, e con il corpo che ancora fremeva per i suoi baci. Era delusa di non essere a letto a rotolarsi tra le lenzuola con lui in quel momento? Sì. Ma in fondo era contenta di come era andata la serata. Il rispetto che le stava dimostrando, il fatto che volesse essere sicuro che la loro non sarebbe stata solo una breve avventura, le provocò una sensazione incredibile.

Il cellulare squillò mentre era ancora persa in quei pensieri e frugò nella borsa per tirarlo fuori. Quando vide che era Vincent rispose con la fronte aggrottata, e senza dargli la possibilità di parlare, chiese: «Stai bene?»

«Sì. Questa è una. Voglio finirle.»

«Una?» domandò confusa.

«Una telefonata. Eravamo d'accordo di farne quindici.»

Le labbra di Remi si curvarono in un enorme sorriso.

«Giusto. La prima. Dove sei?»

«Sono appena uscito dal tuo parcheggio.»

«Oh.»

«Mi manchi già.»

«Be', sento il bisogno di sottolineare che potresti essere ancora qui.»

«A questo punto sto mettendo in dubbio la mia sanità mentale.»

«Penso che tu abbia fatto la cosa giusta» ammise lei.

Vincent fece una pausa e poi disse: «Sì. Credo che il fatto di desiderare così tanto che questa relazione funzioni mi abbia reso nervoso... e cauto.»

«La cautela non è una cosa negativa.»

«Che programmi hai per domani?» le chiese.

«Devo proprio disegnare un po'. Ho una scadenza imminente e un sacco di idee in testa per Pecky e i suoi amici. E tu?»

«Altre riunioni per la prossima missione.»

«Ma è domenica» protestò.

«Lezione numero uno dello stare con un SEAL... non esistono i fine settimana.»

«Giusto.»

«Non so quanto durerà la riunione di domani, ma se esco dalla base abbastanza presto ti va di cenare con me?»

Remi sorrise sentendolo così nervoso. «Sì. Posso cucinare io.»

«Che ne dici se ti passo a prendere e ti porto a casa mia? Niente di speciale, ma posso grigliare del pollo, delle bistecche o delle verdure, se preferisci.»

«Mi sembra perfetto.»

«Quale?»

«Tutto.»

Vincent ridacchiò. «Ok. Ti mando un messaggio domani per sentire come stai e confermare i nostri piani.»

«Va bene.»

«Remi?»

«Sì?»

«Grazie.»

«Per cosa?»

«Per aver capito. Per essere straordinaria. Per esserci stata per Blink stasera. In passato ho provato a parlargli, ma senza successo. È ovvio che avrei dovuto impegnarmi di più. Tutti noi dovremmo aumentare gli sforzi per assicurarci che sappia che non è solo. Che siamo lì per lui.»

«Non devi ringraziarmi per questo» protestò.

«Invece sì. Quindi l'ho fatto.»

«Prego.»

«Ci sentiamo domani. Dormi bene, tesoro.»

«Anche tu. Guida con prudenza. Mi fai sapere quando arrivi a casa?»

«Certo. Grazie per la bella serata.»

«Grazie a *te*. Ci sentiamo.»

«Notte.»

Remi chiuse la chiamata e si rese conto di avere un sorriso ebete sul volto. Non si diceva sempre che l'attesa migliorava le cose? Non sapeva chi lo avesse detto o di quali cose parlassero, ma pregava che nel suo caso, riguardo all'intimità con Vincent, avessero ragione.

———

Brandon "Howler" Starrett fissava il soffitto mentre la tipa che aveva rimorchiato al Golden Oyster si muoveva su e giù sul suo cazzo. Non ricordava il suo nome; non che avesse importanza. Lui aveva bisogno di venire e lei voleva scoparsi un SEAL. Entrambi stavano ottenendo ciò che desideravano. Ma la sua mente non era concentrata su ciò che stava facendo la stronza.

Non riusciva a smettere di pensare a quanto fossero diventate ingiuste le cose al lavoro. Si era fatto il culo mentre Kevlar era a cazzeggiare alle Hawaii. Si era documentato sulla situazione in Ciad, dove stavano per andare in missione. Aveva fatto il possibile per ottenere le informazioni che il loro comandante aveva richiesto, eppure, non appena era tornato Kevlar, tutti avevano convenientemente dimenticato il suo duro lavoro, rivolgendosi invece a lui per i rapporti.

Era stufo di essere sottovalutato e che Kevlar ricevesse tutte le attenzioni e i riconoscimenti.

«Oooh, baby, sei così duro. Così grande. Toccami, stringimi le tette» gemette la donna sopra di lui.

Vaffanculo. Decideva lui quello che voleva, quando voleva. Era *lui* a comandare, non lei. Non voleva sentire la sua voce. Voleva solo scopare.

La afferrò per i fianchi e la strattonò via. Il suo cazzo fece un forte rumore di risucchio quando uscì dalla fica. Si mise subito in ginocchio e la spinse con la faccia contro il materasso. Le sollevò il culo e lo schiaffeggiò con forza; cominciava già a intravedere l'impronta della mano sulla sua pelle bianca. Si sistemò l'uccello e la penetrò di nuovo.

Lei gemette contro il lenzuolo e si inarcò. Le piaceva. Adorava la sua dominazione.

Howler la tenne stretta per i fianchi mentre si muoveva avanti e indietro nel suo corpo compiacente. Ma anche se lei se la stava spassando, lui non era così eccitato. Gli piaceva più essere al comando che scopare. Bramava il controllo.

Perché come SEAL non ne aveva affatto. Era un semplice soldato. Solo un altro soggetto che portava un'arma e faceva ciò che qualcun altro ordinava.

Voleva essere lui a comandare. Quello che dava ordini a tutti gli altri. Quello che pianificava le missioni. Era bravo quanto quel cazzo di Kevlar. Aveva affrontato lo stesso addestramento. Maledizione, lo aveva aiutato a superare la Hell Week più di quanto Kevlar avesse aiutato lui.

Allora perché era stato scelto come leader del team al posto suo? Si spinse con più violenza dentro la donna, sempre più arrabbiato per la sua vita di merda. Percepì a malapena i suoi gemiti, che probabilmente erano finti.

Aveva pensato di aver risolto quel problema. Era il motivo per cui aveva lavorato così duramente per mesi, per dimostrare al suo comandante che come leader sarebbe stato altrettanto bravo, *migliore*... aveva pensato che Kevlar non sarebbe tornato dalle Hawaii.

Perché aveva fatto tutto il possibile perché ciò accadesse. Come poteva sapere che quello stronzo si sarebbe portato la muta in vacanza? E che avrebbe avuto quel cazzo di localizzatore che Tex usava per tenerli d'occhio?

Quegli affari erano una merda. Howler non voleva, né aveva bisogno, che qualcuno gli facesse da babysitter. Quando sarebbe stato al comando, avrebbe ordinato alla sua squadra di lasciare quella roba a casa. Non gli serviva che un vecchio rincoglionito nel suo seminterrato in Pennsylvania osservasse ogni sua mossa. Era da rammolliti, e sapeva che quel maledetto e i suoi localizzatori gli avevano rovinato i piani.

Aveva sperato che Kevlar morisse in mezzo a quell'oceano. Il capitano avrebbe dovuto portarlo a trenta chilometri dalla costa e abbandonarlo. Sapeva che era un cazzo di SEAL. Invece aveva scoperto che l'uomo era stato negligente e avido, non aveva voluto usare tutto il carburante e lo aveva mollato a quindici chilometri da Oahu.

Quel giorno aveva aspettato con impazienza di ricevere una telefonata dal suo comandante che lo informava della scomparsa di Kevlar. Era pronto a volare immediatamente alle Hawaii per fare scena e organizzare la ricerca del suo amico e compagno di squadra, per dimostrare a tutti che era in grado di essere il leader...

Invece aveva ricevuto la notizia che lo stronzo era stato *salvato*.

Inoltre, l'altro passeggero della barca, che avrebbe dovuto rappresentare solo un danno collaterale, si era rivelato essere una donna che viveva in quell'area e di cui Kevlar pensava di essere innamorato.

Era andato *tutto* storto.

Non era diventato il nuovo leader del team. Era ancora un fottuto soldato qualsiasi.

Kevlar non era morto. Era vivo e più felice che mai con la nuova stronza che si era trovato.

Non era giusto, cazzo!

Howler *meritava* di essere il leader. Era così arrabbiato e geloso da non riuscire a pensare lucidamente. Era intelligente quanto lui, eppure tutti si rivolgevano a Kevlar per avere consigli. Anche ora, gli altri della squadra si facevano in quattro per compiacerlo ed erano maledettamente felici che lui avesse trovato una nuova fica. Era disgustoso.

Ma la cosa più importante di tutte era che Kevlar aveva chiesto a Tex, e a quel vecchio ex SEAL che viveva alle Hawaii, di cercare di capire chi avesse ingaggiato il capitano perché lo lasciasse in mezzo all'oceano.

Non potevano scoprire che era stato lui, altrimenti la sua carriera militare sarebbe finita. E non era accettabile.

Aveva coperto bene le sue tracce, era troppo intelligente per lasciare qualche indizio che dimostrasse la sua responsabilità nell'episodio. E si era occupato dell'unico dettaglio che avrebbe potuto collegarlo agli eventi delle Hawaii.

Il capitano.

Tex aveva sicuramente scoperto chi aveva pilotato la barca prima ancora che Kevlar fosse salvato. E quando il capitano aveva chiamato per dirgli che i due passeggeri erano stati recuperati da Baker, aveva capito cos'era necessario fare.

Così aveva chiamato subito l'uomo che aveva procurato il telefono usa e getta al capitano, ma invece di consegnare il resto dei soldi per il lavoro, come aveva chiesto lo stronzo, il suo contatto era andato nel suo merdoso appartamento e lo aveva messo a tacere... per sempre.

Come previsto, la polizia aveva dichiarato che la sua morte era stata causata da un'overdose accidentale di fentanyl. Quel bastardo non avrebbe più parlato con Tex, con Baker, né con *nessun altro*.

E nessuno avrebbe trovato nemmeno il suo contatto alle Hawaii. Era un fantasma. Scomparso nel nulla.

Sorridendo al pensiero, Howler abbassò lo sguardo. Non sapeva da quanto tempo si stesse scopando la troia, ma lei non stava più fingendo di gemere. Anzi, sembrava disinteressata. Maledetta stronza.

Le afferrò una manciata di capelli e le tirò su la testa, facendola urlare. «Ti annoi?» sogghignò.

«No! È bellissimo. Fantastico. Oh, baby!» cantilenò.

Era una gran bugiarda. Diceva quello che pensava lui volesse sentire. Proprio come facevano tutti con quel cazzo di Kevlar. Gli leccavano il culo.

Dato che non era riuscito a ucciderlo, doveva fargli abbassare la cresta. Farlo soffrire in un modo che lo buttasse fuori dai giochi, e che desse a *lui* la possibilità di dimostrare al comandante e a tutti gli altri che poteva guidare la squadra altrettanto bene.

Rompergli una gamba sarebbe stato perfetto, meglio

ancora la schiena o il collo, ma non sapeva come fare senza essere coinvolto personalmente.

Ripensò alla serata all'Aces... alla nuova donna di Kevlar che baciava quel patetico perdente di Blink.

Osservava quello stronzo da un paio di settimane. Aveva visto com'era distrutto a causa di una brutta missione... il che ai suoi occhi lo rendeva un pessimo esemplare di SEAL. Se non era in grado di gestire il lato oscuro del loro lavoro, allora non avrebbe dovuto entrare nelle forze speciali.

Ma pensare a quell'uomo gli diede un'idea.

Si rese conto che distruggere Kevlar emotivamente sarebbe stato altrettanto efficace che farlo fisicamente.

Si vedeva già quanto era coinvolto con la sua ultima fica. Avrebbe potuto usarla a suo vantaggio...

Fece un ghigno e sentì le palle sollevarsi contro il corpo mentre considerava le opzioni nella sua mente. Magari un rapimento. Kevlar sarebbe stato impegnato a trovare la stronza che pensava di amare. Sarebbe stato destabilizzato, incapace di svolgere il suo ruolo di SEAL. Ma la missione in Ciad doveva essere portata avanti.

Howler si sarebbe offerto di prendere il comando della squadra e guidarla in Africa.

Soddisfatto di poter usare la donna per eliminarlo, anche se avrebbe dovuto fare la sua mossa rapidamente, si tirò fuori dalla puttana e si masturbò freneticamente, immaginandosi di impressionare tutti in Ciad in qualità di SEAL al comando. Sarebbe stato sommerso dai riconoscimenti, avrebbe ottenuto il rispetto che meritava e Kevlar e il resto della squadra avrebbero finalmente capito quanto lo avevano sottovalutato.

Remi Stephenson sarebbe stata un danno collaterale. Ma in amore e in guerra tutto era lecito, e Howler si sarebbe preso con ogni mezzo la posizione che gli spettava: in cima al mucchio, a prescindere da chi avrebbe leso nel frattempo.

Grugnendo quando alla fine arrivò all'orgasmo, guardò il suo sperma schizzare sul culo e sulla schiena della tipa. Una volta finito la spinse, facendola cadere su un fianco.

«Vattene» ringhiò.

«Cosa?» gli chiese, guardandolo confusa.

«Ho balbettato? Ti ho detto di andartene.»

«Stronzo» mormorò lei.

Prima che la donna potesse battere le palpebre, la afferrò per il collo e la spinse contro il materasso. «Cos'hai detto?» sibilò.

Lei gli graffiò la mano, cercando di staccarsi le dita dalla gola. «Niente» gracchiò.

Gli piaceva lo sguardo terrorizzato nei suoi occhi. «Proprio così. Sono io che comando. Potrei farti tutto quello che voglio in questo momento e nessuno lo saprebbe. A nessuno interesserebbe di una puttana come te. Ti sei scopata un SEAL, ora togliti dalle palle. E se sento la minima lamentela per quello che è successo qui stasera, te ne pentirai. Hai avuto esattamente quello per cui sei venuta. Mi hai implorato di portarti a casa. Hai implorato per avere il mio cazzo. Non fingere che sia qualcosa di diverso da quello che è stato. Capito?»

Allentò la presa a sufficienza da permetterle di annuire, poi la lasciò andare sentendosi in cima al mondo e amando la sensazione di potere che aveva su di lei.

Si sdraiò sul materasso e le sorrise mentre lei scappava e armeggiava con i vestiti. Gli piaceva che il suo sguardo la mettesse a disagio. Gli piaceva guardare le sue tette che rimbalzavano mentre cercava di infilarsi la maglia. Aveva ancora il suo sperma sul sedere e sulla schiena, e provò un brivido perverso per il fatto che avrebbe avuto il suo marchio addosso fino a quando non fosse tornata a casa e si fosse fatta la doccia.

Lei non si voltò indietro mentre usciva dalla stanza. Howler sentì sbattere la porta d'ingresso e sorrise, girandosi sulla schiena. Con una mano dietro la testa e l'altra posata sulla pancia, si rese conto di sentirsi benissimo. Energizzato.

Aveva molte cose da risolvere, da pianificare, e poco tempo per farle. Ma ci sarebbe riuscito. Kevlar sarebbe stato annientato, lui avrebbe avuto la promozione che meritava e tutto sarebbe andato come doveva.

Stava per arrivare il suo momento di essere al comando e non vedeva l'ora.

CAPITOLO DODICI

KEVLAR SI PASSÒ una mano tra i capelli per la frustrazione. Era passata una settimana da quando aveva visto Remi. Da quando l'aveva accompagnata alla porta e baciata intensamente... ed era stato un pazzo a rifiutare di entrare in casa sua. Non sapeva cosa gli fosse preso, era evidente che lei lo aveva invitato per fare qualcosa di più che parlare. Ma mentre era lì, aveva avuto l'impulso irrefrenabile di rallentare le cose. Di non entrare in intimità con lei in modo affrettato.

L'ultima cosa che voleva era che pensasse che avrebbero avuto solo una breve storia. Un'avventura di una notte. Non era più quel tipo d'uomo. Con Remi desiderava di più. Voleva tutto.

Guardarla con i suoi compagni di squadra, con la moglie di Wolf e le sue amiche e con Blink, gli aveva fatto capire che erano sul punto di iniziare qualcosa di molto speciale e non aveva voluto fare nulla che potesse rovinare tutto. Così gli era venuta la stupida idea di rimandare il sesso, in modo che Remi sapesse con certezza che non era l'unica cosa che voleva da lei.

Ma ora, una settimana più tardi e con l'universo che cospirava contro di lui, si stava pentendo di non aver accettato ciò che gli aveva offerto quando ne aveva avuta l'occasione. Avrebbe dovuto saperlo bene, dato che il suo lavoro era imprevedibile e i malvagi del mondo potevano agire in qualsiasi momento e mandare all'aria le sue intenzioni ben pianificate.

Quindici chiamate. Che ironia. Ormai aveva parlato con Remi almeno il doppio delle volte. Ma non aveva fatto nessuna delle cose che avevano concordato di fare prima di passare alla fase successiva della loro relazione. Era complicato incontrare i suoi genitori e la famiglia della sua migliore amica quando non riusciva a liberarsi dal lavoro, se non di sera tardi o troppo presto al mattino.

Era frustrato, Remi gli mancava, era stanco e seccato per le stupide discussioni che Howler continuava a scatenare durante le riunioni di raccolta informazioni e pianificazione. Nell'ultima settimana era stato quasi indisciplinato e Kevlar non ne poteva più. Doveva scoprire che problemi aveva il suo amico. Subito.

Sospirando guardò l'orologio e trasalì. Le otto e mezza. Non aveva idea che fosse così tardi. Era arrivato al lavoro verso le otto quella mattina, ed era ancora lì. Quella era la prima volta che aveva avuto un momento per respirare. Lui e i suoi compagni stavano concludendo la raccolta di informazioni per la missione in Ciad. Il loro comandante, insieme a un paio di capitani e persino a un contrammiraglio, erano stati inclusi nella riunione di quel giorno. Kevlar aveva avuto a malapena qualche istante per mandare un messaggio a Remi e farle sapere che la stava pensando.

Più tempo passava senza vederla, più temeva che lei avesse dei ripensamenti riguardo a loro. Dirle che sarebbe stato spesso via e viverlo di persona prima che avessero avuto la possibilità di consolidare davvero il loro rapporto, erano due cose molto diverse. E l'ultima cosa che voleva era che lei abbandonasse la relazione prima ancora di averla iniziata.

Non poté fare a meno di ricordare tutte le cose che Bertie gli aveva detto quando lo aveva lasciato. Che si era sentita abbandonata. Che non era stato presente quando lei aveva avuto più bisogno di lui. L'eco delle sue parole gli risuonava in testa, convincendolo quasi a fargli gettare la spugna e rinunciare a iniziare una relazione con qualcuno.

«Sono ore che ci stiamo dedicando a questa faccenda, domani prendetevi la mattinata libera» disse il comandante dopo che il contrammiraglio lasciò la sala conferenze. «Ci vediamo dopo pranzo. Forse a quel punto avremo indizi migliori su dove si è rintanato il nostro obiettivo e potremo fare piani concreti.»

Era una pausa necessaria. Kevlar si chiese se l'indomani sarebbe riuscito in qualche modo a vedere Remi prima di tornare alla base.

Come se quei pensieri l'avessero evocata, gli squillò il cellulare e il suo nome apparve sullo schermo.

Rispose sorridendo. «Ehi, stavo pensando a te.»

Con sua sorpresa e preoccupazione, per un attimo sentì solo delle urla. Poi Remi pronunciò il suo nome con voce tremante. «Vincent? Hai finito le tue riunioni per oggi?»

«Cosa c'è che non va? Chi sta urlando?» le chiese.

«È Cazzone. È qui. Ed è molto arrabbiato.»

«Dov'è?»

«Qui. A casa mia. Voleva entrare a parlare, ma non gli ho aperto la porta. Ora è incazzato e non vuole andarsene.»

«Sto arrivando. *Non* aprire.» Safe e Howler erano gli unici due membri della sua squadra rimasti nella stanza. Mise la mano sul microfono del cellulare e disse con urgenza: «Ho bisogno di voi.»

Con suo grande sollievo, entrambi gli uomini annuirono subito. Le cose tra lui e Howler erano state tese, quindi rimase un po' sorpreso quando non esitò a coprirgli le spalle senza fare domande.

«Non ho intenzione di aprire, ma la sta picchiando forte» gli disse.

I colpi si sentivano chiaramente anche attraverso il telefono. Poteva anche percepire la paura nella voce di Remi. Si mise subito in azione, con i suoi amici al seguito. «Perché è arrabbiato?» le chiese, avendo bisogno di risposte.

«Sostiene che gli ho mandato la polizia, che sono andati al suo posto di lavoro e lo hanno accusato di aver cercato di uccidermi. Dice che se lo licenziano sarà colpa mia.»

«Va bene, fai un bel respiro, tesoro. Hai chiamato il 911?»

«No, ho chiamato prima te.»

Gli sembrava incredibile di essere stato lui la prima persona a cui si era rivolta per chiedere aiuto quando si era sentita minacciata, ma al momento si trovava piuttosto lontano. Ci avrebbero impiegato almeno dieci minuti per arrivare lì. «Devi riattaccare e chiamare la polizia» le disse. Era una delle cose più difficili che avesse mai fatto. Voleva tenerla in linea, sapere che stava bene. Ma aveva più bisogno che lei fosse al sicuro.

«Va bene.» Sembrava persa, e davvero distante.

«Sto arrivando, Remi. Mi senti? Sto arrivando. Sarò lì presto, ma la polizia può arrivare prima.»

«Ok.»

«Se hai bisogno di nasconderti, fallo. Hai un posto dove puoi rifugiarti?»

«Non proprio. Forse il bagno.»

«Allora vai lì. Chiudi la porta a chiave e rimani bassa.» Voleva dirle di prendere qualcosa da utilizzare come arma, ma non voleva pensare che dovesse usarla. Non sapeva se fosse in grado di *farlo.*

«Certo. Prendo anche un coltello dalla cucina.»

Meno male che aveva pensato che non fosse in grado di difendersi. Tuttavia, con suo grande sollievo, il fatto che le fosse stato detto cosa fare sembrò darle fiducia. Ora che aveva una sorta di piano, la sua mente sembrava più lucida.

«Mi dispiace di averti disturbato. Non sapevo cosa fare.»

«Non potresti *mai* disturbarmi, tesoro» ribatté con fermezza. «Ora vai di sopra. Chiama la polizia. Sarò lì il prima possibile.»

«Va bene. Guida con prudenza.»

Avrebbe voluto ridere. Era lì, spaventata a morte, con il suo ex che le urlava contro e picchiava sulla porta, si sentiva minacciata e preoccupata al tal punto da chiamarlo per chiedere aiuto, e aveva detto a *lui* di guidare con prudenza. «Resisti, Remi. Sii forte.»

«Ci proverò» sussurrò, poi riattaccò.

Mentre parlava con lei era salito sulla Jeep Wrangler di Safe, e Howler si era sistemato dietro. Il suo amico stava guidando come un pazzo, cosa che apprezzò.

«Qual è la situazione?» chiese Howler non appena lui abbassò il telefono.

«L'ex di Remi è a casa sua e non è contento che la polizia sia andata a interrogarlo riguardo alle Hawaii» sintetizzò. «Ora sta chiamando il 911.»

«Ha chiamato te prima della polizia?» domandò Safe, lanciandogli un'occhiata.

«A quanto pare.»

«Le piaci proprio tanto» disse con un sorrisetto.

«Non mi importa, voglio solo che sia al sicuro» replicò a denti stretti.

«Quando arriviamo lì dovremmo dividerci» disse Howler. «Io andrò alla porta e mi occuperò dell'ex. Kevlar, tu e Safe potete fare il giro della casa per assicurarvi che non cerchi di scappare. Forse c'è una porta sul retro che non è chiusa a chiave, così puoi entrare e occuparti delle crisi isteriche di Remi. Quando il nemico sarà fuori combattimento, potremo decidere le azioni successive.»

«Col cazzo» ribatté Kevlar. «Non c'è bisogno di fare il giro della casa se Cazzone è davanti. E non c'è bisogno che tu lo affronti da solo. Non so nulla di questo tizio. Non so se è uno che non si arrende, se è armato. Noi tre insieme possiamo sconfiggerlo più facilmente. Poi, quando sarà sicuro farlo, chiamerò Remi così potrà scendere e aprire la porta. Ma spero che per quando arriviamo la polizia abbia già la situazione sotto controllo.»

«E se così non fosse?» chiese Safe.

«Allora valuteremo cosa fare. Non c'è bisogno di aggirarsi intorno alla casa come un gruppo di pessimi attori di film di serie B. Ho la sensazione che quando quello stronzo ci vedrà, se la farà addosso e cercherà di scappare.»

Almeno lo sperava. Più si avvicinavano alla villetta, più diventava nervoso. Non aveva idea di cosa avrebbero trovato al loro arrivo. Sperava davvero che la polizia fosse già lì, come aveva detto a Howler, e che la situazione fosse sotto controllo.

Safe svoltò bruscamente nella strada di Remi, e Kevlar fu sollevato di vedere luci blu e rosse lampeggiare nel buio della sera. Non poterono fermarsi vicino alla casa a causa delle macchine della polizia, così Safe accostò in un posto vicino all'ingresso del parcheggio, e Kevlar fu fuori e in movimento prima ancora che il veicolo si fermasse.

«Ti copro le spalle» gli disse Howler mentre correvano. Lo sentì a malapena. Riusciva a pensare solo a raggiungere Remi, per assicurarsi che stesse bene.

C'era un uomo a faccia in giù sull'erba con il ginocchio di un agente sulla schiena. Suppose fosse Miles. Stava urlando che i suoi diritti erano stati violati, che non aveva fatto nulla di male. Mentre Kevlar li oltrepassava, gli agenti tirarono lo stronzo in piedi con i polsi ammanettati dietro di lui e lo condussero verso uno dei loro veicoli.

«Accidenti, ci siamo persi tutto il divertimento» si lamentò Howler.

Kevlar avrebbe voluto dire che non era affatto divertente, ma era arrivato davanti alla porta di casa e non ne ebbe la possibilità.

«Fermo!» gli ordinò un agente lì vicino.

«Dov'è Remi?» gridò.

«Non può entrare» gli disse con fermezza.

«Agente, lì dentro c'è la mia fidanzata.»

«Sì, be', anche quel tipo sostiene di essere il suo *fidanzato*» ribatté, socchiudendo gli occhi e indicando l'auto della polizia in cui era stato condotto Cazzone.

«È il suo ex. Per favore, ho bisogno di vederla» lo implorò.

L'agente doveva aver sentito qualcosa nella sua voce, perché le sue parole successive furono un po' più gentili. «Stiamo controllando la casa per assicurarci che non ci siano dei trasgressori all'interno. Quando saremo sicuri che è libera, parleremo con la vittima e vedremo se è possibile farla entrare.»

Avrebbe voluto oltrepassarlo con la forza e andare da lei, ma sentì una mano sul braccio allontanarlo dalla porta d'ingresso. L'impulso di scrollarsi di dosso l'amico fu forte, ma doveva rimanere calmo. Remi aveva bisogno di lui e non poteva rischiare di far arrabbiare gli agenti e farsi arrestare.

«Avremmo potuto tranquillamente prenderlo noi» mormorò Howler. «Non sarebbe stato un problema se fossimo arrivati per primi.»

Per la prima volta in una settimana si trovò d'accordo con il suo compagno di squadra.

Il tempo sembrava scorrere al rallentatore mentre aspettava il via libera. Finalmente una poliziotta mise fuori la testa dalla porta d'ingresso e chiese: «Uno di voi è Vincent?»

«Sono io» rispose Kevlar, facendo un passo avanti.

La donna annuì. «La signorina Stephenson chiede di lei.» Gli fece cenno di entrare.

«Saremo qui in caso di bisogno» disse Safe.

«Perché mai dovremmo restare? Ora sta bene e domani è la nostra prima mattinata libera dopo secoli. Stavo per andare al bar.»

Mentre entrava nell'ingresso, sentì Safe dare uno schiaffo alla testa del compagno, e di solito lo avrebbe fatto sorridere, ma era completamente concentrato ad andare da lei, per verificare di persona che stesse bene.

Seguì l'agente nella zona giorno. Remi era seduta sul

divano con una coperta intorno e sembrava... piccola. Le sue spalle erano ingobbite e aveva uno sguardo vuoto.

«Remi.»

Lei girò la testa sentendo la sua voce e lo sguardo smarrito fu spazzato via, sostituito da uno di tale sollievo da farlo fermare di botto. Si liberò della coperta e si precipitò nella sua direzione gettandosi contro di lui.

La abbracciò così forte che non era sicuro se sarebbe mai riuscito a lasciarla andare. «Shhh» mormorò quando la sentì tremare. «Va tutto bene. Sei al sicuro.»

Ma non riusciva a togliersi dalla mente il suo sguardo sollevato. Come se non fosse stata bene fino al momento in cui non lo aveva visto. Non era mai stato un rifugio per nessuno. Non era mai stato il posto sicuro di nessuno. Era spaventoso e inebriante allo stesso tempo.

La sentì fare un respiro profondo, poi annuì contro il suo petto. Si scostò un po', ma non lo lasciò andare. «Sei venuto» sussurrò.

«Certo che sì. Se è nelle mie possibilità, verrò sempre.»

A quello lei chiuse gli occhi, e quando li riaprì sembrò avere più controllo delle sue emozioni. «Grazie» sussurrò.

Stava per scusarsi per tutte le volte che non sarebbe stato in grado di essere presente in futuro, quando avrebbe avuto bisogno di lui, ma un agente parlò prima che potesse farlo.

«Ci serve una dichiarazione della signorina Stephenson.»

Remi si voltò, ma Kevlar non la lasciò andare. Andarono al divano, e una volta che lei si accomodò, le avvolse la coperta intorno alle spalle.

«Mi racconti cos'è successo stasera» le ordinò l'uomo.

«Stavo guardando la televisione, quando hanno bussato alla porta. Non aspettavo nessuno, quindi mi ha sorpreso.

Sono andata a guardare dallo spioncino e ho visto che era il mio ex.»

«Il suo nome?»

«Cazzone» rispose senza esitare.

Kevlar accennò un sorrisetto prima di dire: «Miles Barton.»

Gli parve di scorgere un'espressione divertita negli occhi dell'uomo, che cancellò subito facendo cenno a Remi di continuare.

«Ha detto che sapeva che ero in casa, il che è inquietante perché doveva essere stato lì a tenermi d'occhio o a guardare attraverso le finestre, cosa che non escluderei. Comunque, gli ho detto di andarsene, che non avevo nulla da dirgli. Lui ha perso la testa e mi ha urlato che se non avessi aperto la porta l'avrebbe sfondata. Che *lui* aveva un sacco di cose da dirmi. Poi si è lasciato andare a una sfuriata sui poliziotti che erano andati al suo posto di lavoro per parlare di quello che mi è successo alle Hawaii, e che lo avevano accusato. Voleva che ritirassi i "miei scagnozzi", dicendo di sapere che lo stavano sorvegliando. Non so di cosa diavolo stesse parlando, perché non ho assunto *nessuno* per seguirlo. Voglio solo che mi lasci in pace.»

«Hawaii?» chiese il detective.

Remi sospirò. Poi passò i dieci minuti successivi a raccontargli della rottura con il suo ex, del viaggio che avevano programmato, di quanto si fosse arrabbiato quando era partita senza di lui e, infine, di essere stata abbandonata nell'oceano durante l'escursione di snorkeling.

«Ero con lei» intervenne infine Kevlar. «Siamo stati abbandonati entrambi. Non dubito che un detective *abbia* parlato con lui di ciò che è successo e del suo possibile ruolo, dato che aveva detto a Remi che sperava fosse lasciata nell'oceano durante lo snorkeling... sembra troppo specifico per essere una coincidenza. Ma in quanto Navy SEAL, ho dei contatti che stanno cercando di scoprire se dietro a quella faccenda ci fosse il suo ex o la mia. Finora non hanno trovato nulla di concreto. E dubito che sarebbero così imprudenti da assumere qualcuno che si lascerebbe individuare mentre segue un indizio, quindi penso che Miles sia semplicemente paranoico e incazzato perché Remi lo ha lasciato. Per lui è un bersaglio perfetto su cui sfogarsi.»

L'agente aveva annotato diversi appunti mentre Kevlar parlava. Alla fine alzò lo sguardo e lo studiò, poi guardò Remi e la sua espressione si addolcì un po'. «Urlare non è esattamente un crimine» disse dopo un attimo. «Ha minacciato di farle del male?»

«No» rispose, scuotendo leggermente la testa. «Ma era molto arrabbiato. Continuava a ordinarmi di aprire la porta per potermi parlare. Mi diceva che se non avessi chiamato la polizia e non avessi detto che lui non c'entrava nulla con le Hawaii, avrebbe potuto perdere il lavoro e la reputazione, e sarebbe stata tutta colpa mia. Ha giurato che non c'entrava nulla.»

«Gli crede?»

Strinse le labbra. «Non lo so.»

«Bene. Allora, ecco cosa possiamo fare. Possiamo citarlo per disturbo della quiete pubblica e, se vuole, domani può chiedere un'ordinanza restrittiva in modo che sia obbligato a stare sempre a cento metri da lei. Ma dato che non ha minacciato esplicitamente di farle del male, non possiamo arrestarlo.»

Kevlar si irrigidì. «Non l'ha minacciata? Stava battendo

sulla sua porta, ha cercato di sfondarla. Pesa almeno venti chili più di lei. Se fosse riuscito a entrare, le avrebbe fatto del male, non ho dubbi.»

«Ma non l'ha fatto» dichiarò con calma l'agente.

«È tutto a posto» disse Remi, mettendogli la mano sulla coscia.

Non era tutto a posto. Era *tutt'altro* che a posto.

«Stia all'erta e ci chiami se dovesse succedere qualcos'altro. Se dovesse tornare stanotte.»

«Lo farò. Grazie.»

L'agente si alzò in piedi e Remi fece lo stesso. Kevlar non ebbe altra scelta che imitarli. Si avviarono verso la porta e fu felice di vedere che Miles non c'era più.

Howler e Safe erano ancora lì, insieme ad altri poliziotti. La maggior parte dei vicini era rientrata in casa, ora che il trambusto sembrava terminato.

«Cosa ci fanno qui?» gli chiese Remi, alzando lo sguardo verso di lui.

«Chi?»

«Safe e Howler.»

«Oh, Safe mi ha accompagnato qui, e Howler era ancora nella sala conferenze quando ho ricevuto la tua telefonata e si è offerto di venire.»

«Ho interrotto la vostra riunione?» domandò, aggrottando le sopracciglia.

«Avevamo finito» la rassicurò Safe, mentre entrambi si avvicinavano a loro.

«E domani abbiamo la mattinata libera» disse Howler con un sorrisetto.

«Oh. E vi siete ritrovati incastrati nei miei problemi. Mi dispiace tanto.»

«Non siamo incastrati in niente» la rassicurò Safe. «Non vorrei essere da nessun'altra parte. Anzi, immagino che gli altri ragazzi si arrabbieranno per non essere stati presenti quando hai chiamato, in modo da poter essere qui per te.»

«Oddio, io preferirei essere al bar» borbottò Howler.

Kevlar si irrigidì, ma Remi si limitò a ridacchiare. «Be', apprezzo comunque che tu sia qui. Ora però puoi andare. Sto bene.»

Howler annuì e si voltò, dirigendosi subito verso dove era parcheggiata la Jeep.

Ma Safe non si mosse. «Sei sicura?» le chiese.

«Sì.»

«Perché sarei felice di restare qui fuori a fare la guardia e assicurarmi che quello stronzo non torni non appena i poliziotti se ne sono andati.»

Lei inclinò la testa con un'espressione confusa. «Non vuoi andare al bar con Howler?»

Lui sbuffò. «No.»

«E saresti disposto a stare in macchina nel mio parcheggio a sorvegliare per qualche ora?»

«Non per qualche ora. Per tutta la notte» replicò.

«Perché?»

«Perché sei importante per Kevlar, quindi sei importante per noi. Inoltre, non mi piacciono i bulli. E il tuo ex sembra un bullo colossale.»

«Io... ehm... wow.»

Remi si avvicinò a Safe e lo abbracciò. Kevlar avrebbe voluto ridere per l'espressione sorpresa sul volto dell'amico, che ricambiò in modo goffo l'abbraccio, anche se lei non si accorse di averlo scioccato. Poi indietreggiò e Kevlar la attirò di nuovo al suo fianco.

«Apprezzo l'offerta, ma hai lavorato molto duramente e devi essere esausto. Sono sicura che Cazzone sia troppo spaventato per tornare stasera. Sarebbe comunque un idiota a farlo. Vai a casa. Dormi. Goditi il fatto di poterti svegliare tardi.» Sorrise. «Domani dovete continuare a progettare di salvare il mondo.»

Safe ridacchiò, poi si fece serio. «Sei sicura?»

«Sì.»

Si voltò quindi verso Kevlar. «Hai bisogno che rimanga?»

Lui scosse la testa. Era d'accordo con Remi. Miles era incazzato mentre si trovava a terra ammanettato... ma soprattutto era spaventato. Non sarebbe tornato rischiando di venire arrestato.

Inoltre, non aveva intenzione di lasciare lì Remi; Miles sapeva dove abitava, ma non aveva idea di dove fosse il *suo* appartamento.

«No, siamo a posto» disse a Safe.

Il suo compagno di squadra lo salutò con un cenno del mento, poi si girò e andò verso la sua Jeep dove Howler lo stava aspettando.

L'agente disse loro ancora una volta di non esitare a chiamare se avessero avuto bisogno di qualcosa, poi si diresse verso la sua auto insieme ai pochi poliziotti rimasti.

Kevlar chiuse la porta e fece un respiro profondo prima di prendere Remi tra le braccia. La strinse forte, probabilmente troppo, e sospirò di sollievo quando lei sembrò aggrapparsi con la sua stessa disperazione.

«Mi hai spaventato a morte» mormorò tra i suoi capelli.

«Mi dispiace.»

«No» disse, tirandosi indietro per poterla guardare negli occhi. «Se hai bisogno di me, chiamami. Se non riesci a contattarmi, chiama Safe. O Smiley, Preacher, MacGyver, Flash o Howler.»

«Penso che a Howler non piacerebbe che venisse interrotto il suo incontro bollente al bar» scherzò.

Ma lui non era in vena di scherzare. «Parlo sul serio, tesoro. Per quanto mi addolori dirlo, non sarò sempre qui quando avrai bisogno di me. Ma se io e la mia squadra non siamo disponibili, mi assicurerò che tu abbia i numeri di almeno un'altra dozzina di SEAL che non esiteranno a mollare tutto per venire da te.»

«Sto bene. Davvero. Di solito sono molto più... imperturbabile di quanto lo sia stata stasera. È solo che... dopo le Hawaii... credo di essere un po' più consapevole della mia mortalità. E dato che non sappiamo se sia stato Cazzone o la tua ex a organizzare l'abbandono in mezzo all'oceano, non lo so... ho avuto paura.»

«Hai fatto la cosa giusta. Chissà cosa avrebbe combinato se fosse entrato.»

«Già.»

«Non resteremo qui.»

«Come, scusa?»

«Ti porto nel mio appartamento. Non è bello come la tua casa, ma Miles non sa dove si trova. Lì sarai al sicuro.»

«Non voglio che lui mi cacci da casa mia» obiettò Remi.

«Non è così. È solo per stanotte. Hai bisogno di dormire, e se resti qui ti sveglierai a ogni minimo rumore. Ti chiederai se è lui.»

«Ti è mai successo?» gli chiese, comprendendo un po' troppo bene la sua psiche.

Avrebbe potuto mentire. Fare una battuta. Ma non lo fece. Lei era troppo importante. «Sì. Dopo delle missioni intense, a volte è difficile tornare alla vita normale a casa e abituarsi ai suoni quotidiani provenienti dall'esterno. I rumori forti, i bambini che urlano, i cani che abbaiano, hanno tutti un significato diverso quando sono al sicuro nel mio appartamento rispetto a quando sono in modalità SEAL.»

«Ci credo. Ok.»

«Ok cosa?»

«Stasera verrò da te, ma non biasimarmi se domani dovessi rifiutarmi di andarmene perché lì mi sento più al sicuro.»

Quelle parole ebbero un profondo impatto su di lui. Il pensiero che si trasferisse e non se ne andasse più sembrava... perfetto.

L'idea avrebbe dovuto spaventarlo. Di solito non portava donne a casa. Persino Bertie non si era mai fermata a dormire in tutto l'anno in cui erano usciti insieme. Le poche volte che l'aveva invitata, non era chiaramente rimasta impressionata dalla zona, era stata visibilmente a disagio nel suo spazio semplice ed economico, ed era stata impaziente di andarsene. La maggior parte del tempo insieme lo avevano trascorso nel *suo* appartamento eccessivamente decorato e pieno di fronzoli.

Ma il pensiero di Remi nella sua casa, nel suo letto, gli suscitò un profondo desiderio.

«Porta quello che vuoi, tesoro. Se vuoi restare una settimana, un mese, per sempre, non mi sentirai lamentarmi.» Quelle parole arrivarono dalla sua anima, dal suo cuore... dove ormai da tempo credeva di aver rinunciato a trovare qualcuno con cui passare la vita.

«Vincent» sussurrò lei, sembrando sopraffatta.

«Smetti di pensare. Vai a preparare una valigia» le ordinò.

Lei gli sorrise prima di annuire e allontanarsi.

Kevlar la guardò fino a quando non scomparve sulle scale, poi fece un respiro profondo. Non aveva idea di cosa fosse appena successo, ma c'era stato un deciso cambiamento in lui. Era stato felice di andarci piano. Di aspettare. Di vedere come sarebbe progredita la storia tra loro. Ma le cose erano cambiate nel momento in cui aveva sentito la sua voce spaventata al telefono. Quando aveva capito che era in pericolo.

La vita era breve, lo sapeva meglio di chiunque altro. E non era garantita. Un giorno potevi pensare di avere tutta l'esistenza davanti e quello successivo morire sulla strada.

Non avrebbe messo fretta a Remi, ma le avrebbe fatto sapere, senza mezzi termini, che era pronto a fare il passo successivo nella loro relazione. Che voleva tutto quello che lei aveva da offrire.

CAPITOLO TREDICI

REMI SI SENTIVA DESTABILIZZATA. Tremava e non riusciva a smettere di guardarsi alle spalle. Odiava che Cazzone fosse andato a casa sua. Lo aveva già sentito urlare in precedenza, ma il tono minaccioso che aveva usato quella sera era stato una novità. Se fosse riuscito a entrare, o se lei gli avesse aperto la porta, non aveva idea di cosa sarebbe potuto succedere.

Avrebbe dovuto chiamare per prima la polizia, ma non ci aveva pensato, cliccando invece sul nome di Vincent. Non aveva nemmeno considerato che avrebbe rischiato di interrompere una riunione importante o che non volesse essere coinvolto in una lite tra lei e il suo ex. Aveva pensato solo a quanto si sentiva al sicuro quando era con lui. Non importava che la polizia fosse arrivata per prima.

Lo aveva sentito chiamarla mentre si avvicinava alla casa. E ciò significava tutto per lei.

Era andato da lei.

Era andato quando aveva avuto bisogno di lui, il prima possibile.

La sensazione nel petto minacciava di sopraffarla. Aveva pregato gli agenti di farlo entrare per la forte smania di vederlo. Di toccarlo. Per il bisogno che lui la calmasse.

E nel momento in cui l'aveva abbracciata, si era finalmente sentita al sicuro.

Era stata pronta a pregarlo di restare a dormire lì, ma non era stato necessario, perché lui aveva dichiarato che l'avrebbe portata a casa sua. Non glielo aveva chiesto, solo *detto*.

E le andava benissimo così.

Desiderava quell'uomo. Tutto dentro di lei gridava che era quello giusto. Quello che aveva aspettato e cercato per tutta la sua vita da adulta. A lui non importava se non si truccava, se rideva in modo strano. Rispettava la sua carriera, non la definiva un hobby e non si prendeva gioco del fatto che si guadagnasse da vivere disegnando un taco parlante. E non aveva nemmeno osato fare un commento sprezzante riguardo ai suoi genitori che lavoravano nel settore dei preservativi.

Ma era più di tutto ciò. Era la bontà che percepiva trasudare da ogni poro del suo corpo. Era coraggioso e protettivo. Sì, era anche un po' rude e molto schietto, ma lei non gliene faceva una colpa. Aveva acquisito quell'atteggiamento perché era un SEAL.

Erano così anche i suoi amici. Poteva percepire un'oscurità in tutti loro, ma era mitigata da un forte bisogno di proteggere. Di uccidere tutti i "draghi". Non c'era da stupirsi che fossero così uniti. I simili si attraevano a vicenda, e Vincent e i suoi compagni di squadra erano fatti della stessa pasta.

Safe ne era un buon esempio. Non gli aveva chiesto lei di restare, non aveva nemmeno accennato che avrebbe potuto sentirsi un po' a disagio temendo il ritorno del suo ex. Ma lui lo aveva capito e si era offerto di rimanere nel parcheggio per fare la guardia tutta la notte. Di certo era stanco, doveva aver avuto il desiderio di tornare a casa nel suo letto e di godersi la mattinata libera. Invece si era proposto di proteggerla.

A essere sincera, le era venuta voglia di piangere.

Be', forse era tutto ciò che era successo a farle venire voglia di piangere. Ma non l'avrebbe fatto. Era più forte di così. Non era ferita, il suo ex non l'aveva toccata. E ora stava andando a casa di Vincent. Era curiosa di vedere dove viveva da quando erano tornati in California. Non vedeva l'ora di farlo.

Come se potesse leggerle nel pensiero, lui le prese la mano una volta che furono per strada. «Spero che non ti aspetti nulla di speciale» disse con un po' di insicurezza. «Il mio appartamento non è niente di eccezionale.»

«Sono sicura che va bene.»

Sbuffò. «È passabile. Tutto qui.»

«Vincent, non mi interessa dove vivi o quanto hai pagato per i mobili. Non mi interessa nemmeno se la tua camera da letto è piena di teste di animali impagliati alle pareti e di pistole e coltelli esposti su ogni superficie disponibile. Per me conta solo che lì ci sei *tu*.»

Lui ridacchiò e le strinse le dita. «Non ci sono animali morti sulle pareti e le mie armi sono chiuse dentro cassette di sicurezza.»

Gli sorrise.

«Voglio solo che tu sia a tuo agio. Che ti senta al sicuro.»

«Quando sono con te, lo sono» replicò, sperando di non essere troppo sdolcinata.

Il sorriso sul suo volto le assicurò che non lo era stata.

«Puoi dirlo forte. Quando sei con me, sei totalmente al sicuro. Non ti farò mai del male, tesoro, né con le parole né fisicamente. E farò tutto ciò che è in mio potere per evitare che lo facciano gli altri. Ma la verità è che non sarò sempre presente. So che continuo a dirlo, ma devi esserne consapevole.»

La sua preoccupazione era evidente, e la fece innamorare ancora di più di lui.

«Ho vissuto da sola per molto tempo. Ci sono abituata. I miei genitori non abitano molto lontano e, credimi, conoscono molte persone. Se dovessi davvero aver bisogno di qualcosa, mi basta chiamarli per avere subito a casa mia un operaio, un idraulico o chiunque serva. E che tu ci creda o no, escludendo l'abbandono nell'oceano e il ritrovo di questa sera, la mia vita è in realtà piuttosto noiosa. Posso gestire il tuo lavoro. Te lo prometto.»

«Odio non esserci per te» ammise. «Non ci ho mai pensato con le altre donne, ma con te, mi rende irrequieto. Amo essere un SEAL, ma quest'ultima settimana mi ha fatto capire quanto gli altri si sacrificano per me. Avrei già dovuto conoscere la tua famiglia. Uscire con te e Marley. Portarti a cena. Sedermi con te sul tuo divano a guardare un film. E non ci siamo nemmeno avvicinati a quelle sessioni di baci e a tutto il resto che ti avevo promesso.»

«Non è un sacrificio, fa parte della vita. Ci saranno momenti in cui avrò una scadenza da rispettare e non potrò parlarti. Non *vorrò* parlarti. Quando mi chiuderò nella mia stanza per concentrarmi sui miei disegni. Sono una perfezionista e mi irrito con me stessa e con gli altri se vengo distratta. A dire la verità, se tu fossi un commercialista o un venditore di auto, sarei seccata se non fossimo usciti insieme o se pensassi che stai evitando di incontrare le persone a cui tengo di più. Ma non lo sei. Sei un SEAL. Stai pianificando una missione molto importante, in un posto pericoloso, per tenere al sicuro gli altri. Non mi arrabbierei mai e poi mai per questo, Vincent. Sono orgogliosa di te e dei tuoi compagni di squadra.»

Le rivolse uno sguardo così carico di emozioni che lei non riuscì a interpretare. Ma non parlò, si limitò a stringerle la mano e a riportare l'attenzione sulla strada davanti a loro.

Si fermò in un piccolo parcheggio dietro il suo condominio, spense il motore e aprì la portiera. Remi fece altrettanto e prima ancora che lei tentasse di afferrare la valigia lui l'aveva già tirata fuori. Poi si mise al suo fianco e le prese la mano, e si incamminarono piuttosto velocemente verso l'edificio.

Le labbra di Remi ebbero un guizzo. Stava facendo l'autoritario senza nemmeno parlare. Era davvero impressionante. Ma dato che a lei non dispiaceva, non gli disse nulla. Era bello lasciargli prendere il controllo, anche se si trattava di una cosa semplice come portarle la valigia e accompagnarla verso casa sua.

La condusse su per una serie di scale e lungo una passerella esterna. Il suo appartamento era l'ultimo di una lunga fila, e le lasciò la mano solo il tempo necessario ad aprire la porta e rimettersi in tasca le chiavi, poi gliela riprese e la trascinò all'interno.

Remi si guardò intorno con curiosità. Vincent non aveva toccato alcun interruttore dopo essere entrato, ma a quanto pareva aveva lasciato accesa la luce della cucina, così poté vedere benissimo tutto. Prima che la portasse lungo un piccolo corridoio, notò un'enorme libreria piena di libri, un televisore gigante contro una parete e un vecchio divano un po' logoro, ma che sembrava estremamente comodo.

«Vincent?» chiese, confusa sul motivo per cui non avesse ancora parlato. Non aveva posato la sua valigia, quindi pensò che forse la stava portando nella stanza degli ospiti.

Ma quando aprì la porta in fondo al corridoio, si rese conto che non era così. L'aveva portata nella *sua* camera. Lo capì senza che glielo dicesse, perché profumava di lui. Quella fragranza legnosa e decisa che ormai associava a lui era intensa in quello spazio piuttosto grande.

«Vincent?» ripeté, quando si fermò e posò la valigia sul pavimento. Ma continuò a non parlare, si girò semplicemente verso di lei e le prese il viso tra le mani. Poi la baciò. Non fu un bacio breve e delicato, ma duro e appassionato... quasi una rivendicazione.

Quando si ritrasse, Remi non riusciva più a pensare lucidamente. Le aveva scombussolato il cervello con un semplice bacio. No, non semplice. Non c'era stato nulla di semplice in quel bacio.

«Puoi scegliere» le disse a bassa voce. «Puoi dormire qui nel mio letto, da sola, mentre io dormirò sul divano e domattina preparerò la colazione, poi ti riporterò a casa prima di tornare alla base per le altre riunioni.»

Quando non continuò, Remi trovò il coraggio di chiedere: «Oppure?»

«Oppure possiamo restare entrambi qui. E farò l'amore con te tutta la notte in modo lento. Assaggerò ogni centimetro della tua pelle ed entrerò così profondamente dentro di te che ti chiederai come hai fatto a sopravvivere senza di me. Poi, al mattino, faremo la doccia insieme, preparerò la colazione, ti sistemerò la seconda camera da letto come area di lavoro e potrai stare qui mentre io andrò alla base per le riunioni. E quando avrò finito, tornerò a casa da te e riprenderemo da dove abbiamo lasciato.»

Sentì il suo corpo fremere, come se si stesse preparando a tutto ciò che le aveva appena offerto.

«Ho bisogno di te, Remi» ammise. «Ma tutto quello che ho detto la settimana scorsa vale ancora. Se lo facciamo, se mi accetterai nel tuo cuore, non ti lascerò andare. Non sono come quell'idiota del tuo ex. Riconosco una cosa bella quando la vedo, e sono anche consapevole che potresti trovare qualcuno migliore di me, ma passerò il resto della vita a fare in modo che tu non ti penta di avermi scelto. Farò in modo che il tempo in cui *riusciremo* a stare insieme valga la pena per te, nella speranza che i momenti in cui saremo lontani non ti sembreranno così brutti.»

Remi non riuscì a trattenersi e rise. Rise sbuffando.

Vincent si accigliò.

«Non sto ridendo di te» lo rassicurò, cingendogli il collo con le braccia. «Ma del fatto che tu abbia pensato anche solo per un secondo che avrei scelto la prima opzione. Ti voglio, Vincent. Tutto di te. Le cose positive, le negative e anche quelle terribili. I miei genitori ti adoreranno, e Marley mi ha già detto che se non ti "salterò addosso" al più presto, farà in modo di rinchiuderci insieme in una stanza di una baita di montagna mentre è in arrivo la bufera di neve del secolo.» Arricciò il naso. «Legge troppi romance con tema vicinanza forzata, ma fa parte del suo fascino, e non posso dire che lo scenario che ha proposto sia poi così terribile.»

Quando si rese conto che stava blaterando e che l'espressione preoccupata sul suo volto non era svanita, disse rapidamente: «Scelgo *te*, Vincent. Il tuo letto. Noi. Tu dentro di me, in modo duro, profondo e lento. O veloce. Come vuoi.»

Se non fosse stata già mezza innamorata di lui, il suo sguardo intenso avrebbe potuto spaventarla, ma si trattava di Vincent, l'uomo che le aveva salvato la vita alle Hawaii. Che non batteva ciglio quando lei sbuffava ridendo. A cui non importava nulla del suo conto in banca. Che quella sera era andato a casa sua il più velocemente possibile quando lo aveva chiamato.

Cominciò a spingerla all'indietro. «Ti serve qualcosa dalla valigia?»

«Ehm, no?»

«Bene. Perché sto per strapparti i vestiti di dosso e darmi da fare con te.»

Gli sorrise. «Per me va bene.»

Prima ancora che lei potesse battere le palpebre, lui aveva già fatto ciò che aveva appena detto. Non le aveva letteralmente strappato i vestiti, ma in qualche modo era riuscito a toglierle la maglia e i jeans in pochi secondi. Avrebbe dovuto provare imbarazzo, ma non sentiva nient'altro che il bisogno di averlo nudo come lo era lei. Non fu altrettanto abile mentre lottava per sfilargli la maglia dalla testa, ma per fortuna lui la aiutò. Poi la spinse sul letto.

Remi si spostò all'indietro, senza riuscire a distogliere lo sguardo da Vincent che si muoveva su di lei.

Era bellissimo. E tutto suo. Le era difficile crederlo, ma lo sguardo colmo di desiderio che aveva negli occhi era per *lei,* e le dava una sensazione elettrizzante.

Sentendosi sicura di sé per la prima volta, inarcò la schiena, mise le braccia sopra la testa e si mostrò al suo uomo.

«*Cazzo*» sussurrò Vincent mentre percorreva il suo corpo

con lo sguardo. «Non so cosa guardare o toccare per primo. Quando ti ho vista con quella muta avevo capito che eri perfetta per me, ma non sapevo *quanto*.»

A ogni parola che usciva dalla sua bocca, Remi si innamorava di più.

Poi si mise a cavalcioni su di lei, con il cazzo duro contro la sua pancia. Di certo lui non era imbarazzato del *suo* corpo nudo. Ma perché avrebbe dovuto esserlo? Era tutto muscoli tonici e definiti.

Non stava sorridendo, aveva un'espressione intensa e concentrata mentre le tracciava lievemente con la punta del dito il capezzolo, che come se avesse avuto una mente propria e fosse stato in attesa del suo tocco, si inturgidì.

A quella vista fece un piccolo sorriso.

«Bellissimo» sussurrò, continuando a giocare con il capezzolo. Ma lei desiderava di più.

«Vincent, ti prego» lo implorò.

«Ti prego cosa?» le chiese.

Le si strinse la pancia al suono soddisfatto della sua voce. «Toccami.»

«Dove?»

«Dove vuoi. Ovunque!»

«Forse portandoti nel mio letto sto affrettando le cose, ma che io sia dannato se farò di fretta la nostra prima volta.»

«Esiste andare in fretta ed esiste essere lento come un vecchio» brontolò, mettendogli le mani sulle cosce e accarezzandogliele avanti e indietro. Provò una grande gioia quando vide il suo cazzo contrarsi e una piccola goccia di liquido preseminale apparire sulla punta.

«Non ci sarà *nulla* di lento se continui a toccarmi» borbottò.

«Ti sbagli se pensi che me ne lamenterò» ribatté. In realtà la cosa era piuttosto divertente. Le era difficile credere che stare nuda con un uomo fosse così. In passato era sempre stata troppo nervosa, troppo impacciata per scherzare. Ma quella era la prova che Vincent era davvero fatto per lei.

Lui fletté i muscoli delle cosce sotto i suoi palmi e le mise le mani sui seni. Erano grandi e li coprivano completamente, e la sensazione della sua pelle callosa contro i capezzoli la fece inarcare di nuovo.

«Di più?» le chiese.

«Sì, ti prego» mormorò.

Le massaggiò e accarezzò i seni come se non ne avesse mai abbastanza. C'erano stati altri uomini che l'avevano toccata allo stesso modo, ma solo per pochi secondi prima di strisciare sopra il suo corpo e spingersi dentro di lei. Vincent era contento di prendersi il suo tempo, e Remi percepì qualcosa bagnarla sulla pancia dove era posato il suo cazzo. Ma sembrava non avere fretta di "arrivare alla parte migliore", come un suo ex aveva chiamato il sesso.

Poco dopo si spostò all'indietro e lei trattenne il fiato, pensando che fosse il momento... ma invece di infilarsi dentro di lei, abbassò la testa.

I dieci minuti successivi furono sconvolgenti e un'esperienza nuovissima per lei. Vincent si impegnò al massimo a leccare e succhiare ogni centimetro del suo seno, pizzicando e mordicchiando, banchettando come se fosse un pasto da assaporare.

Ogni volta che le pizzicava un capezzolo, più forte di quanto aveva creduto potesse essere piacevole, si sentiva pulsare tra le gambe. Non passò molto che si ritrovò a contorcersi sotto il suo corpo, strusciandosi disperatamente contro di lui con le gambe spalancate.

Avrebbe dovuto sentirsi in imbarazzo, ma ogni volta che lo guardava non vedeva altro che desiderio e piacere riflettersi nei suoi occhi. Stava facendo di tutto per eccitarla... e stava funzionando.

«Vincent, ti prego! Ho bisogno di qualcosa di più. Ho bisogno di averti dentro di me.»

In risposta lui si raddrizzò a sedere e si sporse verso il comodino accanto al letto. Aprì il cassetto e tirò fuori un preservativo. Lo srotolò velocemente lungo l'erezione mentre Remi non riusciva a togliergli gli occhi di dosso. Aveva immaginato che fosse grande, ma non era nulla in confronto al mostro che aveva effettivamente tra le gambe. Era più grosso e più lungo di quelli che aveva preso in passato, e cominciò a chiedersi se ci sarebbe stato.

Sobbalzò quando una goccia di qualcosa di freddo le cadde sul petto.

«Scusa» mormorò lui. «Sarà freddo all'inizio.»

Non sapeva di cosa stesse parlando, poi vide che aveva in mano una bottiglietta di lubrificante.

Sollevò un sopracciglio in una muta domanda, e lui scrollò le spalle. «Ci si masturba meglio con il lubrificante.»

Riuscì solo a fargli un piccolo sorriso, sorpresa che fosse così aperto su una cosa molto personale.

Se ne spruzzò un po' nella mano e le spiegò: «In futuro ti leccherò fino a portarti all'orgasmo, per assicurarmi che tu sia abbastanza bagnata da prendermi, ma ora non posso aspettare. Ho bisogno di essere dentro di te. Però non voglio farti male, quindi devo assicurarmi che tu sia pronta.»

Avrebbe voluto rassicurarlo che *era* pronta, era più bagnata di quanto ricordasse di essere mai stata, ma lui si era già spostato mettendosi a cavalcioni sulle sue cosce, poi le mise la mano tra le gambe. Sussultò al primo tocco, così lui disse: «Piano, tesoro. Ci penso io.»

E così fu. Le spalmò il lubrificante tra le pieghe della fica, poi iniziò ad accarezzarle il clitoride. Remi ansimò e cercò di allargare le gambe per dargli più spazio, ma lui non si spostò.

«Sei così bella. Così sensibile. Ti piace?» le chiese, mentre vi girava lentamente il pollice intorno.

Remi non poté che gemere e gli afferrò una coscia mentre lui continuava ad accarezzarla.

Sentì vagamente la sua risatina, ma tutti i suoi sensi erano concentrati tra le gambe. I capezzoli erano terribilmente inturgiditi e si sentì come se stesse per andare in mille pezzi.

«Ci sei vicina, vero?» le chiese, e percepì sorpresa nel suo tono.

Si rifiutò di sentirsi imbarazzata. La stava stuzzicando da almeno quindici minuti. L'aveva fatta diventare tutta calda ed eccitata. *Ovvio* che stesse per venire. Era nel letto di Vincent Hill e lui la desiderava.

«Sì» rispose guardandolo. «Più forte» gli ordinò.

Le sorrise. «Sì, signora.»

Mise dell'altro lubrificante sul dito, poi la sorprese infilandolo lentamente nel suo corpo, mentre con l'altra mano le accarezzava il clitoride.

«Oh!» esclamò, stringendogli il dito con i muscoli interni.

Fu il turno di Vincent di gemere. «Così calda. Così stretta. Quando ti penetrerò mi stringerai il cazzo esattamente così forte.»

Era una cosa un po' sconcia da dire, e lei non si era mai eccitata tanto.

«Vieni per me, Remi. Fammi sentire i tuoi umori su tutte le dita, così posso darti il mio cazzo.»

Lo voleva. Voleva *lui*. Inarcò la schiena sentendo l'orgasmo vicino e non pensò al suo corpo poco sodo o a ciò che il suo amante avrebbe potuto pensare. Si concentrò solo sulle mani tra le sue gambe e su quanto la stessero facendo sentire bene. Tra il lubrificante e gli umori, era bagnata come mai in vita sua.

Mentre volava nell'estasi, percepì Vincent muoversi. Poi le fu sopra e la penetrò, mentre lei si dimenava e tremava per l'orgasmo più intenso che avesse mai avuto.

———

Dovette metterci tutto sé stesso per non venire all'istante. Non era mai stato con una donna più sensuale di Remi, sotto di lui, con le braccia gettate sopra la testa e il corpo inarcato contro il suo tocco, mentre gemeva persa nel piacere.

Era un uomo piuttosto grande e l'ultima cosa che voleva era farle del male. Per quello aveva preso il lubrificante. Aveva voluto assicurarsi che fosse bella scivolosa, in modo da poter entrare in lei senza provocarle dolore. Non si era aspettato che raggiungesse l'orgasmo, ma nell'istante in cui le aveva toccato il clitoride, aveva capito che era vicina.

Non aveva mai visto nulla di così dannatamente sexy in vita sua. Mentre lei gridava e le sue cosce tremavano, Kevlar si mosse senza esitare: le infilò l'uccello tra le pieghe e si spinse dentro.

Era stretta. Quasi troppo. E il fatto che fosse nel mezzo dell'orgasmo non aiutava; i suoi muscoli si contraevano intorno a lui. Ma non poteva trattenersi. Il modo in cui lei gli stringeva il cazzo gli fece quasi perdere i sensi. Era doppiamente felice di averla fatta bagnare così prima di tentare di penetrarla.

Sembrava minuscola sotto di lui, intorno a lui, ma non riuscì fermarsi finché non toccò il fondo dentro di lei. Solo quando sentì che i loro inguini erano appiccicati, aprì gli occhi e osò guardare in basso. Rimase immobile, amando la sensazione che gli davano le piccole contrazioni dei suoi muscoli che gli massaggiavano l'uccello.

Remi gli aveva afferrato le braccia quando si era spinto dentro di lei, e sentì le sue unghie scavargli nella pelle. Il cuore gli batteva così forte che era sicuro che lei potesse vedere il sangue pulsare sull'arteria del collo.

«Vincent» gli sussurrò.

Non si sarebbe mai stancato di sentirla pronunciare il suo nome. Il modo in cui lo diceva lo eccitava sempre.

«Remi» replicò lui, ansimando.

«Sei... tutto dentro?»

Le sorrise e annuì.

«Non ti stai muovendo.»

«Sei stretta, tesoro. Ti sto dando il tempo di adattarti.»

Lei fece un respiro profondo. «Già, ok. Grazie. Io...»

Contrasse i muscoli intorno a lui, e fu il turno di Kevlar di inspirare. «Fallo di nuovo» le ordinò.

«Cosa? Così?» gli chiese con un sorriso.

Lo strinse più volte di seguito.

«Accidenti, donna! Che sensazione... non hai idea di quanto sia bello. Sei come un forno, così calda intorno a me.»

Kevlar contrasse il sedere e si mosse dentro di lei, che ansimò.

«Tutto bene? Ti sto facendo male?»

Gli passò una mano tra i capelli. «No. Non mi stai assolutamente facendo male. Sei grande e mi sento piena. Quasi troppo piena, ma è bellissimo.»

Kevlar non riuscì a trattenere il senso di soddisfazione che lo pervase. «Vorrei muovermi. Posso?» implorò. Non era da lui. Era un uomo che prendeva ciò che voleva, ciò di cui aveva bisogno. Ma si sarebbe tagliato l'uccello prima di farle del male.

«Sì. Ti prego, Vincent. Muoviti!»

Si tirò fuori dal suo corpo caldo lentamente, lasciando dentro solo la punta, poi affondò di nuovo.

Lei gemette. «Di più! Più forte» insistette.

Iniziò a muoversi avanti e indietro... e si rese conto che la sua vita era completamente e definitivamente cambiata. Remi era sua. Non sarebbe mai stato in intimità con nessun'altra, mai più, e il pensiero lo fece gemere in estasi. Non aveva bisogno di nessun'altra. Solo di lei. Solo della sua fica. Remi era fatta per lui.

«Vincent, *più forte*» gli ordinò, piantandogli le unghie nel sedere.

Quel piccolo dolore inviò un'ondata di piacere al suo cazzo. Le sue palle liberarono un getto di sperma all'interno del preservativo. Non voleva ancora che finisse. Desiderava di più. Voleva rimanere dentro il suo corpo caldo e bagnato il più a lungo possibile. Ma voleva anche soddisfarla e darle l'esperienza più piacevole che avesse mai avuto.

Si spostò più in su, allargandole maggiormente le gambe intorno ai suoi fianchi. Poi si raddrizzò un po'.

Remi gemette in protesta. «Vincent, ti prego! Lo voglio in modo duro. Voglio sentirti in profondità.»

«E mi sentirai» le promise. «Ma prima voglio che tu venga di nuovo. Questa volta intorno a me.»

«Non posso» protestò. «Sono troppo sensibile.»

Kevlar sapeva che era da stronzi ignorare le sue proteste, ma voleva solo sentirla contrarsi intorno al suo cazzo. Andò con la mano tra le sue gambe e scoprì che era ancora abbondantemente bagnata dal lubrificante. Fece scorrere il pollice intorno alla sua apertura fino a renderlo scivoloso e si diede da fare per farla venire un'altra volta.

Al primo tocco del pollice sul clitoride, Remi sussultò e lui non poté fare a meno di sorridere.

«No, è troppo!»

Ma la ignorò ancora. Non aveva idea di avere quel tipo di inclinazione dentro di sé. Aveva visto dei porno rappresentare degli orgasmi forzati, ma aveva pensato che le donne stessero semplicemente recitando. Non lo aveva eccitato o infastidito, era stato solo poco interessante. Ma con Remi sotto di lui, che si contraeva intorno al suo cazzo, che cercava di allontanarsi dal suo tocco senza riuscirci, si ritrovò a schizzare altro liquido preseminale.

Non sarebbe durato a lungo, soprattutto quando guardò in basso e si vide sprofondato in lei. La sua carne era tesa intorno alla base del suo uccello, ed era difficile credere che fosse riuscita a prenderlo tutto in quella fica stretta. Che lo stesse *ancora* prendendo.

«Non è troppo» le disse.

Ora stava muovendo i fianchi a un ritmo costante, continuando ad accarezzarla, mentre lei conficcava le unghie sulle sue cosce.

«Ahhh!» urlò Remi contorcendosi.

Kevlar chiuse gli occhi quando la sentì venire intorno a lui, sotto di lui. Poi si lanciò in avanti, si appoggiò sugli avambracci e la scopò con forza, velocemente e profondamente, proprio come gli aveva chiesto.

A ogni spinta sentiva i suoi gemiti nell'orecchio, e la sua fica strizzarlo mentre continuava a venire. Ogni volta che arrivava in fondo le sfregava il clitoride, prolungando l'orgasmo. *Niente* gli aveva mai fatto provare una sensazione simile. Nemmeno l'adrenalina che gli dava una missione, o l'orgoglio provato quando si era guadagnato la spilla Budweiser. Niente.

Gemendo, si spinse il più a fondo possibile e si lasciò andare. Dal suo cazzo fuoriuscì uno schizzo di sperma dopo l'altro. L'orgasmo sembrò non finire mai, e dovette metterci tutto sé stesso per tenersi su e non cadere e schiacciarla sotto di sé. Gli tremavano le braccia, vedeva delle macchie nere davanti agli occhi, ma nonostante ciò riuscì a sentire le mani di Remi che gli accarezzavano la schiena e il sedere, che cercavano di tirarlo più vicino.

Quando finalmente riuscì a respirare di nuovo, Kevlar rotolò portandola con sé in modo che fosse distesa sopra il suo corpo, con il suo cazzo ancora dentro di lei. La sentì ridacchiare contro il suo petto mentre lui si sistemava, ma non si spostò.

Un'ondata di sollievo lo travolse. L'ultima cosa che voleva era farle del male, e per un attimo aveva pensato di aver esagerato. Forzarla a raggiungere l'orgasmo, prenderla così intensamente... ma quella dolce risatina lo rincuorò, e lasciò andare un sospiro.

«È stato... wow» sussurrò lei.

«Già» concordò.

Era tutta rilassata contro di lui, e pensò con una certa soddisfazione che *quello* era ciò che lo avrebbe aspettato quando sarebbe tornato a casa dall'imminente missione. Non solo il sesso, ma la sua donna sdraiata sopra, pelle a pelle, che lo accarezzava con le sue mani morbide, felice di stare con lui. Non per ciò che poteva fare per lei, non perché era un SEAL. Ma per lui. Solo per lui.

Avrebbe combattuto e ucciso per tenerselo stretto.

«Devo alzarmi» le disse dopo un lungo momento.

«Oh, ehm... ok» replicò, suonando incerta.

Si rese conto che non aveva capito perché avesse bisogno di farlo. «È per il preservativo. Per quanto vorrei rimanere dove sono, con il mio uccello ben sprofondato nel tuo corpo, devo occuparmene.»

«Oh! Già. È vero.» Sollevò una gamba per scendere da sopra di lui.

Ma Kevlar la tenne contro di sé, non volendo ancora staccarsi. Era una cosa stupida, che avrebbe potuto avere conseguenze serie, ma odiava dover lasciare il suo calore.

«Pensavo avessi detto che dovevi alzarti» gli disse con un piccolo sbuffo.

«È così. Ma prima ho bisogno che tu mi dica che stai bene. Che non ti ho fatto male.»

«Sto più che bene» lo rassicurò subito. «È stato... intenso, ma fantastico. Davvero incredibile.»

«Ti ho costretta a fare qualcosa che non eri sicura di voler fare?» incalzò. Non sapeva perché stesse insistendo, solo che voleva essere completamente certo di non aver fatto niente di cui si sarebbe risentita in seguito.

«C'è stato un attimo di disagio, ho provato un po' di dolore, ma in senso positivo» si affrettò a dire, quando vide il suo cipiglio. «Nessuno mi ha mai fatto una cosa del genere e non mi sono *mai* sentita così. Non ho mai avuto nemmeno un orgasmo così intenso. E averti dentro di me quando è successo... sì, è stato meraviglioso, Vincent. Giuro.»

Era tutta rossa quando smise di parlare, ma non avrebbe potuto essere più orgoglioso, di lei e di sé stesso, di quanto lo era in quel momento. «Ok. Volevo solo esserne sicuro.»

«Io lo sono. Ne sono *davvero* sicura.»

Kevlar la baciò. Intensamente. «Alza la gamba, tesoro. Torno subito.»

Fece come ordinato e gemettero entrambi quando lui scivolò fuori dal suo corpo.

Mentre si alzava, notò il suo sperma fuoriuscire dall'estremità del preservativo e fece una smorfia. Andò in bagno, se lo sfilò e lo gettò via. Poi bagnò una salvietta e si pulì rapidamente, la sciacquò e tornò in camera.

Remi si era coperta con il lenzuolo, e rimase un attimo sgomento al pensiero che si stesse nascondendo, ma lo scacciò. Ci sarebbe voluto del tempo perché si sentisse completamente a suo agio con lui. Ma almeno non era balzata giù dal letto per rivestirsi.

Si infilò sotto le coperte e si appoggiò su un gomito mentre posava la salvietta calda sulla sua pancia. «Posso?» le chiese con dolcezza.

Remi annuì timidamente e Kevlar dovette sforzarsi di mantenere il controllo mentre toglieva il lubrificante in eccesso e i suoi umori tra le gambe. Dopo aver gettato a terra la salvietta la attirò ancora una volta contro di sé. Con sua grande gioia, lei posò una gamba sopra la sua coscia e gli avvolse un braccio intorno al petto.

Si adattava perfettamente a lui.

«Vincent?»

«Sì, tesoro?»

Fece una lunga pausa. «Niente.»

Lui si girò un po', facendola posare lievemente sulla schiena, e la fissò. «Che c'è, Remi? Puoi dirmi tutto. Chiedermi qualsiasi cosa.»

«Io... ho paura.»

«Di cosa? Di me?» le domandò atterrito.

«No! Cioè, forse? Ma sono io, non tu. È solo che... è stato stupendo. Tu sei meraviglioso. Ho paura che sia *troppo* bello.»

Kevlar si rilassò. Capiva quella sensazione, fin troppo bene. Si risistemò sulla schiena e la incoraggiò ad accoccolarsi contro di lui. «Provo la stessa cosa» ammise.

«Verso di *me*?»

Sembrò così sorpresa, così spiazzata, che poté solo ridacchiare.

«Già. Mi spaventi a morte, tesoro. Ho paura che tu rinsavisca e ti renda conto che stare con me sia una scocciatura più grande di quanto tu sia disposta a sopportare.»

«Io non sono lei» gli disse con ferocia. «O una qualsiasi delle altre stupide stronze con cui sei uscito e che non sapevano riconoscere una cosa bella mentre ce l'avevano. Posso gestire te e il tuo lavoro, Vincent.»

Quelle parole penetrarono nella sua anima e furono espresse con tale convinzione che non poté fare a meno di crederle. «Ok. Quindi siamo d'accordo che non c'è nulla di cui aver paura. Giusto?»

«Giusto» rispose con un sospiro.

«Dormi, tesoro» le sussurrò.

«Lo farai anche tu?»

«Certo.»

Kevlar si addormentò con il sorriso sulle labbra e la profonda consapevolezza che il suo mondo era appena stato

capovolto... e non era mai stato così felice di sentirsi sotto-
sopra come in quel momento.

———

Howler camminava nervosamente avanti e indietro nel suo
piccolo appartamento. Si era fatto lasciare al Golden Oyster
da Safe, ma non era rimasto. Non appena il suo compagno di
squadra se n'era andato, aveva prenotato un Uber ed era
tornato a casa.

Era preoccupato. Tex stava ovviamente indagando sull'ex
di Remi, ma non avrebbe trovato nulla, perché non c'era *nulla*
da trovare. E a quel punto avrebbe allargato la rete di ricerca.
Anche se era stato molto attento, le probabilità che Tex
scoprisse qualcosa che lo associava alle Hawaii lo rendeva
sempre più paranoico.

Sì, si era occupato del capitano della barca e si fidava del
suo contatto alle Hawaii, ma c'era ancora una piccola possibilità che quella connessione potesse ritorcersi contro di lui. E il
tempo stava per scadere. Il giorno in cui sarebbero partiti per
la missione in Ciad si stava avvicinando rapidamente. Se
voleva essere il leader, se voleva che Kevlar fosse troppo instabile emotivamente per continuare a ricoprire il ruolo che
doveva essere suo, doveva agire subito.

Aveva un piano, aveva finito il lavoro di preparazione ed
era pronto ad attuarlo, ma non era riuscito a fare l'ultimo
step: arrivare a Remi.

Quella si stava rivelando la parte più difficile, e tutto per
colpa di quel cazzo di Kevlar. Quello stronzo li teneva in
riunione per la missione dalla mattina alla sera, giorno dopo
giorno. Come se non avessero già pianificato tutto, da cosa

mangiare a dove cagare. Far fuori un obiettivo di alto valore
non era così difficile. Se fosse stato *lui* il caposquadra, avrebbero già ucciso quel figlio di puttana e starebbero tornando a
casa.

Quello era solo un altro motivo per cui Kevlar doveva
andarsene. Immediatamente.

Doveva essere un po' più creativo se voleva arrivare a
Remi prima di partire per la missione.

Mentre camminava il suo pensiero tornò di nuovo all'A-
ces... e all'improvviso capì come fare.

Blink.

Il SEAL era ancora a pezzi. Tutti sapevano che quando
non era all'Aces se ne stava a casa a crogiolarsi nell'autocom-
miserazione. Probabilmente si ripeteva nella testa ciò che
aveva sbagliato nella missione in cui aveva perso metà della
sua squadra. Howler aveva sentito dire che sorvegliava in
modo ossessivo chiunque entrasse e uscisse dal suo condominio, come se qualcuno avesse potuto piazzare un ordigno nel
parcheggio o qualche altra stronzata del genere. E, per sua
fortuna, Blink viveva vicino alla base, nello stesso complesso
di molti altri membri dell'esercito, tra cui Kevlar.

Quindi, qualsiasi cosa insolita fosse accaduta fuori da
quegli appartamenti, avrebbe probabilmente catturato l'attenzione di quell'uomo. E sembrava avere un debole per Remi
Stephenson. Cosa che gli faceva venire da vomitare, ma non
importava. Poteva accettarlo. Di certo, se fosse successo qualcosa a quella donna mentre lui guardava, avrebbe sentito il
bisogno di intromettersi nella situazione.

O almeno ci contava.

Il piano era complicato... poteva anche non funzionare.

Ma se Blink avesse fatto ciò che si aspettava, avrebbe avuto qualcuno di mentalmente squilibrato da additare; qualcuno da incolpare per ciò che sarebbe successo alla tipa di Kevlar. Un comodo capro espiatorio. Che non avrebbe dovuto nemmeno *pagare*.

Un danno collaterale. Come SEAL, Howler sapeva che era una cosa inevitabile. Per portare a termine il lavoro, c'erano sempre dei danni collaterali. Ecco cosa sarebbe diventato Blink. Se fosse stato un uomo più forte, un SEAL migliore, non si sarebbe lasciato coinvolgere. Ma era un debole. Quindi perfetto per il suo piano.

E Remi Stephenson era solo un'altra Frog Hog. Forse non lo ammetteva, ma era uguale a tutte le altre troie che volevano scoparsi un SEAL. Avrebbe avuto quello che si meritava... proprio come Kevlar.

CAPITOLO QUATTORDICI

REMI SI SVEGLIÒ a causa di un telefono che squillava. Allungò la mano per schiaffeggiare il cellulare che teneva sempre accanto al letto, ma spalancò gli occhi di scatto quando non trovò il comodino, ma un corpo caldo.

«Buongiorno» mormorò Vincent assonnato.

Mio Dio, quell'uomo era sexy. Anche mezzo addormentato era bellissimo. E anche se non era la prima volta che si svegliava con lui nella stessa stanza, quella mattina era completamente diverso. Si trovava nel suo letto, erano entrambi nudi e poteva ancora percepirlo tra le gambe. Era indolenzita, il che non la sorprendeva considerando quanto lo aveva grande. Ma era un indolenzimento piacevole, che le ricordava il modo sconvolgente in cui aveva fatto l'amore con lei.

L'aveva svegliata nel cuore della notte per il secondo round. Era stato meno intenso, quasi dolce. Si era comunque assicurato che fosse abbastanza lubrificata da poterlo prendere senza sentire male, e aveva insistito perché venisse prima di lui.

«Buongiorno» borbottò lei contro il suo petto. Poi sollevò la testa e disse: «Il tuo telefono sta squillando.»

«Lo so.»

«Non rispondi? Potrebbe essere un'emergenza. Non c'è la possibilità che sia il tuo capo a chiamarti? Che tu debba partire in anticipo per la missione?»

«Ti darebbe fastidio?»

Remi aggrottò le sopracciglia. «Be', sì, ma solo perché mi preoccuperei che tu finisca nei guai per aver ignorato il telefono che ha squillato quattro milioni di volte e la persona che sta chiamando non si è *ancora* arresa.»

Lui ridacchiò e quel suono rimbombò contro di lei. «Non è il lavoro.»

«Come lo sai?»

«Perché ho programmato una suoneria diversa per la mia squadra e per il comandante.»

«Oh.»

Passò qualche secondo e il telefono squillò di nuovo. Remi non poté fare a meno di insistere sulla questione. «Ma non sei curioso? Potrebbe esserci qualcosa che non va.»

«Quello che non va è che l'unica mattina in cui avrei potuto dormire di più sia stata disturbata da qualcuno che non capisce che non voglio parlargli» brontolò.

Remi sorrise.

Vincent sospirò e si girò per prendere il cellulare, ma non la lasciò andare, così lei dovette seguirlo.

Stava ancora ridendo quando lui rispose in modo brusco: «Che c'è?»

«Non posso crederci, cazzo!»

Remi rimase perplessa sentendo il tono tagliente di una voce femminile provenire dal telefono. Anche se Vincent non aveva messo la chiamata in vivavoce, si poteva udire chiaramente quello che la donna stava dicendo.

«Hai una bella faccia tosta a mandare la polizia a casa mia per accusarmi di aver cercato di ucciderti! Sei impazzito?!»

«Ciao, Bertie» disse Vincent con un sospiro.

Remi spalancò gli occhi.

«Dico sul serio! Perché avrei dovuto farlo? Voglio dire, sei uno stronzo per non avermi permesso di andare alle Hawaii con la mia amica, e probabilmente ti sta bene, ma *seriamente*? Pensi davvero che potrei pagare qualcuno per lasciarti in mezzo all'oceano? Tanto riusciresti a tornare a riva a nuoto con una mano legata dietro la schiena, almeno così hai sempre detto. Stavi mentendo? Magari stavi *quasi* per morire e ora sei arrabbiato perché la tua preziosa reputazione è a rischio se qualcuno alla base dovesse scoprire che non sei così macho come dici di essere.»

«È la routine, Bertie. Niente di personale.»

«Niente di personale?» strillò. «Hanno detto che siccome sono la tua ex e sono incazzata con te, ho un movente. Se avessi voluto ucciderti, sarei venuta a casa tua e ti avrei fatto saltare in aria appena avessi aperto la porta!»

Remi si irrigidì, ma lui non sembrò minimamente preoccupato.

«Attenta, questa potrebbe essere interpretata come una minaccia» le disse.

«*Era* una minaccia!» praticamente urlò. «Sei uno stronzo! Se si viene a sapere che sono stata interrogata, sarò rovinata! Devi sistemare la cosa. Di' alla polizia che non ho niente a che fare con i tuoi problemi del cazzo!»

«Ma non so se non l'hai fatto.»

«Forse non dovresti inimicartela di più» sussurrò Remi.

«Chi era? Oh mio Dio, c'è una ragazza con te? Sono le sette del mattino... aspetta, ha passato la notte lì? A *me* non hai mai permesso di farlo! Di sicuro hai voltato pagina abbastanza in fretta. Probabilmente mi hai tradito per tutto il tempo. Voi, Navy SEAL del cazzo... che razza di bastardi! Magari ti ha incastrato. Ehi, stronza» disse ad alta voce, rivolgendosi ovviamente a lei, «non ne vale la pena. Avrà anche un cazzo grosso, ma non sa come usarlo!»

Remi sapeva di avere due occhi enormi da quanto erano spalancati. Quella donna stava scherzando?

«Non mi ha incastrato. È stata abbandonata nell'oceano *con* me» disse Vincent con calma e con lo sguardo fisso su di lei.

Bertie rise, fu un suono amareggiato e sgradevole. «Bene, quindi ha risvegliato il tuo complesso dell'eroe e ora ti vede come il suo salvatore. Dammi retta, donna misteriosa, lui non è un eroe. Neanche lontanamente. Scappa finché sei in tempo. Prima che accusi anche te di qualcosa di abominevole e ti sganci addosso la polizia!»

«Non è un eroe? Stai scherzando?» ribatté Remi. Non poté farci niente, ormai era arrabbiata per conto di Vincent.

«Deve avere una fica d'oro per essersi guadagnata il privilegio di dormire nel tuo letto» sbottò Bertie. «Ma non me ne frega un cazzo. Lasciami in pace, Kevlar. Dico sul serio. Toglimi di dosso la polizia o ti pentirai di esserti messo con me.»

«Mi sono già pentito» le assicurò. «Questa conversazione è finita. Se non hai fatto niente, non hai nulla da temere. Rispondi alle domande della polizia e sarà tutto finito. Più ti incazzi, più penseranno che sei stata tu. Addio, Bertie. Non telefonarmi mai più.»

Chiuse la chiamata, interrompendo la tirata incazzata della donna. Poi cliccò qualche altro tasto prima di gettare il telefono sul comodino, girarsi e spingere Remi in modo da farla sdraiare sulla schiena.

«Ho bloccato il suo numero, così non può richiamare. Stai bene?»

«Io? *Tu*, semmai? Ha detto delle cose orribili.»

Con sua sorpresa le sorrise.

«Non è divertente» disse accigliata.

«Un po' sì» replicò. «Il tuo ex che pianta una scenata, la mia che fa lo stesso. Sembra tanto una cosa che potrebbe fare qualcuno che è colpevole.»

«Chi dei due pensi sia stato?» sussurrò, fissandolo.

«A dire la verità nessuno dei due.»

Remi provò sollievo a quella risposta, ma di conseguenza era anche un po' confusa. «Se non sono stati loro, allora chi ha organizzato il tutto e perché?»

«Non lo so. Tex sta ancora indagando. Ma so che non si tratta di qualcuno che fa parte della tua vita.»

«Come fai a saperlo?»

«Perché sei troppo buona. Ti fai degli amici ovunque tu vada. Credo che ti sia ritrovata solo nel posto sbagliato al momento sbagliato. Sei rimasta incastrata nei miei casini e non me lo perdonerò mai.»

«Anche tu sei buono. Chi mai potrebbe voler farti del male?»

Vincent rise. «Non sono buono, Remi.»

«Sì, invece» protestò.

«Dio, sei troppo in gamba per me. Ma non ho intenzione

di lasciarti andare. Continua pure a pensare che sono una brava persona, però ho bisogno che tu mi faccia un favore.»

«Qualsiasi cosa» replicò senza esitare.

Lui fece un sorriso un po' triste. «Vedi? Troppo in gamba per me. Ho bisogno che tu faccia molta attenzione, perché se qualcuno è incazzato con me per qualche motivo, il solo fatto di starmi vicino potrebbe metterti in pericolo.»

Remi rabbrividì. Non al pensiero che qualcuno volesse farle del male per arrivare a Vincent, ma perché qualcuno avrebbe potuto essere là fuori a complottare una vendetta verso di lui. «Va bene.»

«Dico sul serio» la avvertì.

«E ti ho sentito. Vincent, non vado da nessuna parte. Se vuoi che stia qui nel tuo appartamento, lo farò. Non è un problema. Posso disegnare Pecky ovunque. Posso convincere Marley ad accompagnarmi quando devo andare a fare la spesa o altro e, nel peggiore dei casi, posso stare nella tenuta dei miei genitori. Hanno un sistema di sicurezza tale che anche uno scarafaggio non si fida di scoreggiare.»

Lui la fissò senza dire una parola.

«Vincent?» chiese preoccupata.

Per tutta risposta le disse: «So che sei indolenzita, ma quanto lo sei esattamente?»

«Oh, ehm... non abbastanza da dire di no» rispose.

«Ho bisogno di te. Ho bisogno di dimostrarti quanto sei importante per me.»

«Ok» ribatté, completamente favorevole alla richiesta.

«Ci penso io al resto. Tex alla fine troverà qualcosa. Ho solo bisogno che nel frattempo tu sia prudente. Penso che chiunque abbia organizzato quella roba alle Hawaii sia un codardo. Non vuole affrontarmi in maniera diretta. Il che probabilmente significa che per te non ci sono problemi, ma, per sicurezza, fai attenzione.»

«Certo.»

Poi Vincent si alzò a sedere e gettò indietro il lenzuolo, esponendo il suo corpo alla luce del mattino.

«Hai problemi con il sesso orale?» le chiese, piegandosi su di lei.

Gli sorrise. «No, purché possa partecipare anch'io.»

«Vuoi succhiarmi il cazzo, Remi?» ringhiò.

Quell'uomo aveva la capacità di farla sentire terribilmente timida e allo stesso tempo eccitata. «Sì, anche se mi sarà impossibile prenderti tutto. Sei troppo grande.»

«Il solo pensiero della tua lingua su di me mi fa diventare duro come l'acciaio. Puoi fare quello che vuoi, prendere quanto vuoi... dopo che avrò finito con te.»

Le afferrò i fianchi e la tirò giù, facendole sfuggire un piccolo grido. Poi rise sbuffando quando lui fece il rumore di un motoscafo contro la sua pancia. Ma si calmò quando le allargò le gambe e abbassò la testa.

———

Qualche ora più tardi, dopo che lei gli aveva fatto il miglior pompino della sua vita, dopo essersi fatti la doccia insieme, aver preparato e mangiato la colazione e sistemato Remi alla scrivania nella seconda camera da letto del suo appartamento, facendole promettere di essere lì quando lui sarebbe tornato a casa quella sera, Kevlar andò alla base sentendosi più felice che mai... ma anche più preoccupato.

Continuava a risuonargli in testa qualcosa che aveva detto Bertie. Non le stronzate su di lui o il modo in cui aveva cercato di mettere in guardia Remi, ma qualcosa riguardo al fatto che non poteva essere stata lei a organizzare la faccenda delle Hawaii, perché sapeva di cosa lui era capace. Non si era vantato quando le aveva detto che poteva nuotare per almeno trenta chilometri se necessario. Lei sapeva che lasciarlo nell'oceano al largo di Oahu lo avrebbe solo fatto arrabbiare. Era certo che non fosse la responsabile dell'accaduto.

Quindi, se non era stata lei e non era stato Miles – a dirla tutta non credeva che quell'idiota avesse un cervello per pianificare una cosa del genere – chi era stato? Non riusciva a pensare a nessuno che avrebbe potuto cercare di sbarazzarsi di lui abbandonandolo nell'oceano. Nessuno che conoscesse le sue capacità in acqua, comunque. Un'altra sua ex? Un altro ex geloso? Nessuna delle due cose aveva senso, visto che non era stato con nessuno per mesi prima di mettersi con Bertie, e Remi aveva detto che aveva avuto pochi ragazzi e molto distanziati.

Era stato sincero con lei, era sicuro che si trattasse di qualcuno che stava cercando di farlo incazzare, non di qualcuno che aveva preso di mira lei. Aveva un'anima troppo buona. Inizialmente non aveva pensato che Remi potesse essere in pericolo anche solo standogli vicino, ma ora non riusciva a scacciare quel pensiero. Si chiese per un attimo se non fosse il caso di rompere con lei per il suo bene... ma al diavolo. Non voleva rischiare di perdere la cosa migliore che gli fosse mai capitata per una minaccia non confermata.

No, doveva solo capire il motivo di quella storia delle Hawaii e porvi fine.

Doveva chiamare Tex, ma ora non aveva tempo. Era già in ritardo. Aveva indugiato troppo per assicurarsi che Remi fosse ben sistemata nel suo appartamento. Finché non fosse riuscito a parlare con il suo amico, avrebbe dovuto essere più vigile e contattarla più spesso. E avrebbe agito al minimo indizio che qualcosa non quadrava. Inoltre, sapeva che se Tex avesse scoperto qualcosa di importante, lo avrebbe contattato per primo.

Kevlar sperava che trovasse qualche informazione, perché aveva la sensazione che lui e la sua squadra sarebbero partiti per l'Africa molto presto, e avrebbe preferito avere delle risposte prima. Se fosse successo qualcosa a Remi per colpa sua, non se lo sarebbe mai perdonato. Mai.

CAPITOLO QUINDICI

TRE GIORNI PIÙ TARDI, Remi non riusciva a smettere di sorridere. Non era mai stata così felice. Persino la sua migliore amica aveva detto che non ricordava di averla mai vista così radiosa. Finalmente erano riusciti ad andare a cena a casa sua. Vincent aveva trascorso gran parte del tempo in giardino a lanciare la palla da football con il marito e il figlio di Marley. Poi, dopo cena, aveva giocato a ramino con la figlia ed era stato battuto alla grande.

Inutile dire che si era inserito perfettamente e che aveva ricevuto la totale approvazione non solo dall'amica, ma da tutta la sua famiglia. Quando era andata in bagno, prima che se ne andassero, Marley l'aveva intercettata di sopra per dirle quanto fosse felice per lei, e che era certa che le cose tra loro avrebbero funzionato.

Remi sperava che avesse ragione. Erano ancora nella fase "luna di miele" della relazione e non si illudeva che le cose sarebbero rimaste rose e fiori, ma sperava che sarebbero riusciti a superare le difficoltà che avrebbero potuto dover affrontare.

La sera precedente aveva parlato al telefono con i suoi genitori, e anche Vincent aveva avuto modo di conoscerli, per così dire. Era stato educato e rispettoso, e Remi sperava che quando finalmente avrebbero avuto la possibilità di incontrarsi di persona, le cose sarebbero andate altrettanto bene.

Il piano per quel giorno prevedeva che lei terminasse un fumetto, poi Caroline sarebbe passata a prenderla e l'avrebbe portata all'Aces, dove avrebbero incontrato Vincent per pranzo. Aveva provato a dirgli che avrebbe potuto semplicemente tornare all'appartamento per mangiare, ma lui aveva sostenuto di non volerla tenere prigioniera a casa sua e accennato che Wolf gli aveva fatto sapere che a Caroline sarebbe piaciuto passare del tempo con lei.

Non aveva potuto rifiutare.

Stare da Vincent non era un sacrificio. Sì, l'appartamento era più piccolo della sua villetta, ma rifletteva la sua personalità... senza fronzoli. Aveva passato qualche ora a sfogliare i libri sui suoi scaffali e a guardare che programmi aveva salvato sulle app di streaming della TV. Incredibilmente avevano gusti e preferenze simili e, come gli aveva detto, poteva disegnare ovunque. Inoltre, le piaceva essere circondata dalle sue cose. Le piaceva essere lì quando lui tornava a casa la sera. Era ovvio che fosse stressato per la missione che stava organizzando con la sua squadra, ma sperava che essere lì per lui, distrarlo raccontandogli della sua giornata e preparargli la cena, lo aiutasse almeno un po'.

E le notti... non aveva mai dormito così bene, né era mai stata amata con così tanta passione. Non aveva dubbi che a Vincent piacesse tenerla nel suo letto, anche se non le aveva mai fatto pensare che la volesse solo per il sesso. In effetti, aveva ammesso che lei era la prima donna che aveva trascorso la notte lì.

Più di una volta le era quasi sfuggito che lo amava, ma non voleva essere un cliché, né voleva spaventarlo. Sebbene lo avesse sorpreso a fissarla con un desiderio negli occhi che era certa si rispecchiasse anche nei suoi, c'era qualcosa che le impediva di pronunciare quelle parole. Forse, una volta che avessero superato la sua prima missione, si sarebbe sentita più sicura di condividere quei sentimenti.

Fino ad allora, gli avrebbe dimostrato con le azioni che era pienamente coinvolta nella loro relazione.

Due sere prima, gli aveva mostrato timidamente il fumetto in cui lo aveva disegnato, e lui era rimasto a osservarlo in silenzio per due minuti interi. Proprio quando aveva temuto che lo odiasse, che lo ritenesse stupido e insulso, aveva posato il foglio facendo attenzione a non stropicciarlo nemmeno un po' e l'aveva trascinata in camera da letto per mostrarle esattamente quanto significasse per lui essere rappresentato nel suo mondo.

Remi si controllò ancora una volta allo specchio. Vincent non si era mai lamentato della sua inclinazione a indossare magliette e felpe quando era in casa. In realtà amava il fatto che non portasse il reggiseno, perché diceva che gli dava accesso immediato alle sue tette. Era proprio una cosa da maschi dirlo, ma dato che lei traeva beneficio dal piacere che le procurava quando la toccava, non si sarebbe lamentata.

Ma quel giorno voleva essere carina, voleva metterci impegno per dimostrargli che ci teneva al suo aspetto quando usciva con lui. Aveva indossato come sempre dei jeans, ma ne aveva scelto un nuovo paio, erano attillati e aderivano alle sue curve più di quanto di solito si sentiva a suo agio. Tuttavia, con un amante come Vincent, stava cominciando ad adorare il proprio corpo. Lui le aveva dimostrato senza mezzi termini quanto apprezzasse le sue curve.

Aveva abbinato ai jeans una maglia con lo scollo a V, che scendeva abbastanza da mostrare un po' di décolleté, ma non troppo da risultare volgare. Era gialla con dei fiori azzurri e la faceva sentire bella e femminile.

Guardando l'orologio, Remi vide che era troppo presto. Caroline non sarebbe arrivata prima di trenta o quaranta minuti. La trepidazione di vedere Vincent a metà giornata era stata troppo forte, e aveva iniziato a prepararsi molto prima del dovuto.

Si era appena seduta sul divano per trovare qualcosa da guardare nella mezz'ora successiva, quando squillò il telefono. Sorrise. Vincent si faceva vivo con lei ogni volta che poteva, di solito durante le pause dalle riunioni.

Ma sullo schermo non c'era il suo nome, bensì quello di Howler. Accigliata, si chiese perché la stesse chiamando, ma si fece inconsciamente forza e rispose. «Pronto?»

«Ehi, Remi, sono Howler. Kevlar si è ferito. Sto venendo a prenderti per portarti da lui. Sarò lì tra due minuti. Aspettami nel parcheggio.»

«Cosa? Che è successo?»

«Ora non c'è tempo di parlare. Ti dirò tutto quando sarò lì. Fatti trovare pronta. È una cosa seria.»

«Ok. Guida con prudenza... cerca di non fare un incidente.»

Non riuscì a interpretare il tono della sua voce quando replicò che sarebbe stato bene, per poi riattaccare bruscamente. Ma Remi non poté soffermarsi su quello. Stava andando fuori di testa per il fatto che Vincent si fosse fatto male. Doveva essere una cosa grave se non l'aveva chiamata lui per darle la notizia e Howler stava andando a prenderla.

Si alzò e girò su sé stessa, non sapendo cosa fare per un attimo. Poi respirò profondamente. Doveva calmarsi. Vincent avrebbe avuto bisogno della sua tranquillità. Sarebbe stato bene. Doveva.

Prese un cardigan a maniche lunghe dal retro del divano, pensando che gli ospedali tendevano a essere freschi e che probabilmente ne avrebbe avuto bisogno, poi andò alla porta. Non si preoccupò di prendere la borsa. Il suo unico pensiero era quello di scendere per incontrare Howler e andare da Vincent. Nient'altro importava.

———

Nate "Blink" Davis osservò la ragazza di Kevlar camminare avanti e indietro nel parcheggio davanti al condominio. Lui e Kevlar vivevano nello stesso complesso, anche se le loro strade non si incrociavano spesso, probabilmente perché Blink passava la maggior parte del tempo nel suo apparta-mento o all'Aces.

Quel giorno, però, era rimasto lì a fissare il suo veicolo... a riflettere se andare o meno alla base per allenarsi, cosa che non faceva da settimane. Era stufo di sé stesso. Stanco di passare così tanto tempo perso nella sua testa.

Dentro di sé sapeva di non aver fatto nulla di sbagliato nell'ultima missione... quella in cui erano morti molti dei suoi compagni di squadra. Purtroppo a volte le cose andavano semplicemente a puttane. Era la sfortuna di trovarsi nel posto sbagliato al momento sbagliato. Ed era ciò che era successo in Iran.

Gli ci era voluto molto, ma stava finalmente tirando fuori la testa dalla sabbia per affrontare i suoi problemi.

Grazie a Remi Stephenson.

Gli si era avvicinata all'Aces, sfidando il suo malumore e i suoi sguardi glaciali, e blaterando cose a caso. Era stato ovvio che fosse nervosa, ma non aveva desistito. Era persino sembrata sincera quando lo aveva definito un eroe.

Blink non si sentiva un eroe. Tutt'altro. Non voleva sentire quel genere di cose, né da lei né da nessun altro. Ma non era stato quello a far diradare la nebbia che gli offuscava il cervello.

Era stata la sua inesperienza riguardo al Long Island Iced Tea. E la sua risata. E il modo in cui guardava Kevlar quando pensava che nessuno lo stesse notando. Quella donna era genuina fin nel midollo, ed esattamente quello che sembrava: dolce, gentile e disposta a fare qualsiasi cosa per guarire il cuore spezzato di un estraneo.

Ma era stato il suo tocco a fare breccia.

Nessuno lo aveva toccato da settimane. Era come se avessero avuto paura di farlo. Sì, aveva innalzato delle barriere incredibili, tenendo effettivamente tutti a distanza, compreso il suo gemello. Ma era come se Remi non avesse notato il suo distacco. O semplicemente non le era importato. Sentire la sua mano gentile sul braccio, aveva infranto le sue barriere come se fossero state fatte di carta. E poi gli aveva dato un bacio. A *lui*. Il SEAL distrutto a cui tutti avevano paura di avvicinarsi.

Ma non Remi. Lo aveva fatto senza pensarci due volte. Non era stato qualcosa di sessuale, ma un piccolo gesto di amicizia, di altruismo... che lo aveva fatto sentire umano per la prima volta da quando quella missione era andata a puttane.

Ora la stava osservando mentre camminava agitata davanti al condominio, e sapeva che era successo qualcosa. Qualcosa di grave.

Non appena Blink vide il vecchio pick-up scassato di Howler entrare nel parcheggio, il suo sesto senso entrò in funzione.

Era impossibile che Kevlar mandasse *lui* a prendere la sua ragazza. Aveva sentito le chiacchiere che circolavano. Aveva visto di persona come mancava di rispetto al suo compagno di squadra e amico.

No. Quell'uomo non aveva buone intenzioni.

Affidandosi alle abilità che aveva affinato per tutta la vita adulta e che aveva ignorato nelle ultime settimane, prese una decisione all'istante e si avviò velocemente verso la porta. Qualsiasi cosa stesse accadendo, voleva essere coinvolto. Poteva anche non avere più una squadra, ma che fosse dannato se sarebbe rimasto a guardare mentre succedevano cose spiacevoli a persone che non lo meritavano.

———

Remi si mordeva l'unghia del pollice mentre camminava avanti e indietro e aspettava con impazienza l'arrivo di Howler. A ogni secondo che passava, la sua immaginazione minacciava di travolgerla. Non riusciva a figurarsi cosa potesse essere successo. Vincent aveva avuto un incidente d'auto? C'era stata una sparatoria alla base e lui era stato coinvolto? Non aveva ricevuto nessun tipo di allarme sul telefono, ma non significava che non fosse successo qualcosa di grave.

Quando finalmente vide il vecchio pick-up di Howler entrare nel parcheggio, si sentì sollevata e allo stesso tempo ancora più spaventata. Si diresse verso il sedile del passeggero, ignorando il rumore della porta di un appartamento che sbatteva dietro di lei. Afferrò la maniglia e si infastidì quando la portiera non si aprì.

Aspettò che lui la sbloccasse, e quando finalmente lo fece la spalancò in fretta e salì senza esitare. «Che cos'è successo? Dov'è Vincent?»

Howler non ebbe modo di rispondere perché all'improvviso la portiera dietro di lei si aprì e qualcuno scivolò sul sedile posteriore.

Si voltò e vide che si trattava di Blink. Il SEAL a cui aveva parlato all'Aces. Quello che secondo alcune persone era vicino all'essere internato perché non riusciva a riprendersi da quello che era successo nella sua ultima missione.

«Vattene» gli disse Howler.

«Voglio partecipare» replicò Blink.

«No.»

«Voglio partecipare» ripeté con fermezza. «Qualunque cosa sia, *voglio* essere coinvolto.»

Remi guardò prima uno poi l'altro, poi tornò a Blink. Non capiva il sottinteso nelle parole dei due uomini.

«Se ti sputano troppo in faccia, vuoi dimostrare a chi ti sputa addosso che vali più della terra sotto la sua scarpa. Non so cosa stia succedendo, ma voglio entrarci. Ti ho osservato, Howler. Sei migliore di come ti fanno passare. Sei un leader nato. Se potessi ancora far parte di una squadra, vorrei essere nella tua.»

Remi aggrottò la fronte sconcertata. Non aveva idea di cosa stesse parlando. Chi gli aveva sputato addosso? E voleva far parte di una squadra? *Quale* squadra? Howler era a capo di una squadra adesso? Era così confusa.

«Ti sbagli se pensi che abbia paura di sporcarmi le mani. Sono già sporche. Sudicie. Seguirò un buon leader ovunque vorrà condurmi» continuò con calma.

Howler fece un sorriso strano... soddisfatto, forse? «Avevo programmato di farlo da solo, ma penso che mi farebbe *comodo* un po' di aiuto. Ok, puoi restare. Ma devi fare ciò che ti dico, quando te lo dico. Hai capito?»

«Sì» acconsentì, e chiuse la portiera.

«Cosa sta succedendo?» chiese Remi.

«Te lo dirò, ma prima devo fare una sosta» disse Howler.

«Una sosta?» praticamente urlò. «No! Dobbiamo andare da Vincent.»

«E lo faremo, dopo la sosta» replicò un po' bruscamente.

«Ma...»

Fu tutto ciò che uscì dalla sua bocca prima che Blink le dicesse con voce bassa e spaventosa: «Zitta!»

Si voltò a guardarlo, e vedendo la freddezza nei suoi occhi azzurri, fece l'unica cosa che le sembrò intelligente fare in quel momento: tacque.

Tenne la bocca chiusa mentre Howler percorreva qualche via fino ad arrivare a un altro condominio non molto lontano da quello di Vincent. Parcheggiò e porse il suo telefono a Blink. «Portalo insieme al tuo nel mio appartamento. Primo piano. Numero 102. Vai alla porta scorrevole sul retro, è aperta. Lasciali accesi e mettili entrambi sul tavolo della cucina.»

Senza esitare, Blink annuì e fece per prendere il cellulare.

«Questo è un test» disse con voce dura, prima di lasciar-glielo prendere.

«E lo supererò» gli assicurò, poi aprì la portiera e si diresse verso un lato dell'edificio.

«Howler, sul serio, cosa sta succedendo? Perché lasci qui il telefono? E se qualcuno cerca di chiamarti per darti notizie di Vincent?»

«Non devi preoccuparti di nulla» le disse.

Ma Remi era molto preoccupata. Howler si stava comportando in modo strano, Blink non sembrava lo stesso uomo che aveva incontrato al bar l'altra sera e lei stava impazzendo dall'ansia per ciò che poteva essere successo.

Qualche istante più tardi, vide l'altro SEAL tornare. Era sollevata dal fatto che avesse fatto così in fretta. Finalmente sarebbero andati da Vincent e avrebbe potuto scoprire se stava bene.

L'uomo risalì sul pick-up e disse: «Fatto.»

Howler sorrise, poi mise la retromarcia e uscì dal parcheggio.

«*Ora* mi dirai dov'è Vincent e cosa gli è successo? Se sta bene?» chiese Remi.

Non le rispose. Era come se non fosse nemmeno lì.

Per la prima volta si sentì seriamente inquieta. Ma... Howler era un membro della squadra di Vincent. Era uno dei suoi più vecchi compagni SEAL. Avevano affrontato insieme l'iconica Hell Week. Non aveva esitato a salire sulla sua auto, perché avrebbe dovuto?

«Howler?»

«Che c'è?» chiese in tono duro.

Remi trasalì. «Cos'è successo a Vincent? Mi stai portando da lui, vero?»

«Certo. Abbi pazienza, Remi. Presto scoprirai tutto.»

Quelle parole non la fecero sentire meglio. Proprio per niente.

Si rese conto di avere ancora il telefono in mano, così decise di provare a chiamarlo, cosa che avrebbe già dovuto fare. Magari le avrebbe risposto, oppure l'avrebbe fatto uno dei suoi amici, così avrebbe potuto dire loro di fargli sapere che stava arrivando.

Sbloccò il telefono e toccò l'icona che avrebbe fatto apparire la tastiera, quando qualcosa la colpì in faccia.

Fu una cosa improvvisa e inaspettata, e gridò di dolore.

«Dammelo!» le ordinò Howler.

Lo fissò confusa. Aveva uno sguardo minaccioso. Poi vide il suo pugno arrivare verso di lei e, nell'attimo precedente al contatto, capì che era stato *quello* a colpirla prima: le aveva davvero tirato un pugno in faccia.

Cercò di scansarlo, ma fu inutile. Le sue nocche la colpirono di nuovo sulla guancia, nello stesso punto.

Gemette, stordita e incapace di lottare, quando lui le strappò il telefono di mano.

Poi gridò scioccata quando, da dietro, due braccia la afferrarono e la trascinarono sul sedile posteriore. Quando si era seduta, completamente nel panico, si era dimenticata di allacciarsi la cintura di sicurezza.

All'inizio fu lenta a reagire mentre veniva trascinata, poi iniziò a lottare. Non aveva idea di cosa stesse accadendo, ma non era niente di buono.

«Ci penso io» disse Blink, mentre lei cercava di divincolarsi senza successo. Ma lui era più grande e più forte, e in un attimo si ritrovò sulle sue ginocchia, con la schiena contro il suo petto e avvolta dalle sue braccia che sembravano cinghie d'acciaio. Continuò a dimenarsi e a contorcersi, ma con le braccia bloccate ai lati non riusciva a fare forza per cercare di opporsi al muscoloso SEAL.

«Lasciatemi andare! Fermati!» urlò.

Poi Blink le coprì la bocca con la mano, impedendole di protestare ulteriormente.

«*Cazzo*. Che stronza» mormorò Howler. Incontrò per un attimo il suo sguardo nello specchietto retrovisore prima di riportare l'attenzione sulla strada. Rimase paralizzata di fronte all'odio puro che vide nei suoi occhi. Era lo stesso uomo che aveva conosciuto all'Aces? Quello che Vincent aveva detto essere uno dei suoi migliori amici?

«È colpa *tua*» disse. «Se ti fossi comportata bene, non avrei dovuto colpirti.»

Si sentì pervadere dalla rabbia. Ovvio che l'avrebbe incolpata per il *suo* atto di violenza. Cercò di nuovo di far allentare la presa a Blink, ma fu uno sforzo inutile. La teneva saldamente e non sarebbe andata da nessuna parte.

All'improvviso si sentì tradita. Aveva pensato che fosse un brav'uomo. Aveva fatto il possibile per essere sua amica, per essere gentile con lui. E la ripagava così? Che stronzo!

La furia la fece riprovare a lottare. Li offese con tutte le parolacce che le vennero in mente, ma la mano sulla bocca fece cadere i suoi tentativi nel vuoto, dato che non potevano capirla.

«Calmati, Remi» le ringhiò Blink nell'orecchio.

Per qualche motivo si bloccò.

«Ce l'hai?» chiese Howler dal sedile anteriore. «L'ultima cosa che mi serve è che la stronza si liberi.»

«Tutto a posto» rispose Blink.

Mentre cercava di calmare il suo respiro affannoso, si rese conto che pur tenendola immobile non le stava facendo male.

La mano sulla bocca non le copriva il naso, quindi poteva respirare facilmente. La stretta del braccio che la circondava era forte, ma non dolorosa. Aveva anche avvolto una gamba intorno alla sua, in modo che non potesse dargli un calcio o usare i piedi per cercare di scappare.

Era più confusa che mai.

Pensò a Vincent. Stava bene? Il suo cosiddetto *amico* aveva fatto del male anche a lui?

«Vincent?» borbottò dietro la mano di Blink. Chissà come, ma Howler la capì.

«Kevlar sta bene. Per ora» mormorò cupo. «Mi serviva solo un modo per farti venire con me con poco preavviso. Non abbiamo molto tempo. Devo tornare alla base per le riunioni del pomeriggio. Quindi dovrai collaborare. Capito?»

Collaborare un cazzo. Se lui a una certa ora doveva trovarsi da qualche parte, e lei poteva impedirglielo in modo che qualcuno cominciasse a fare domande, ce l'avrebbe messa tutta. E ora che sapeva che Vincent stava bene, era ancora più determinata a scappare da quei due psicopatici.

Si rese conto che stavano viaggiando verso ovest e che Howler stava decisamente aumentando la velocità. Pregò che venisse fermato; sarebbe stata l'unica occasione per fuggire. Ma, naturalmente, più si allontanavano dalla città, più le sue speranze diminuivano.

«Qual è il piano?» chiese Blink dopo una decina di minuti.

«Ho già pronto un posto. La lasceremo lì, poi torneremo in città. I cellulari sono il nostro alibi. Lasceremo il suo con lei, in modo che venga trovata. Mi unirò alle squadre di ricerca. Ovviamente, quando il suo corpo verrà ritrovato, mi mostrerò sconvolto come tutti gli altri.» Un ghigno malvagio si allargò sul suo viso. «Ma lo spettacolo deve continuare, no?

Tra tre giorni dovremmo partire per quella missione in Ciad. Kevlar sarà troppo devastato per andarci, ne sono certo. Quindi prenderò io il comando della squadra. Avremo bisogno di un settimo uomo. Ci stai? Hai superato tutte le stronzate che ti tormentavano?»

C'erano molte cose da analizzare nel suo piccolo discorso, nessuna delle quali le piaceva. Il suo cuore batteva veloce come quello di un coniglio e non riusciva a credere che Howler stesse... cosa voleva fare? Sembrava che la stesse portando da qualche parte per *ucciderla*!

No. Non poteva essere vero. E perché? Solo per poter prendere il controllo del team di Vincent? Era... completamente assurdo!

«Come ti ho già detto, ci sto» rispose Blink in tono calmo e piatto.

«Tutti dicevano che eri spacciato, amico. Che saresti stato sbattuto fuori. Ma avevo la sensazione che avessero torto. Ho visto qualcosa in te, qualcosa che ho riconosciuto in me stesso. Ho bisogno di persone forti alle mie spalle, perché Dio solo sa che gli uomini con cui sono in squadra ora sono un branco di mammolette. Preferiscono stare seduti all'Aces come dei vecchi piuttosto che servirsi al buffet di fiche altrove. Non so perché ti sei rintanato in quel posto. Tutto sembra più bello quando il tuo cazzo è dentro il buco di una ragazza.» Sorrise a Blink nello specchietto retrovisore. «Forse mi farò un giro con la puttana di Kevlar, per vedere come ha fatto a intrappolarlo così in fretta.»

Remi si irrigidì. La rabbia cominciò a svanire mentre il panico si faceva rapidamente strada. Non c'era modo di sopraffare Howler. Soprattutto con Blink che la teneva bloccata come se fosse una bambina.

«Penso che non ci sia tempo per questo» disse Blink all'altro SEAL.

«Accidenti. Probabilmente è vero. Ho una certa tempistica, mi resta poco più di un'ora per finire questa roba e tornare alla base» borbottò.

«Quindi sei tu il responsabile della faccenda alle Hawaii» commentò Blink quasi con nonchalance.

«Non so di cosa parli» ribatté.

«Ok. Be', secondo me è stata un'idea geniale.»

«Maledetto capitano» mormorò Howler. «Se non avesse fatto la stronzata di fermarsi troppo presto, avrebbe funzionato.»

«Kevlar è uno dei migliori nuotatori del team» obiettò Blink.

«Lo so. Ma trenta chilometri sarebbero stati difficili da affrontare anche in condizioni favorevoli. Certo, aveva la muta e l'attrezzatura da sub, ma non lo avrebbero aiutato contro uno squalo. E se il capitano avesse fatto bene il suo lavoro, sarebbe stato già buio quando Kevlar fosse arrivato vicino alla terraferma. Nella peggiore delle ipotesi sarebbe stato esausto, magari addirittura ferito e incapace di svolgere il suo compito. Nella migliore delle ipotesi... be', lo sai.»

A Remi venne da vomitare. Le cose che Howler stava dicendo erano orribili. Soprattutto riguardo a qualcuno che si supponeva fosse un suo amico. Un compagno di squadra.

«Quello stronzo di capitano» borbottò, continuando a guidare. «Se avesse ascoltato le istruzioni che gli erano state date, ora non saremmo qui.» La guardò di nuovo dallo specchietto. «Con te coinvolta, Kevlar avrebbe fatto la parte dell'eroe galante che crede di essere, e quindi sareste morti *entrambi*. Non facevi parte del piano, ma onestamente avrei dovuto pensare di includere un civile fin dall'inizio. Una ragazza indifesa, qualcuno che lui non avrebbe potuto abbandonare per salvarsi il culo. Kevlar è sempre stato quello nobile, il che lo rende un leader di merda.» Remi strinse i pugni. Era tornata a essere incazzata. Le sue emozioni erano in tumulto.

Poi sentì qualcosa sul braccio e trattenne il fiato. Avrebbe voluto guardare in basso, per assicurarsi che fosse quello che credeva, ma la mano di Blink era ancora sulla sua bocca e non poteva muovere la testa, che era appoggiata sulla sua spalla. Poteva solo guardare davanti a sé.

Poi lo sentì di nuovo.

Il pollice di Blink... che le accarezzava dolcemente il braccio. Come se stesse cercando di calmarla.

Ma non poteva essere vero, no? Era completamente sconcertata.

Il viso le pulsava nel punto in cui era stata colpita, *due* volte, e Howler stava guidando ancora più velocemente per portarla chissà dove per farle chissà cosa, per poi tornare alla base e fingere di essere preoccupato come tutti gli altri quando avrebbero scoperto che era scomparsa.

Be', al diavolo. Se avesse avuto una possibilità, l'avrebbe sfruttata. Non si sarebbe arresa senza combattere. Come minimo, avrebbe catturato il DNA di Howler sotto le unghie, così la scientifica avrebbe capito che aveva lottato contro qualcuno. Sperava ancora di riuscire a scappare, ma con Blink che lo aiutava, non era sicura di potercela fare.

Fanculo a lui. Fanculo a entrambi.

«Grazie per aver preso il controllo di... quella» disse il bastardo, spostando lo sguardo su Blink.

«Sarebbe stato difficile per te guidare e sottometterla» replicò lui senza mostrare alcuna emozione.

«È vero. Penso che sia stato un bene che tu sia tornato in te e abbia deciso di venire con noi.»

«Lo penso anch'io.»

Remi voleva supplicare Howler di lasciarla andare. Voleva promettergli che si sarebbe allontanata da Riverton. Che non avrebbe mai più visto Vincent. Qualsiasi cosa che avrebbe potuto prolungare la sua vita. Ma non poteva dire nulla con la mano sulla bocca, e comunque non credeva che ci fosse qualcosa che avrebbe potuto fargli cambiare i piani.

Ma, soprattutto, sapeva che non avrebbe mai potuto rinunciare a Vincent.

Deglutì a fatica e le si riempirono gli occhi di lacrime, ma le scacciò via. Doveva stare all'erta, e pronta a tutto alla minima possibilità di fuga. Non aveva idea di cosa avrebbe fatto Blink se fosse scappata, ma era certa che Howler avrebbe fatto il possibile per impedirle di fuggire.

I sessanta minuti successivi sarebbero stati i più importanti della sua vita. Poteva arrendersi e accettare qualsiasi cosa l'uomo avesse pianificato, oppure poteva combattere. E poteva anche essere una nerd introversa, ma non era pronta a morire.

———

«Come sarebbe a dire che non c'è?» chiese Kevlar a Caroline, confuso. La donna avrebbe dovuto andare a prendere Remi a casa sua per portarla all'Aces, dove lui le avrebbe raggiunte per pranzare.

O comunque era quello il piano. Ma quella mattina le

riunioni erano andate per le lunghe e aveva dovuto rinunciare.
Il che lo aveva fatto arrabbiare, ma non era che potesse fare
diversamente. A quanto pareva sarebbero partiti entro circa
trentasei ore, e non era soddisfatto delle ultime informazioni
ricevute. Non avrebbe condotto la sua squadra in un posto
senza il maggior numero possibile di fatti concreti, se poteva
evitarlo.

L'obiettivo di alto valore che dovevano neutralizzare aveva
diversi rifugi in città, e sebbene avessero buone informazioni
riguardo a quello in cui molto probabilmente si era nascosto,
dovevano conoscere la pianta di *ogni* casa. Per sicurezza.
C'erano decine di cose che potevano andare storte e il suo
compito di leader era quello di ridurre il più possibile gli
ostacoli.

Venti minuti prima aveva mandato un messaggio a
entrambe le donne per il cambio di programma... e ora che ci
pensava, non aveva ricevuto notizie da Remi. E non era
normale. Era stato così intento a studiare le vie di fuga per la
squadra, che non si era accorto fino a quel momento che lei
non gli aveva risposto.

«Non è qui» ripeté Caroline. «Sono a casa tua e non
risponde. Però c'è la sua macchina. Forse si è fatta dare un
passaggio da qualcun altro?»

Kevlar stava già scuotendo la testa. No, glielo avrebbe
fatto sapere. Guardò la loro chat, e l'ultimo messaggio era
quello che aveva scritto lui.

La sua mente entrò immediatamente in modalità pianificazione. La sua squadra stava facendo una meritata pausa. Se
n'erano andati da circa mezz'ora e non sarebbero tornati
prima di un'ora. «Se potessi andare all'Aces e vedere se è lì, te
ne sarei grato» le disse con calma. Se i ragazzi del suo team

fossero stati lì in quel momento, avrebbero capito subito che c'era qualcosa che non andava, perché ogni volta che scoppiava il caos, a differenza di altre persone che potevano agitarsi o eccitarsi, a lui succedeva il contrario; diventava super *concentrato*, quasi privo di emozioni.

«Certo. Sono sicura che sta bene» disse Caroline.

«Già» concordò, ma nel profondo sapeva che qualcosa non andava. Non sapeva cosa, ma Remi non avrebbe cambiato programma senza informarlo. Magari la conosceva da poco tempo, ma non ne aveva il minimo dubbio.

«Kevlar?» gli chiese il suo comandante quando chiuse la chiamata. «Che problema c'è?» Proprio come la sua squadra, anche lui sapeva interpretare il suo stato d'animo.

«Non lo so» ammise. «Remi non è a casa.»

«Ed è insolito?»

«Sì.»

«Hai bisogno che faccia qualcosa?»

Il punto era che non aveva idea di cosa fare, o far fare a qualcun altro se era per quello. Sapeva solo che ogni fibra del suo essere urlava che era successo qualcosa di brutto. Che Remi era nei guai. «Può chiamare la squadra e vedere se i ragazzi possono tornare prima dal pranzo?»

«Certo.»

Kevlar fece un respiro profondo. Tutto dentro di lui gli diceva di andarsene, di cercare Remi. Per vedere con i suoi occhi che stava bene. Ma sarebbe stato un errore. Senza informazioni, senza sapere da dove cominciare a cercarla, non avrebbe fatto altro che girare a vuoto.

Chiuse gli occhi, inspirò profondamente dal naso ed espirò dalla bocca. Non poteva farsi prendere dal panico. Non in quel momento. Pregò che ci fosse una buona ragione per cui era scomparsa. Che più tardi l'avrebbe preso in giro per aver reagito eccessivamente al fatto che lei non si trovava nell'appartamento quando era arrivata Caroline. Confidava che si fosse semplicemente confusa e avesse chiamato un Uber per farsi portare all'Aces invece di aspettare la donna. Che avrebbe alzato gli occhi al cielo per tutto il trambusto causato quando l'avessero trovata al bar, sana e salva.

Ma nel profondo sapeva che non era lì. Era successo qualcosa... e il suo istinto gli diceva che aveva a che fare con le Hawaii.

Era stato un idiota a non prendere più sul serio la sua sicurezza. Se qualcuno gli stava dando la caccia, era logico che cercasse di arrivare a lui attraverso Remi. Non aveva nascosto quanto ci tenesse a lei.

Quanto la amasse.

Non si sorprese nemmeno per quel pensiero. Amava Remi. Accidenti, l'aveva praticamente fatta trasferire nel suo appartamento senza pensarci due volte, e aveva tutte le intenzioni di convincerla a restare. Non vedeva l'ora di rivederla alla fine di ogni giornata e viveva per i messaggi carini che gli mandava mentre lui lavorava.

Il pensiero che le fosse successo qualcosa a causa sua era inaccettabile. Remi non aveva un nemico al mondo. Era nei guai perché lui non si era impegnato abbastanza per capire chi voleva fargli del male.

Il telefono squillò nel silenzio della sala conferenze, riportandolo al presente. Digrignò i denti. Nessuno poteva far del male alla sua donna e farla franca. Avrebbe trovato Remi e distrutto chiunque avesse osato provare a portargliela via.

CAPITOLO SEDICI

IL PICK-UP RALLENTÒ e Remi si preparò a qualsiasi cosa stesse per accadere. Howler aveva evidentemente già studiato la zona, perché non aveva esitato a svoltare in una serie di strade che erano diventate sempre più strette; prima asfaltate, poi di ghiaia, poi di terra, e ora stavano percorrendo un sentiero sull'erba che non poteva nemmeno essere definito strada. Fermò il veicolo ai margini di un'enorme foresta, si girò e disse: «Ora inizia il divertimento.»

«Stronzo» borbottò lei da dietro la mano di Blink, che non gliel'aveva mai tolta dalla bocca per tutto il viaggio. Era fastidioso, e aveva cercato di mordergliela più volte, ma lui si era limitato a premerla di più finché non si calmava per poi allentare di nuovo la presa. Non le aveva fatto del male, e ciò continuava a confonderla. Che senso aveva essere gentile con lei se Howler aveva comunque intenzione di ucciderla?

Finalmente la tolse quando l'altro scese dal pick-up, poi aprì la portiera, scivolò sul sedile e si mise in piedi, tenendola in braccio come fosse solo una bambina. Era davvero impressionante, considerando la sua altezza e il suo peso, ma a quanto sembrava la maneggiava senza fare il minimo sforzo... e ciò la fece di nuovo arrabbiare. Le sue emozioni erano altalenanti e l'adrenalina nelle vene le provocava la nausea, ma doveva stare all'erta e pronta a tutto.

«Andiamo» disse Howler. «Non abbiamo molto tempo.»

Remi notò che aveva in mano il suo cellulare e avrebbe voluto disperatamente strapparglielo via. Per chiamare il 911, Vincent, Wolf, *chiunque*. Ovviamente non sapeva se c'era segnale in quel posto, ma avrebbe percorso qualsiasi distanza pur di riuscire a contattare qualcuno, se solo fosse riuscita a scappare.

«Cammina» le ordinò Blink, afferrandole il bicipite con la mano sinistra e avvolgendole il braccio destro intorno alla vita, tenendola contro il suo fianco.

Remi si dimenò, cercando di capire se avrebbe potuto liberarsi, ma ovviamente lui aveva una presa salda, quindi non vedeva come avrebbe potuto convincerlo a lasciarla andare; era più forte e più alto.

Cercò di urlare, ma Blink le coprì subito la bocca con la mano mentre la costringeva a muoversi. Non che sarebbe servito, non c'era nessuno in giro tranne loro tre. L'unico rumore era quello delle foglie mosse dalla brezza. Ovunque l'avesse portata Howler, era decisamente un posto deserto.

Era assurdo, ma in realtà era contenta del sostegno fisico di Blink mentre camminavano tra gli alberi, perché sembrava che le sue gambe non volessero più reggerla. Quasi pianse al pensiero. Aveva bisogno che i suoi muscoli funzionassero se voleva fuggire da quegli stronzi.

«Ti prego, lasciami andare, Howler. Ti prometto che me

ne andrò. Mi allontanerò da Riverton. Farò qualsiasi cosa vorrai.»

Ma il SEAL che faceva strada verso qualsiasi destinazione avesse in mente, si limitò a scrollare le spalle. «Mi dispiace, ma non funzionerebbe. Ho bisogno che Kevlar sia distrutto psicologicamente. Che non sia in grado di lavorare, così che io possa prendere il suo posto e dimostrare di essere migliore di lui alla guida della squadra. E l'unico modo per farlo è colpirlo proprio dove fa più male.»

«Io e lui... tra noi... non è una cosa seria.» Quella bugia sulle sue labbra le sembrò sbagliata, ma avrebbe letteralmente rinnegato tutta la sua famiglia in quel momento se avesse pensato che ciò l'avrebbe aiutata a uscire da quella situazione.

«Non è ciò che dice lui» la informò Howler.

Il suo cuore quasi si fermò, tanto fu il dolore. Non ebbe bisogno di chiedere cos'avesse detto Vincent di lei, perché l'altro sembrò felice di continuare a parlare.

«Parla solo di te. Remi ha fatto questo, Remi ha detto quello... *fa vomitare*. Dovresti sentirlo, parla senza sosta di quel ridicolo fumetto che disegni. Si comporta come se fosse la cosa più esilarante del mondo, quando invece è solo una stupida cazzata. Merda, ha anche detto che sei la cosa migliore che gli sia mai capitata. Che essere stato abbandonato nell'oceano alle Hawaii con te è stato davvero divertente. Divertente!» urlò, girandosi improvvisamente verso di lei e Blink.

«Doveva morire, cazzo! E invece pensa che sia stato *divertente*!» Le si avvicinò a passi pesanti e si mise proprio di fronte a lei, e sentì Blink irrigidirsi contro il suo fianco. Remi non osò muoversi. Non osò dire nulla. Era evidente che Howler fosse fuori di testa e la guancia le faceva ancora male dove l'aveva colpita prima. Non voleva inimicarselo ulteriormente.

«Senza di te, non si *divertirà* più. Piangerà sulla tua bara, farà di tutto per capire chi ti ha uccisa e perché, mentre io sarò in Ciad con la *mia* squadra, a uccidere i nemici. I suoi piani sono ridicoli, troppo conservatori. L'unico modo per affrontare i terroristi è quello di agire con forza e decisione. Tutte le pianificazioni degli eventuali imprevisti e le giornate di lavoro di dodici ore sono solo una cazzata. Dobbiamo andare là e fare quello per cui siamo stati addestrati: spaccare culi. Dimostrerò al comandante e a tutti gli altri come un *vero* SEAL guida una squadra. La tua morte lo devasterà. Finalmente avrò la mia occasione. Vedremo poi come si *divertirà*!»

Remi era scioccata, ma fece il possibile per non far trasparire l'orrore dal suo volto. Perché era ciò che voleva Howler, che lei fosse spaventata. Che implorasse. Ma non sarebbe servito a nulla, lo avrebbe solo reso più compiaciuto.

«Ti prenderanno» gli disse dopo un attimo, con un piccolo tremito nella voce.

«No, non succederà. Il mio telefono è nel mio appartamento e trasmette la mia posizione. Sono andato a casa a pranzare, e quando Kevlar darà l'allarme della tua scomparsa, tornerò di corsa alla base per dare una mano insieme a tutti gli altri. Blink sarà il mio alibi. Il mio pick-up è abbastanza vecchio da non avere un GPS. Le strade percorse per arrivare qui non hanno pedaggio e in macchina ho un cambio di vestiti, nel caso mi... sporcassi.»

Remi dovette ammettere che sembrava avesse organizzato tutto per bene ... tranne qualche punto. Avrebbero trovato le sue impronte nel pick-up, forse anche il suo DNA. Inoltre, le aveva telefonato. Ci sarebbe stata una traccia anche di quello.

Lui pensava di aver pianificato tutto alla perfezione... ma aveva comunque fatto degli errori.

Poi le passò un pensiero per la mente. «Il mio telefono» sussurrò.

«Già. Il tuo telefono» disse Howler, dando un'occhiata al cellulare che teneva ancora in mano. «Probabilmente sta trasmettendo la tua posizione anche adesso. Anche se i poliziotti avranno comunque una vasta area da perlustrare perché i ping non sono precisi. Quando penseranno di averlo rintracciato, anche se quel cazzo di Tex dovesse dare un aiuto, io e Blink saremo già lontani. E *voglio* che le autorità ti trovino, Remi, così Kevlar crollerà. Oh, distruggerò il telefono prima che ce ne andiamo, e la polizia troverà solo dei pezzi di plastica. Niente tracce di pneumatici, niente impronte di scarpe. Solo il tuo povero cadavere.

Finirai negli archivi dei casi irrisolti e nessuno saprà mai chi ti ha uccisa o perché. Saranno costretti a pensare che si sia trattato di un rapimento casuale, che forse hai aperto la porta a qualcuno che ti ha rapita. Ma... il tempo stringe. Non posso stare qui a chiacchierare con te. Devo organizzare una missione in Africa. Trascinala se necessario» disse Howler, facendo un cenno a Blink.

Quando la spinse in avanti, le sue gambe si rifiutarono di funzionare.

No, non si sarebbe inoltrata in quella foresta mortale. Non gli avrebbe permesso di portare a termine i suoi piani. Si stava comportando come un bambino geloso, che batteva i piedi e piangeva perché voleva essere a capo di una squadra SEAL. Era una follia. *Lui* era folle.

Ma il suo rifiuto di camminare non spaventò Blink; la tirò semplicemente su e si diresse dietro a Howler verso gli alberi.

«Ti prego, Blink, non farlo! Non sei obbligato!» farfugliò. «Sei un brav'uomo, un bravo SEAL. Quello che è successo non è colpa tua. Puoi ancora fermare tutto questo. Ti prego, non lasciare che mi faccia del male!»

Ma lui non rispose. Aveva le labbra serrate, e notò un tic nella sua mascella mentre la trasportava. Remi scalciò e si contorse, cercando freneticamente di liberarsi, ma lui si limitò a stringere di più la presa e a dire: «Smettila, Remi.»

«No! Lasciami andare! Blink, è una follia! Non potete uccidermi! Aiuto! Qualcuno mi aiuti!» Ricorse alle urla perché era a corto di idee.

Howler si girò e prima che lei potesse reagire, le tirò un altro pugno. Un rivolo di sangue le colò dal labbro al mento, ma se ne accorse appena. Stava per colpirla di nuovo, ma la prese solo sulla spalla perché Blink si girò, ovviamente portandola con sé.

Remi grugnì per il dolore che le percorse il braccio.

«Ci penso io» borbottò, prima di rimetterle la mano sulla bocca.

No! Doveva essere in grado di parlare! Per convincerli a lasciarla andare. Per *implorare*! Ma la mano di Blink era inamovibile. Cercò di girare la testa, ma il suo braccio la avvolgeva, tenendole la guancia contro la spalla.

«Stronza del cazzo. Falla stare zitta e muoviti. Sono in ritardo» si lamentò. «Siamo quasi arrivati.»

Remi era praticamente a cavalcioni sul fianco di Blink mentre la trasportava e allo stesso tempo la teneva zitta. Gli piantò le dita nel braccio per cercare di staccarlo, ma senza fortuna. Pregò di essere riuscita a catturare un po' del suo DNA sotto le unghie. Qualsiasi cosa potesse aiutare la polizia a capire chi l'aveva rapita.

Poi Howler si fermò, e se prima era stata terrorizzata, non era nulla in confronto a come si sentì quando vide la buca nel terreno che quel pazzo doveva aver scavato in precedenza.

Dentro c'era quello che sembrava un baule, con un lucchetto aperto nel chiavistello.

«No!» urlò da dietro la mano di Blink.

«Mettila dentro» gli ordinò Howler.

Remi lottò contro di lui più che poté. Se l'avesse messa in quella cassa, sarebbe stata bella che morta. Supponeva di dover essere grata che non si fosse limitato a tirare fuori una pistola e a spararle in testa, o che non l'avesse pugnalata venti volte prima di chiuderla dentro... ma d'altra parte, essere sepolti vivi era meglio?

Fu una cosa quasi patetica la facilità con cui Blink la sottomise e la spinse nella cassa di metallo. Cercò di alzarsi in ginocchio, non volendo rendere loro facile ucciderla, ma Howler aggiunse il suo peso per spingere sulle sue spalle, costringendola a piegarsi all'interno. Remi urlò a squarciagola e si dimenò facendo di tutto per scappare. Ma fu inutile.

Il forte rumore del coperchio che si chiudeva rimbombò nel piccolo spazio. Ma fu quello della serratura che veniva bloccata a paralizzare dal terrore ogni muscolo del suo corpo.

Era la fine. Stava per morire. Entro pochi minuti.

Sentì Howler dire: «Riempila!» Poi un forte tonfo fece sussultare i suoi muscoli tesi. Ci fu un altro tonfo sopra la cassa e fu allora che iniziò a piangere.

Stava per essere sepolta viva. Da un uomo di cui Vincent si fidava ciecamente.

Provò a girarsi sul fianco con difficoltà e si raggomitolò mentre singhiozzava senza controllo.

Voleva vivere. Non aveva avuto la possibilità di dire a

Vincent che lo amava. Che lui era la cosa migliore che le fosse mai capitata. Probabilmente non avrebbe mai scoperto che a ucciderla era stato uno degli uomini con cui aveva affrontato e superato situazioni terribili.

«Vincent» gridò. «Mi dispiace. Mi dispiace tanto. Ho cercato di lottare... ci ho provato davvero.» Non uscirono altre parole tra i singhiozzi, mentre giaceva sulla cassa di metallo che sarebbe diventata la sua bara.

———

«Ho chiesto a chiunque e nessuno l'ha vista» disse Caroline a Kevlar al telefono.

Curvò le spalle. Aveva sperato con tutto sé stesso che Remi fosse all'Aces, pur sapendo che era improbabile. «Grazie per aver controllato.»

«Cos'altro posso fare? O anche Wolf» gli chiese. «Posso fargli chiamare i suoi compagni e io provo a sentire le ragazze. Possiamo iniziare a cercare. Dicci solo di cos'hai bisogno.»

Quello era il motivo per cui Kevlar non si era mai pentito di essere diventato un SEAL. L'incrollabile sostegno. Anche da parte di uomini e donne che non erano più in servizio attivo. Significava tutto per lui. Avrebbe solo voluto avere qualcosa da far fare loro. Al momento non sapeva da dove iniziare la ricerca. Era come se fosse scomparsa nel nulla.

«Ti sarei grato se potessi chiamare Wolf e fargli sapere ciò che è successo, ma per ora è tutto. Mi farò sentire se avrò qualche informazione.»

«Va bene. La troveremo, Kevlar.»

Davvero? Erano parole di circostanza che si dicevano

quando qualcuno scompariva, ma in quel momento suonavano vuote. «Grazie» riuscì a dire prima di riattaccare.

Fissò il tavolo, sentendosi frustrato e perso. Era un SEAL. Avrebbe *dovuto* fare qualcosa. Avere qualche idea su dove iniziare a cercarla. Aveva ancora un piccolo barlume di speranza che lei fosse semplicemente in giro per negozi o altro. Era ciò che qualsiasi persona normale avrebbe pensato quando la propria ragazza era in ritardo di un'ora per l'appuntamento e non riusciva a contattarla. Ma dopo quello che era successo alle Hawaii, e dato che la loro relazione era agli inizi, non pensava che avrebbe preso e se ne sarebbe andata da qualche altra parte senza avvisarlo. Accidenti, da quando era arrivata nel suo appartamento non lo aveva quasi mai lasciato. Diceva sempre di trovarsi più che a suo agio a stare in quella casa a disegnare, a mandargli messaggi di tanto in tanto e...

Marley!

Kevlar riprese il telefono. Stupido! Avrebbe dovuto chiamare subito la sua migliore amica. Se era andata da qualche parte, sicuramente glielo aveva detto.

Tre minuti più tardi era solo riuscito a spaventare qualcun altro, e non sapevano ancora dove potesse essere Remi. L'ultima volta che Marley l'aveva sentita le aveva detto che non vedeva l'ora di pranzare con lui e di rivedere Caroline.

La porta alle sue spalle si aprì di scatto e Flash e MacGyver furono improvvisamente lì.

«Che succede?»

«Sono venuto non appena il comandante mi ha detto che Remi era scomparsa.»

Il solo fatto che i suoi compagni di squadra fossero lì a coprirgli le spalle lo fece sentire molto meglio.

Poi arrivarono anche Preacher, Smiley e Safe.

Kevlar si alzò e guardò i migliori amici che avesse mai avuto... ma non aveva nulla da dire. Non aveva *idea* di cosa dire. La sua mente era vuota. Avrebbe dovuto essere il leader della squadra, ma al momento era perso, frustrato e incazzato. E non sapeva come comportarsi.

«Dov'è Howler?» chiese Smiley.

«Non ha risposto quando l'ho chiamato. Gli ho lasciato un messaggio» disse il comandante.

«Sono sicuro che sarà qui il prima possibile» commentò Flash.

«Probabilmente è andato a trovarsi una tipa da scopare durante il pranzo» mormorò MacGyver.

Kevlar non poteva contraddire quell'affermazione. Più si avvicinavano alla partenza per una missione, più Howler sentiva il bisogno di rimorchiare donne. Aveva provato a dirgli quanto fosse sbagliato quel comportamento, ma lui non gli aveva dato retta. Era un po' deluso che non fosse lì per aiutarlo a trovare Remi, ma dato che non aveva idea di dove iniziare a cercarla, supponeva che non avesse molta importanza.

Safe gli si avvicinò e gli mise una mano sulla spalla, poi lo girò e lo costrinse a sedersi. «Comincia dall'inizio. Cos'è successo, quando l'hai sentita l'ultima volta?»

Fece un respiro profondo, grato che il suo amico avesse preso il comando, perché al momento non riusciva a fare altro che andare nel panico, e aggiornò la squadra. Pregò che fossero in grado di pensare più chiaramente di lui. Che riuscissero a trovare una ragione logica per cui Remi non rispondeva al telefono e non si trovava da nessuna parte.

———

Blink era estremamente concentrato. Aveva bisogno di un'opportunità per poter agire. Solo uno spiraglio. Si trovava in una posizione di svantaggio. Howler era un bastardo e ovviamente uno squilibrato, ma nel combattimento corpo a corpo avrebbe avuto la meglio. Nelle ultime settimane Blink aveva trascurato la sua forma fisica. Stare seduto a rimuginare non aveva fatto bene al suo corpo. Invece Howler si era allenato ogni giorno, preparandosi per la missione in Ciad.

Se si fossero affrontati nel bosco avrebbe perso, e c'era troppo in ballo per rischiare di non riuscire a sopraffarlo e fallire.

Aveva *odiato* vedere il terrore negli occhi di Remi quando aveva chiuso quel cazzo di coperchio, e sebbene avesse fatto del suo meglio per proteggerla dai pugni dello stronzo, era riuscito comunque a colpirla.

Quella cosa lo aveva indignato. Lo aveva fatto incazzare così tanto il fatto che Howler usasse la sua forza contro qualcuno fisicamente più debole, che aveva deciso di trascinarla sul sedile posteriore per tenerla lontana dai suoi pugni. Ovviamente Remi non aveva capito che la stava aiutando. Come avrebbe potuto? Aveva dovuto assecondare il folle piano di quel pazzo senza far trasparire il proprio orrore verso l'insensibilità e la disinvoltura con cui aveva progettato la morte di un'altra persona.

Aveva fatto tutto il necessario, compreso complimentarsi per le sue capacità di comando e la promessa di servire sotto di lui. Non sarebbe mai successo. La sua squadra SEAL era stata la sua famiglia, sarebbe morto per loro, così come erano morti o rimasti feriti i suoi compagni per salvare la vita a *lui*. Non avrebbe mai infangato il loro nome e la loro reputazione per servire sotto il comando di uno come Howler.

Quell'uomo era fuori di testa e terribilmente invidioso. Blink aveva osservato di tanto in tanto la squadra all'Aces. Aveva notato gli sguardi che l'uomo lanciava spesso a Kevlar. Nessuno pensava che prestasse attenzione a qualcosa quando passava ore al bar... ma non era così. Vedeva *tutto*. Sentiva tutto. Sapeva come la gente parlava di lui. I pettegolezzi. Sapeva che pensavano avesse perso la voglia di vivere. Ma lui si stava semplicemente... ricalibrando. Stava facendo i conti con quello che era successo. Stava dicendo mentalmente addio ai suoi amici.

Aveva anche notato come Kevlar non era riuscito a distogliere lo sguardo da Remi quel pomeriggio al bar, e come *lei* lo guardava con desiderio quando pensava che nessuno se ne accorgesse.

Aveva notato quanto era stata nervosa e a disagio all'Aces, affascinando comunque tutti e inserendosi perfettamente nella famiglia dei SEAL di Kevlar. E quando poi si era avvicinata a lui, Blink si era preparato a ricevere domande invadenti, o dell'altra mancanza di sensibilità mascherata da preoccupazione, sebbene mossa da buone intenzioni.

Invece, aveva ricevuto gentilezza. Non lo conosceva, eppure aveva voluto assicurarsi che stesse bene. Lo aveva ringraziato e fatto quasi sorridere per la prima volta da settimane.

In qualche modo era riuscita a comunicare con lui, quando niente e nessuno ci era riuscito.

E come l'aveva ripagata? Spaventandola a morte e facendole credere di essere malvagio come Howler.

Non lo avrebbe mai perdonato. Non sarebbe mai riuscita a guardarlo senza ricordare il terrore che aveva provato quando era stata rapita. E non poteva farci nulla.

Ma Blink non avrebbe lasciato che quel bastardo la facesse franca con il suo piano atroce e crudele.

Non aveva dubbi che il comandante non avrebbe nominato Howler leader del team, a prescindere dalle ripercussioni che quella trovata avrebbe causato a Kevlar. Non avrebbe mandato la sua squadra in Ciad senza di lui, anche se non ci fosse stato un altro team SEAL disponibile. Howler era un illuso. Non sarebbe diventato il leader. Mai. Non aveva la mentalità giusta né le capacità, ma solo la presunzione che gli faceva credere di poter svolgere il lavoro con successo.

«*Merda*. Sbrigati, Blink! Devo tornare alla base!» gli ordinò. «Dobbiamo coprire questa cassa in modo che lei soffochi prima che qualcuno la trovi.»

Le sue parole lo fecero inorridire ulteriormente. Lanciò un'occhiata dietro le spalle e lo vide a pochi passi da lui, abbastanza vicino da poter controllare i suoi progressi, mentre lo osservava con un'espressione molto soddisfatta svolgere il lavoro fisico di riempire la buca con la terra. Un altro segno che quell'uomo non avrebbe mai potuto essere al comando di un team; un vero leader non si sarebbe mai limitato a guardare gli altri fare il lavoro, avrebbe aiutato.

Remi stava battendo sul metallo e Blink fece una smorfia, immaginando il danno che si stava facendo alle mani mentre cercava inutilmente di uscire dalla cassa.

Ora o mai più.

Stringendo forte la pala, fece un respiro profondo e si girò.

La fece oscillare come una mazza da baseball, mettendo tutta la sua forza sul colpo.

Colse Howler di sorpresa e lo beccò dritto sul viso. Sentì le sue ossa spezzarsi all'impatto con il metallo.

L'altro urlò per il dolore e cadde di schiena con un tonfo.

«Stronzo!» gridò, e la rabbia gli trasformò i lineamenti mentre si portava la mano al naso. «Eri la cazzo di pedina perfetta...» Senza esitare, Blink gli fu sopra in un lampo. Si mise a cavalcioni sulla sua vita e attaccò.

Lo colpi più e più volte in faccia, lasciando che tutto il dolore e la rabbia provati per settimane si riversassero nei suoi pugni. Lo picchiò con così tanta furia che il SEAL non ebbe la possibilità di reagire, e continuò finché le sue nocche non furono ricoperte di sangue... e Howler non si mosse più.

Si raddrizzò in ginocchio ansimando, in allerta, pronto a fare qualsiasi cosa per assicurarsi che lo stronzo non potesse rialzarsi. Non sarebbe riuscito a portare a termine il suo folle piano di uccidere Remi.

Aveva pensato che fosse stata pura fortuna essere alla finestra proprio quando il bastardo era arrivato al complesso residenziale, e dopo quello che aveva detto sul fatto di essere una pedina, sapeva di aver avuto ragione... ma non era stata una fortuna per *lui*. Era stata una fortuna per *Howler*.

Lo aveva usato. Era chiaro che avesse sentito parlare della sua cosiddetta paranoia. I ridicoli pettegolezzi secondo cui passava tutto il tempo davanti alle finestre del suo appartamento a osservare i vicini. E ovviamente aveva sperato di usare la cosa a suo vantaggio, facendo ricadere la colpa della morte di Remi su di lui. Era caduto proprio nella trappola di quello stronzo.

Nonostante ciò, era contento di non aver esitato a salire su quel pick-up, a intromettersi nel piano di Howler.

Remi lo avrebbe odiato e Kevlar sarebbe stato per sempre arrabbiato con lui per non aver cercato di fare qualcosa di più per evitare che le cose arrivassero a quel punto. Ma Blink aveva fatto tutto ciò che era stato in suo potere in quella situazione.

Fece un respiro profondo, guardò Howler e si irrigidì.

Merda.

Era immobile. Non si lamentava, non cercava di alzarsi. Era steso sull'erba tutto insanguinato.

Muovendosi lentamente, allungò una mano tremante e gli posò le dita sul collo.

Niente. Non c'era battito.

Deglutendo a fatica cadde all'indietro e si allontanò dal corpo. Non rimpiangeva di averlo ucciso, ma sapeva che sarebbero sorti problemi. Sarebbe stato accusato di tutto. Di rapimento, di tentato omicidio. Remi avrebbe raccontato tutto quello che aveva detto e fatto, e sarebbe stato ritenuto colpevole quanto lo stronzo sdraiato a terra morto.

Non gli importava. Avrebbe accettato le conseguenze di ciò che era successo, perché Remi si sarebbe salvata. Era l'unica cosa che contava.

Mentre si affacciavano alla sua mente tutti quei pensieri su di lei, si rese conto di non sentirla più battere sul metallo. Stava bene? Aveva gettato sopra solo qualche badilata di terra. Ma non aveva idea se Howler avesse fatto qualcosa per rendere la cassa a tenuta d'acqua o d'aria. Stava già soffocando?

Blink si avvicinò di nuovo a lui e frugò freneticamente nelle tasche davanti dei suoi jeans. Doveva avere la chiave del lucchetto con sé. *Doveva.* Ma non trovò nulla.

Di sicuro lo stronzo l'aveva messa da qualche parte, ma Blink non aveva tempo di cercarla. Non poteva tornare all'auto o, peggio, fino al suo appartamento per trovarla.

Doveva far saltare quel lucchetto. Subito.

Si guardò intorno e individuò la pala che aveva usato contro la faccia di Howler. Si alzò in piedi, la prese e tornò di fretta alla buca. Colpì con tutte le sue forze la serratura. Fece un rumore assordante a contatto con la cassa, ma non riuscì a romperla.

«Dai, stronza. Spezzati!» mormorò, mentre la colpiva di nuovo. E di nuovo ancora. Era accecato dalla disperazione e dalla furia. Doveva far saltare quel lucchetto e far uscire Remi. Non si sarebbe fermato finché lei non fosse stata libera.

Le sue mani scivolavano sull'impugnatura a causa del sangue di Howler, ma si rifiutò di arrendersi. Schegge del manico di legno affondarono nei suoi palmi, ma non le sentì nemmeno. Tutta la sua attenzione era rivolta a spezzare quel lucchetto. Non era riuscito a salvare i suoi compagni di squadra, aveva assistito alla loro uccisione da parte del nemico, ma che fosse dannato se qualcun altro sarebbe morto davanti a lui.

CAPITOLO DICIASSETTE

ALLA FINE REMI smise di battere sul coperchio della cassa. Non sarebbe servito a nulla e l'angolazione era scomoda. Anche rannicchiata su un fianco ci stava a malapena e non riusciva a mettere forza ai suoi tentativi. Se fosse stata minuta come Marley, avrebbe potuto sentirsi meno claustrofobica. Ma con il suo metro e settantadue e la sua corporatura, stava molto stretta.

Per un attimo pensò che se fosse stata più grande, forse non ci sarebbe entrata affatto in quella dannata cassa... ma poi cosa avrebbe fatto Howler se non fosse riuscito a chiudere la serratura?

Le sfuggì una risata con lo sbuffo, che si trasformò in un altro singhiozzo. Ma si costrinse a trattenersi. Aveva già avuto la sua crisi, non voleva passare i suoi ultimi momenti sulla terra a piangere.

Trattenne il respiro, cercando di ascoltare ciò che accadeva fuori dalla sua prigione, ma non riuscì a percepire nulla.

Dopo aver sentito qualche tonfo di quella che supponeva fosse terra gettata sopra la cassa, tutto si era fermato. Se n'erano andati? L'avevano seppellita solo per metà così sarebbe stato più facile trovarla?

Quanto tempo poteva resistere un corpo umano senza acqua? Supponeva per tre giorni. Avrebbe potuto farcela. Ma il problema più urgente sarebbe stato l'ossigeno. Non appena la cassa fosse stata coperta dalla terra, l'aria si sarebbe esaurita rapidamente. Era improbabile che Vincent e i suoi amici la trovassero prima che soffocasse, anche se avesse chiesto a quel genio del computer che conosceva di rintracciare il suo telefono. Era proprio ciò che Howler si aspettava facesse la polizia, così l'avrebbero trovata prima che la squadra partisse per la missione.

Stupido Howler! Che stronzo. Che bastardo. Maledetto psicopatico!

Voleva essere liberata anche solo per avvertire Vincent di quanto fosse instabile il suo compagno di squadra. Così avrebbe potuto sporgere denuncia, affrontarlo in un'aula di tribunale e dire a tutti come aveva cercato di ucciderla.

Un rumore forte e improvviso proprio vicino alla sua testa la spaventò a tal punto da farla sobbalzare e sbattere la guancia già contusa sul coperchio. «Merda!» si lamentò, prima che il rumore si ripetesse più e più volte.

Sembrava che qualcuno stesse colpendo con tutte le sue forze la cassa. Non capiva il motivo. Forse Howler aveva cambiato idea e non voleva più lasciarla viva? Forse, per sicurezza, voleva aprirla per ucciderla e poi seppellirla di nuovo.

Qualunque cosa stesse accadendo, non doveva essere niente di buono. Per quanto desiderasse uscire da quella piccola bara, non voleva trovarsi di nuovo faccia a faccia con quel pazzo. O con Blink. No, non doveva esserci nulla di positivo se aprivano la cassa poco dopo averla costretta a entrarci.

All'improvviso il forte rumore si fermò. Sentì raschiare, tipo metallo contro metallo, poi il coperchio venne sollevato di scatto.

Remi balzò in ginocchio e sbatté le palpebre davanti all'accecante bagliore della luce del giorno, dopo essere stata completamente al buio per quelle che le erano sembrate ore, ma che probabilmente erano stati solo pochi minuti. Cercò di concentrarsi: voleva scappare, ma prima di cercare di uscire dalla cassa aveva bisogno di sapere cosa avrebbe dovuto affrontare.

All'inizio il suo cervello si rifiutò di comprendere ciò che aveva davanti.

Howler era sdraiato immobile sulla schiena a circa quattro metri di distanza. Il suo volto era ricoperto di sangue. Ce n'era così tanto che in qualsiasi altro momento quella vista l'avrebbe fatta vomitare. Ma doveva essere sotto shock, perché il suo cervello notò a malapena il sangue, concentrandosi invece sull'uomo che non si sarebbe alzato tanto presto per farle del male.

Poi si concentrò su Blink. Si stava allontanando lentamente da lei con uno sguardo perso. C'era una pala a terra vicino alla buca e il lucchetto rotto era accanto alla cassa.

Lei guardò il lucchetto, la pala, Blink, poi di nuovo il lucchetto.

L'aveva rotto. Aveva aperto il coperchio. Aveva chiaramente picchiato a sangue Howler. E mentre lei rimetteva insieme i pezzi, lui inciampò in un tronco o altro e cadde a terra. Ma non cercò di rialzarsi.

Rimasero entrambi immobili, a fissarsi a occhi spalancati.

Poi Blink le disse con voce roca: «Corri, Remi. Ha lasciato le chiavi nel pick-up. Torna in città. Chiama la polizia.»

Avrebbe dovuto fare esattamente come le aveva ordinato, ma per qualche motivo non ci riuscì. Dopo essere uscita dal baule strisciò a carponi verso di lui.

Tutto ciò che era successo le vorticava nella mente come un brutto film di serie B. Howler che arrivava all'appartamento da solo. Blink che compariva e l'aria incazzata di Howler quando era salito sul pick-up. Blink che l'aveva stretta forte, ma non tanto da farle male, e che si era girato quando l'altro aveva cercato di nuovo di darle un pugno in faccia.

Probabilmente stava perdendo la testa, stava avendo una sorta di crollo mentale che si verificava quando le persone iniziavano a fidarsi dei loro rapitori, ma capì, con improvvisa chiarezza, che Blink l'aveva salvata. Aveva *cercato* di salvarla per tutto il tempo.

Aveva ferito – *ucciso?* – Howler, e rotto il lucchetto per liberarla.

Ora sembrava spaventato... da *lei*. Distrutto.

Remi tremava così forte che le era difficile continuare a muoversi, ma non riuscì a smettere di strisciare verso Blink.

Lui stava scuotendo la testa. «Vai, Remi. Vattene da qui!»

Ma lo ignorò.

Quando fu abbastanza vicina, gli si gettò addosso. Aveva bisogno di un contatto umano. Era quasi *morta*. Era stata sepolta viva! Aveva bisogno di ancorarsi a un altro essere vivente. Di sapere per certo che non stava sognando. Che Blink l'aveva salvata. Sì, aveva detto e fatto cose spaventose, ma era stato impotente come lei.

Era stato il suo angelo custode.

Blink la afferrò con un sommesso grugnito, e in qualche

modo non cadde indietro mentre lei gli si aggrappava come faceva un cucciolo di scimmia con la madre.

Remi nascose il viso nello spazio tra la sua testa e la spalla e cominciò a tremare violentemente, sussurrando: «Grazie, Blink! Grazie.»

Lui strinse le braccia intorno al suo corpo, ma non parlò.

Rimasero seduti a terra in silenzio per un lungo momento, alla fine le disse: «Dovresti essere arrabbiata con me.»

«Non lo sono.»

«Ho lasciato che la cosa si spingesse troppo in là. Mi dispiace. Mi dispiace tanto.»

«Hai fatto ciò che dovevi e l'hai fermato non appena ne hai avuta l'occasione.»

«Non è stato abbastanza.»

Remi fece un respiro profondo e si tirò indietro. Avrebbe dovuto sentirsi in imbarazzo per il fatto di essere a cavalcioni di quell'uomo. Dopotutto, era praticamente un estraneo. Ma avevano appena vissuto insieme un'esperienza terribile e sentiva di aver bisogno di lui in quel momento. Di aver bisogno del suo calore. Della sua forza. Della sua sicurezza.

«Sto respirando, e non nella cassa in quella buca ricoperta di terra. È stato *più* che abbastanza.»

Le sue parole sembrarono fargli profondamente effetto, perché chiuse gli occhi e rabbrividì. Per la prima volta, Remi si rese conto che probabilmente anche lui aveva altrettanto bisogno di un contatto umano, addirittura più di lei.

«Pensavo che saresti scappata da me urlando» le disse.

«Ci ho pensato» ammise. «Ma quando mi sono fermata due secondi a pensare, ho capito che in realtà mi avevi protetta per tutto il tempo.»

La fissò per un attimo, poi disse: «Dobbiamo chiamare Kevlar.»

«Il mio telefono!» esclamò. «Dov'è? Non posso credere di aver dimenticato che ce l'ha Howler.»

«Resta qui» le ordinò, con quel suo tono basso e roco. Ma questa volta non la spaventò.

E come se avesse capito che non se ne sarebbe stata lì seduta come una brava bambina, aggiunse: «Per favore, non voglio che ti avvicini a lui.»

«È... è morto?» gli chiese con timore.

«Sì.»

Deglutì a fatica. Avrebbe dovuto essere più turbata dal fatto che ci fosse un cadavere a meno di tre metri da lei, ma, a essere sincera, provò soprattutto sollievo. Annuì solennemente.

Lui la fissò per un altro momento, come per assicurarsi che rimanesse ferma lì, poi la fece scendere delicatamente dalle sue ginocchia per alzarsi e dirigersi verso il corpo di Howler. Lo girò e frugò nella tasca posteriore dei suoi pantaloni. Quando si raddrizzò, aveva il telefono in mano.

Tornò da lei che era rimasta seduta a terra, e glielo porse.

Le sue mani tremarono mentre lo prendeva e lo sbloccava. Poi guardò Blink frustrata. «Non c'è segnale.»

«Torniamo al pick-up. Forse lì avremo più fortuna.»

Remi annuì e gli tese una mano per farsi aiutare ad alzarsi. Non era sicura di poterlo fare da sola. La scarica di adrenalina che aveva avuto nel momento in cui si era aperto il coperchio della cassa stava svanendo e si sentiva ancora tremante.

Blink le fissò la mano per un lungo momento, poi la afferrò. Una volta in piedi, Remi si appoggiò a lui, che le circondò le spalle con il braccio per sorreggerla. La camminata tra gli alberi verso l'auto fu molto simile a quella che avevano fatto pochi minuti prima, tranne per il fatto che non le stava coprendo la bocca con la mano.

Ma tutto era cambiato. Remi si sentiva un'altra persona. Aveva sfiorato la morte, e grazie all'uomo al suo fianco era viva per avere la seconda possibilità per cui aveva tanto pregato.

Quando arrivarono al pick-up, Blink aprì la portiera posteriore e la aiutò a sedersi sul sedile con le gambe a penzoloni.

«C'è segnale?» le chiese.

Remi abbassò lo sguardo sul telefono e sorrise. «Sì. Una barretta.»

«Dovrà bastare.»

«Dici che dovremmo tornare in città?» gli chiese.

Blink sospirò. «Probabilmente non è una buona idea. Non con... sai» rispose, guardando gli alberi dietro di sé. «Ma devi metterti in contatto con Kevlar prima di fare qualsiasi altra cosa.»

«Potrebbe anche non sapere che è successo qualcosa.»

«Oh, lo sa. Probabilmente ha avvertito un mutamento nel continuum spazio-temporale la prima volta che Howler ti ha tirato un pugno.»

Remi fissò l'uomo di fronte a lei. Non riusciva a capire se stesse scherzando o meno.

«Chiamalo, Remi» le ordinò.

Annuì, toccò il nome di Vincent sullo schermo e si portò il telefono all'orecchio.

———

Kevlar camminava avanti e indietro nell'atrio della stazione di polizia. Quando un'ora prima il suo telefono aveva squillato e aveva visto il nome di Remi sullo schermo, gli era quasi venuto un infarto.

Ma non era stato *niente* in confronto a ciò che aveva provato quando lei gli aveva detto dove si trovava e raccontato ciò che era successo.

In quel momento avrebbe voluto solo saltare in macchina e correre sulle colline a prenderla, per verificare di persona che stesse bene. Ma il suo comandante e la squadra lo avevano convinto che avrebbero fatto prima ad andare direttamente alla stazione di polizia. Perché era lì che i poliziotti l'avrebbero portata per raccogliere la sua dichiarazione.

Quindi ora si trovava lì, in attesa di abbracciarla. Di vedere con i suoi occhi che non era ferita.

Sapere che era stato Howler, il suo stesso compagno di squadra, il suo amico, a rapirla... a cercare di *ucciderla*... gli aveva quasi fatto perdere la testa, come al resto della squadra. Come aveva potuto farlo? Cosa cazzo *pensava*?

Aveva bisogno di risposte e non aveva altro che domande.

Ma, onestamente, tutto ciò di cui aveva bisogno in quel momento era Remi. Avrebbe potuto trovare le risposte dopo essersi assicurato che lei stava bene.

«Calma, amico, sarà qui presto» disse Safe.

Kevlar annuì, anche se lo sentì a malapena.

Aveva tutto il team al suo fianco, e per quanto lo apprezzasse, sentiva che avrebbe perso il controllo se non avesse visto Remi entro pochi secondi.

«Vincent Hill?» chiamò un'agente. La donna era entrata da una porta che conduceva negli uffici interni della stazione di polizia.

«Sì, sono io» gli rispose.

«Se vuole seguirmi.»

«Vai» disse Smiley. «Noi saremo qui.»

«Dobbiamo chiamare i suoi genitori?» chiese Preacher.

«Oh, merda, anche Marley, no?» aggiunse Flash.

«Sono sicuro che li ha chiamati lei, o lo farà presto» sostenne MacGyver con calma. «Vai, Kevlar. Vai da Remi.»

Non serviva dirglielo due volte. L'agente gli fece cenno di seguirlo lungo un corridoio. Lo condusse davanti a una porta e la aprì. Kevlar guardò dentro e scosse la testa. «No. Dov'è Remi? Devo vederla.»

«Sta bene.»

«Non è quello che ho chiesto» ringhiò, rifiutandosi di mettere piede nella piccola stanza. «Per favore, ho bisogno di vederla, di accertarmi che sta bene.»

La donna fece un piccolo sorriso, poi tornò seria. «Sembra testardo quanto lei.»

«Cosa intende?»

«Si è rifiutata di lasciare la scena con un'auto diversa da quella di Nate Davis.»

«Chi?»

Ora fu il turno dell'agente di essere confusa. «Nate Davis? L'uomo che era con lei?»

Allora capì... Blink. Non era sicuro di averlo mai sentito chiamare con il suo nome completo. Remi gli aveva accennato brevemente che le aveva salvato la vita. Non conosceva i dettagli, sapeva solo che la sua Remi era stata rapita da Howler e che Blink, non si sapeva come, era lì e l'aveva salvata. Ma non gli importava. Doveva *tutto* a quell'uomo.

«Giusto, Nate. Per favore, può dirmi dov'è Remi?»

«Sta arrivando. Lei e gli altri saranno qui a momenti. Può aspettarla in questa stanza.»

Ma Kevlar non voleva entrare lì dentro. Voleva aspettare nel parcheggio. Vederla il prima possibile.

Un rumore dall'altro lato del corridoio attirò la loro attenzione, e quando alzò lo sguardo trovò la visione più bella su cui avesse mai posato gli occhi.

Remi. Si reggeva in piedi da sola, grazie a Dio, e aveva una di quelle coperte d'emergenza argentate intorno alle spalle e il braccio di Blink intorno alla vita.

Kevlar si mosse senza nemmeno rendersene conto. Era già a metà del corridoio quando lei lo notò, e si scrollò di dosso la coperta per corrergli incontro. Ok, fu più una camminata veloce e traballante di quattro passi, perché lui la raggiunse prima.

La prese delicatamente tra le braccia e la strinse a sé. Si rese conto di tremare come una foglia. Anche senza conoscere tutti i particolari, sapeva di averla quasi persa.

«Vincent» sussurrò contro il suo collo, mentre si aggrappava a lui.

«Sono qui, è tutto a posto» mormorò. Poi si tirò subito indietro e la percorse con lo sguardo dalla testa ai piedi. Vide dei lividi sul viso e sulle braccia, un labbro rotto, e le ginocchia, le gambe e le mani sporche di terra. Il suo aspetto gli fece venire voglia di trovare Howler e ucciderlo di nuovo, ma lo rendeva anche estremamente felice che lei fosse lì. Tra le sue braccia. Viva.

«Ti amo!» le disse, senza curarsi del fatto che il corridoio di una stazione di polizia probabilmente non era il posto migliore per farle sapere ciò che provava. Ma in un certo senso era anche perfetto. «Tantissimo» continuò. «Mi dispiace davvero di non esserci stato! Di non averti tenuta al sicuro.»

«Anch'io ti amo» replicò lei con un sorriso e gli occhi lucidi. «E non preoccuparti... c'era Blink.» Girò la testa per guardare l'uomo che ora si trovava dietro di lei.

Kevlar si raddrizzò e fissò l'altro SEAL, vedendolo sotto una luce completamente nuova. L'uomo non stava sorridendo, anzi, aveva un'aria piuttosto cupa. I suoi occhi erano colmi di rimpianto e di dolore. Ma poi Remi gli tese la mano.

Lui la prese senza esitare, lasciandosi tirare in avanti. «So che abbiamo molte cose di cui parlare, ma devi saperlo. Blink mi ha salvata. Senza di lui, io...» Le si spezzò la voce e se la schiarì prima di continuare. «Non sarei qui adesso.»

Kevlar si sentì chiudere la gola. Non riusciva a parlare. L'entità di ciò che doveva a quell'uomo era schiacciante. Non sarebbe mai stato in grado di ripagarlo. Mai. Gli afferrò la spalla e gliela strinse. Con forza.

Blink non parlò, ma lui vide sul suo volto un tumulto di emozioni: incredulità, preoccupazione, sollievo, paura.

«Qualsiasi cosa possa servire» gli disse, «chiedi e l'avrai. Probabilmente è troppo presto, ma se vuoi tornare nei team, ti accoglierò nel mio a braccia aperte. Chiunque arrivi a fare ciò che hai fatto tu per proteggere una vita innocente, è una persona che voglio avere al mio fianco. Parlerò con chi di dovere per far sì che ciò accada. Io... ti ringrazio, Blink. Grazie davvero.»

«Non ho fatto niente che chiunque altro ...»

«Sì, invece» lo interruppe Remi.

Entrambi gli uomini la guardarono e videro le lacrime scenderle sulle guance.

«Remi?» chiese Kevlar.

«Sto bene» lo rassicurò con un piccolo sorriso. «Sono solo molto felice di essere viva.»

Lasciò cadere la mano dalla spalla di Blink, e attirò Remi ancora una volta tra le braccia. Non era sicuro se sarebbe riuscito a lasciarla andare molto presto.

«Scusate» li interruppe uno degli agenti che li avevano scortati fino a lì. «Dobbiamo raccogliere le dichiarazioni ufficiali.»

«Non la lascio» lo avvertì Kevlar.

«Non è necessario. Signorina Stephenson, vada in quella stanza alla nostra destra. Signor Davis, le parleremo in quest'altra...»

«Aspetti! Perché ci sta separando? Non avrete mica intenzione di arrestarlo, vero? Perché non ha fatto nulla di male! Mi ha salvata! Sì, ha ucciso Howler, ma era giustificato! Mi aveva chiuso in una cassa e stava cercando di seppellirmi viva!»

Kevlar si irrigidì completamente. *Ma che cazzo?*

L'agente non sembrò affatto sorpreso dalle sue parole. «Dobbiamo solo raccogliere le sue dichiarazioni, signorina.»

Ma Remi era troppo in preda al panico per ascoltare. Si girò verso Kevlar, afferrandogli la maglia. «Ci servono gli avvocati? Dobbiamo chiamare l'NCIS della Marina o qualcosa del genere?»

«Ci siamo già messi in contatto con loro» disse un altro ufficiale. «Stanno arrivando. E questo non è un interrogatorio, signorina Stephenson, abbiamo solo bisogno di conoscere la sua versione dei fatti accaduti oggi.»

Non sembrò rassicurata. Ma alla fine annuì e si voltò verso Blink. «Non preoccuparti. Me ne occuperò io. Quando avranno finito di ascoltare la mia storia, ti daranno una cavolo di medaglia.»

Le labbra dell'uomo ebbero un guizzo, ma controllò quasi subito la sua reazione. «Non tralasciare nulla, Remi. Racconta *tutto*» le ordinò.

«Certo che sì» sbuffò. «Perché non dovrei?» Si staccò da Kevlar e abbracciò Blink con forza. Poi lo guardò e gli posò una mano sulla guancia. «Grazie per essere stato perspicace. Per avermi osservato dalla tua finestra come un maniaco.» Gli sorrise per fargli capire che stava scherzando. «Mi dispiace per tutto quello che hai passato, ma credo fermamente che le cose accadano per una ragione. Il fatto che abbia rotto con Cazzone, che sia andata alle Hawaii, che abbia incontrato Vincent. Tu che sei rimasto seduto in quel bar giorno dopo giorno, a osservare e ad ascoltare, e che sia stato lì quando Howler è venuto a prendermi. Grazie.»

Blink si sforzò visibilmente di controllare le proprie emozioni, e alla fine annuì.

Remi indietreggiò e Kevlar le passò un braccio intorno alla vita, tirandola contro di sé.

«Sono pronta» dichiarò, facendo un cenno a uno degli agenti.

———

Due ore più tardi, Kevlar non era sicuro se desiderava di più prendere Remi e portarla nel suo appartamento per non lasciarla mai più, o dare la caccia al corpo di Howler e profanarlo.

Gli era servito ogni grammo di autocontrollo che aveva acquisito negli anni per stare seduto in quella piccola stanza degli interrogatori ad ascoltarla spiegare tutto ciò che era successo.

Era indignato che Howler avesse giocato con le emozioni di Remi, dicendole che lui era stato ferito, per farla salire in macchina di sua spontanea volontà. Ma quello non era nulla in confronto a ciò che aveva provato quando lei aveva raccontato con calma che il bastardo l'aveva presa a pugni in faccia, spinta in un baule e chiusa dentro.

Aveva tremato quando lei aveva descritto il rumore della terra che cadeva sopra la cassa e che, pur sapendo che era inutile, non era riuscita a fare a meno di battere sul coperchio per cercare di uscire.

Durante tutto il racconto, le aveva tenuto la mano, stringendogliela per supporto quando aveva esitato, e circondandola con un braccio quando aveva rabbrividito. Non era mai stato così orgoglioso di qualcuno come lo era della sua Remi.

Ma, soprattutto, si stava rendendo sempre più conto di quanto fosse grande il debito che aveva nei confronti di Blink. Desiderava sentire la sua versione della storia, scoprire come aveva fatto a capire che Howler stava tramando qualcosa di brutto e cos'era successo dopo che Remi era stata rinchiusa in quella cassa. Ma non poteva negare che, a prescindere da come Blink fosse coinvolto nel caso, lei doveva la sua vita a quell'uomo.

Gli agenti le avevano chiesto di ripetere più volte varie parti della storia, probabilmente per vedere se cambiava dei dettagli. Non aveva dubbi che stessero confrontando la sua versione con quella di Blink nella stanza accanto.

«Quindi ha detto che voleva essere il leader di una squadra SEAL?» chiese il detective per la seconda volta.

«Sì. Era geloso di Vincent. Diceva che se fossi morta...» rabbrividì nella sua stretta e Kevlar avrebbe voluto uccidere nuovamente Howler per essere stato un fottuto idiota e uno psicopatico, «Vincent non sarebbe stato in grado di sopportarlo, e che lui avrebbe preso il comando della squadra quando tra un paio di giorni sarebbero andati in missione. Che Vincent sarebbe stato troppo distrutto dal dolore per quello che mi era successo. Voleva che la polizia e il team mi trovassero, per questo ha lasciato il mio cellulare acceso.»

«E ha fatto portare al signor Davis entrambi i loro telefoni nel suo appartamento, in modo da avere un alibi?»

«Sì» rispose un po' spazientita. «Gliel'ho già detto. Se andate nell'appartamento di Howler sono sicura che li troverete lì. E può anche controllare il mio telefono. Vedrà che mi ha chiamata stamattina. E troverà anche le mie impronte digitali nel pick-up.»

«Mi parli ancora del fatto che il signor Davis l'ha tenuta in ostaggio nel veicolo e trasportata fino alla buca che il signor Starrett aveva scavato nel bosco.»

Kevlar non era stato entusiasta di ascoltare quella parte della storia. Era stato quasi sopraffatto dalla rabbia nei confronti di Blink sentendo che le aveva tenuto la mano sulla bocca e aveva praticamente aiutato Howler a rapirla. Ma lei lo aveva difeso in modo così assoluto, così deciso, che era riuscito a pensare un po' più chiaramente quando Remi aveva dovuto descrivere i dettagli una seconda volta.

«Ancora questa cosa?» chiese con un sospiro. «Ok, *va bene*. Sì, Blink mi ha trascinata dal sedile anteriore a quello posteriore. Sì, mi ha tenuta contro di lui in modo che non potessi muovermi, che non cercassi di aprire la portiera e saltare fuori, e sì, mi ha messo una mano sulla bocca. Ma lo ha fatto per proteggermi da *Howler*. Mi ha tenuta lontana dai suoi pugni dopo che l'idiota me ne aveva dati due in faccia, e mi ha tenuta in silenzio per evitare che dicessi qualcos'altro inimicandomelo ancora di più. Mi creda, se fossimo stati solo io e Howler, non ho dubbi che per tenermi buona mi avrebbe picchiata fino a farmi perdere i sensi. Blink non mi ha fatto nulla» insistette. «Anche se mi ha trattenuta, non ha usato la forza.

In quel momento non l'avevo capito, ma poi mi sono resa conto che si era messo, figuratamente e letteralmente, tra me e Howler, impedendogli come meglio poteva di farmi del male. Mentre mi trasportava nel bosco si è persino girato quando il pazzo ha cercato di colpirmi di nuovo, in modo che mancasse il viso.»

Il detective scrisse un'altra nota sul blocco davanti a sé.

Remi sospirò ancora una volta. «È sufficiente? Le ho detto più volte cos'è successo. Voglio andare a casa.»

Le ultime parole furono quasi un lamento e Kevlar si rese conto di quanto fosse esausta. Stava per esortare il detective a lasciarla andare, anche a costo di dire a Remi di valersi dei diritti del Quinto Emendamento, quando l'uomo chiuse il taccuino e annuì.

«Sì, credo sia sufficiente.»

«E Blink? Ha finito anche lui?» incalzò.

Kevlar era orgoglioso di lei come non mai. Anche dopo tutto quello che aveva passato, era ancora preoccupata per l'altro uomo.

«Perché non me ne andrò finché non lo farà lui» aggiunse con fermezza.

«Mi informerò con il detective che gli sta parlando» le disse l'agente.

«Lo faccia. Io aspetto qui» disse, incrociando le braccia.

Il detective sorrise. «Posso portarle qualcosa? Dell'altra acqua? Uno snack? Abbiamo un distributore automatico in fondo al corridoio.»

«No. Grazie comunque.»

Kevlar avrebbe voluto ridere. La sua Remi, educata e gentile anche quando era esausta, forse indolenzita, e preoccupata per gli altri.

L'ufficiale annuì e uscì dalla stanza. Non appena scomparve, Kevlar le strattonò la mano. «Vieni qui» le disse.

«Cosa? Dove?» gli chiese, ma si alzò in piedi al suo invito. La prese per i fianchi e se la mise sulle ginocchia. Remi si sistemò di traverso e si appoggiò a lui, posando la testa sulla sua spalla.

«Ti amo» le ripeté. «Quando non riuscivo a trovarti, non sapevo dove fossi...» rabbrividì.

«Lo so. Sapevo che ti saresti preoccupato.»

«Preoccupato non rende minimamente l'idea di come mi sono sentito» replicò, buttando fuori il fiato.

Lei alzò la testa e lo fissò. «Non ho nemmeno esitato ad andare con lui» gli disse sommessamente. «Era il tuo compagno di squadra. Mi sono fidata. Pensavo che fossi ferito e l'unica cosa a cui pensavo era di venire da te.»

«Ci serve una cazzo di parola in codice» ringhiò Kevlar. «Per assicurarci che questo non accada più.»

«Già, lo credo anch'io. Vincent?»

«Sì, tesoro?»

«Mi dispiace per Howler.»

«Cosa intendi?» le chiese confuso.

«Era tuo amico. Ne avete passate tante insieme. Devi sentirti un po' triste per la sua scomparsa.»

Ma lui scosse la testa. «Non mi sento triste. Nemmeno un po'. È chiaro che non fosse l'uomo che pensavo di conoscere. Voleva diventare un leader? Doveva solo parlarne con il comandante. Avrebbe potuto essere trasferito in un'altra squadra, frequentare una scuola della Marina, prendere l'iniziativa per ottenere ciò che voleva. Invece ci ha rimuginato sopra, ha lasciato crescere il suo risentimento, poi ha escogitato un piano totalmente folle e imperdonabile. Era un *codardo*. Uno stronzo geloso. Non mi dispiace che sia morto. Proprio per niente. Quello che mi dispiace è di non esserci stato quando avevi più bisogno di me.»

Ma Remi scosse la testa. «In un certo senso c'eri. Se non fossi l'uomo che sei, se Blink non avesse così tanto rispetto per te, se non ti ritenesse un grande leader, una grande *persona*, non si sarebbe comportato in quel modo. Quindi, in piccola parte, eri lì. Grazie alla stima che ha di te, Blink ha fatto tutto il possibile per proteggermi quando non doveva nemmeno essere coinvolto. Inoltre... sei sempre con me, Vincent. Qui.» Si batté la mano sopra il cuore. «Ho cercato di essere forte, per te.»

«Non ti merito» le disse, posando la fronte sulla sua.

«E io non merito te. Quindi due negativi fanno un positivo... o qualcosa del genere. Quando andavo a scuola non era molto brava in matematica, scarabocchiavo sempre sul libro di testo, facendo disegni che corrispondevano alle parole dei problemi che dovevamo risolvere.»

«Ti amo davvero, sai. Ho aspettato a dirlo perché non volevo spaventarti.»

«Stavo aspettando per lo stesso motivo» ammise.

Kevlar la baciò. In modo tenero e gentile. La sensazione della crosta che si era formata sul suo labbro dove Howler l'aveva colpita, gli fece montare di nuovo la furia. Ma tenne per sé le emozioni. Lei aveva bisogno delle sue attenzioni in quel momento, non della sua rabbia.

«Devo chiamare Marley. E i miei genitori. Devono aver

dato di matto dopo i messaggi che ho inviato.»

Non si sbagliava. Aveva avuto a malapena il tempo di inviare alle persone più importanti della sua vita solo un breve testo in cui diceva che stava bene e che avrebbe parlato con loro più tardi. Ma era esausta. Non si reggeva in piedi. E probabilmente aveva anche fame. Doveva portarla a casa e prendersi cura di lei. Una volta che si fosse addormentata ci avrebbe pensato lui a chiamare la sua famiglia e Marley per spiegare loro cos'era accaduto.

«E, Vincent?»

«Sì?»

«Possiamo... va bene se, magari... andiamo a casa mia? Solo per stanotte? So che in questo periodo sono sempre stata nel tuo appartamento, ma continuo a rivivere quello che è successo e...»

«Certo che sì» disse interrompendola. Era ovvio che il luogo in cui era stata rapita la metteva a disagio. Non avrebbe avuto problemi a rimanere da lei per tutto il tempo che le serviva. Per sempre, se necessario. In ogni caso aveva una casa più bella della sua.

La porta della stanza si aprì di nuovo e il detective entrò. «Il signor Davis è pronto per andare via.»

Remi praticamente balzò su dalle sue ginocchia e ondeggiò quando fu in piedi. Mentre la sorreggeva, Vincent ebbe il fugace pensiero che alcuni uomini avrebbero potuto sentirsi minacciati dall'improvviso interesse della loro donna per un altro uomo, ma passò subito. Per quanto lo riguardava, Blink era il suo nuovo fratello di sangue.

Uscirono dalla stanza e lo trovarono ad aspettarli nel corridoio. Sembrava esausto come Remi.

«Vieni a casa con noi» dichiarò lei quando lo vide, rendendosi ovviamente conto che era allo stremo delle forze proprio come lei.

«Io non...»

«Verrai a casa mia» disse con decisione, interrompendo il suo rifiuto. «Se pensi che ti lascerò tornare da solo nel tuo appartamento vuoto, così che tu possa torturarti per tutta la notte pensando a quello che è successo, non mi conosci bene.»

«Infatti, *non* ti conosco così bene» ribatté lui con un piccolo sorriso.

«Be', aspetta e guarda, amico, perché le cose stanno per cambiare.»

«Sei proprio prepotente» le disse.

«In realtà, no. Sono un tipo tranquillo e gentile. Chiedi a chiunque. Sono una cartonista che sta a casa con la testa chinata sopra l'album da disegno. Ma in questo momento non ho intenzione di lasciarti da solo... e avere te e Vincent mi fa sentire al sicuro.»

Disse l'ultima frase sommessamente, e Kevlar strinse il braccio intorno a lei. La sua Remi era forte, ma aveva anche vissuto un'esperienza orribile e spaventosa. Se aveva bisogno di entrambi per sentirsi protetta, era esattamente ciò che avrebbe avuto. Anche se avesse dovuto legare Blink e forzarlo a entrare in casa.

Con suo grande sollievo, lui annuì. «Se è quello di cui hai bisogno.»

«Lo è» insistette.

«Forza, tesoro. Ti portiamo a casa.»

Il trio fu scortato da un ufficiale fino alla porta che conduceva all'atrio e, quando vi entrarono, Kevlar rimase sorpreso da ciò che si trovarono davanti.

La stanza era affollatissima. Non solo il suo team era ancora lì, ma erano arrivati anche Wolf e la sua squadra, insieme alle loro mogli.

«Remi!» gridò una donna, e prima che se ne rendesse conto, gli fu strappata via dalle braccia per finire in quelle di Marley.

Le due piansero strette l'una all'altra.

«Non posso credere che quello stronzo ti abbia rapita!» esclamò la sua amica quando riprese una parvenza di controllo.

«Infatti! Chi l'avrebbe mai detto?»

«Abbandonata nell'oceano *e* rapita. Mai più! Mi hai sentita?» la ammonì Marley, agitando il dito davanti al suo viso.

Remi le sorrise e annuì. «Ti ho sentita» rispose con dolcezza.

Poi si abbracciarono di nuovo.

«È il mio turno» disse un uomo con la voce roca, e quando Kevlar si voltò, capì con un solo sguardo che si trattava di Fernando Stephenson, il padre di Remi. Il magnate che aveva fondato la Crown Condoms, trasformandola nel famoso marchio che era attualmente. Non assomigliava affatto all'uomo d'affari riservato che mostrava al mondo. Era un padre sconvolto dalla notizia che la sua bambina era stata ferita e quasi uccisa.

Remi ricominciò a piangere mentre si voltava verso suo padre. Il signor Stephenson era un uomo grande e grosso, e la fece sembrare minuscola contro il suo corpo, ma il modo in cui la stringeva, come se fosse la cosa più preziosa del mondo, fece quasi piangere anche lui.

Poi la passò a una donna, e capì subito che era sua madre; avevano lo stesso naso e gli stessi occhi.

Kevlar si sentì travolgere dall'emozione per il fatto che tutti si fossero presentati per dare il loro sostegno. Mantenne lo sguardo su Remi mentre veniva praticamente passata da una persona all'altra. Tutti volevano abbracciarla, dirle quanto fossero sollevati che stesse bene.

E non gli sfuggì come i ragazzi della sua squadra si strinsero intorno a Blink. Anche se conoscevano solo i minimi dettagli dell'accaduto, stavano trattando il SEAL come un eroe.

«Quindi tu sei Vincent» disse il signor Stephenson.

Kevlar si girò a guardarlo e annuì. Non era così che aveva previsto di conoscere i genitori di Remi, ma quello era un buon momento come un altro. L'uomo gli tese la mano e lui gliela strinse con decisione.

Non la lasciò andare subito, e lo studiò attentamente. Poi annuì. «Mi aspetto che questa sia l'ultima volta che ci troviamo insieme in una stazione di polizia a causa di Remi» dichiarò con fermezza.

«Assolutamente. E per la cronaca, amo sua figlia. È troppo in gamba per me, ma passerò il resto della mia vita ad assicurarmi che non si penta di avermi scelto.»

«Fai in modo che non succeda.»

«Fernando! Sei stato scortese» lo rimproverò la moglie.

E all'improvviso Kevlar ebbe un flash di come sarebbero state le cose tra lui e Remi da lì a qualche anno. Lei lo avrebbe rimproverato quando si fosse comportato con gli altri in modo poco consono, ma lo avrebbe anche guardato come la signora Stephenson faceva con suo marito. Con amore e affetto. Era chiaro da dove Remi avesse preso la sua gentilezza: dalla madre.

«Signora» disse Kevlar, facendole un cenno con il capo. «È

un piacere conoscerla, anche se avrei voluto farlo in circostanze diverse.»

«Remi ha parlato molto di te» ribatté garbatamente. «Anche se non sono felice per ciò che le è successo, sono molto sollevata che stia bene. Sembra che abbia trovato un gruppo di amici che la apprezzano esattamente com'è. E che la terranno al sicuro.»

«È così» replicò, guardando dall'altra parte della stanza e notando che Wolf la stava abbracciando forte. Aveva gli occhi chiusi e ascoltava ciò che lui le stava mormorando all'orecchio. Anche in quel caso, non provò la minima gelosia. Era felice che Remi avesse delle persone che si occupavano di lei quando lui non poteva. E gli seccava che effettivamente ci sarebbero stati dei momenti in cui non avrebbe potuto essere al suo fianco, come quel giorno. Ma la sua famiglia della Marina si sarebbe presa cura di lei, e non avrebbe potuto chiedere di meglio.

«Se volete scusarmi, devo portare Remi a casa. Ha avuto una giornata difficile e devo farla mangiare e riposare.»

Il signor Stephenson annuì. «Due giorni.»

«Come, scusi?» chiese Kevlar, desideroso di attraversare la stanza per prendere la sua donna e portarla via da lì.

«Due giorni. Poi io e sua madre passeremo a trovarla.»

Sorrise e annuì. «Sarà felice di trascorrere un po' di tempo con voi.»

Poi si voltò verso Remi. Quella giornata era stata una delle più spaventose della sua vita e non voleva mai e poi mai dover affrontare di nuovo una situazione simile. Ora aveva bisogno di portarla a casa, stringerla forte e cercare di dimenticare quello che era successo.

EPILOGO

REMI ERA SEDUTA all'Aces circondata da tutti i suoi nuovi amici: due squadre SEAL, tutte le mogli, Marley, e avevano voluto essere presenti anche i suoi genitori e la nonna. Quel ritrovo era stato una festa improvvisata... una celebrazione alla vita, per lei e anche per Vincent e la sua squadra, che erano tornati a casa sani e salvi da un'altra missione.

Non era stato piacevole quando era dovuto partire pochi giorni dopo il suo rapimento, ma aveva fatto buon viso a cattivo gioco. Quella era la sua nuova vita. Essere la fidanzata di un Navy SEAL non era facile. Ma si era subito resa conto che solo perché lui era lontano, non significava che fosse sola.

Blink era ormai una costante nella sua vita. Alla fine, era rimasta nell'appartamento di Vincent mentre era in missione, dato che lo tranquillizzava sapere che c'era il loro amico al piano di sotto. E Remi avrebbe fatto di tutto per alleggerirgli la mente, in modo che potesse concentrarsi sul lavoro. Blink era salito da loro prima che Vincent partisse, ed era andato a trovarla ogni sera mentre la squadra era via. Avevano guardato la TV, parlato. Lei aveva disegnato alcuni fumetti di Pecky il taco viaggiatore, mentre lui leggeva un libro. Averlo intorno era molto rassicurante, e nonostante Marley avesse temuto che passare del tempo con Blink le avrebbe fatto riaffiorare dei brutti ricordi, non era successo.

Dopo l'indagine lo avevano scagionato da qualsiasi reato, ed era stato un enorme sollievo per entrambi. Era stata pronta ad assumere uno dei migliori avvocati dello Stato se avessero anche solo accennato alla possibilità di un capo d'accusa.

Una sera Tex aveva chiamato e si era scusato per non essere riuscito a scoprire che c'era stato Howler dietro a quanto accaduto alle Hawaii; dubitava seriamente che il capitano della barca fosse morto per un'overdose accidentale come ipotizzava la polizia, ed era riuscito anche a scoprire che Howler aveva comprato in contanti una decina di telefoni usa e getta e che ovviamente ne aveva mandato uno alle Hawaii, dato che gli agenti lo avevano confiscato quando avevano trovato il cadavere del capitano nel suo appartamento, e per ogni evenienza lo avevano acquisito come prova.

Non aveva idea di come avesse fatto a scoprire *tutte* quelle cose, senza contare l'accedere a un telefono chiuso in un armadio insieme ad altre prove, ma Vincent le aveva detto di non disturbarsi a chiedere. Tex faceva quasi paura per le informazioni che riusciva a trovare.

Marley le era stata con il fiato sul collo fin dal rapimento, pretendendo una chiamata o un messaggio ogni ora, finché lei non si era impuntata rifiutandosi di farlo. Avevano litigato di brutto, ma da buone amiche quali erano, avevano fatto pace pochi minuti dopo aver chiuso la chiamata.

Mentre Vincent e il resto della sua squadra erano via, lei aveva pranzato quasi ogni giorno con una o più compagne dei SEAL. Una volta con Caroline e Fiona, il giorno successivo con Summer e Cheyenne, con Alabama un altro giorno, e Jessyka l'aveva invitata all'Aces per cimentarsi dietro al bancone... era stato un disastro esilarante.

Tutto sommato, rifletté Remi, guardando le persone che in così poco tempo erano diventate molto importanti per lei, era fortunata. Sì, le erano successe cose brutte, ma le aveva superate con l'aiuto dei suoi amici e ne era uscita più forte.

Il suo sguardo andò ai tavoli da biliardo, dove suo padre si era unito a Dude e Preacher, e al momento stavano battendo Benny, Cookie e Flash. Non avrebbe mai pensato che un giorno avrebbe visto il suo papà, un uomo ricco e raffinato, frequentare un bar militare insieme a un gruppo di SEAL scatenati, ma adorava che fosse successo.

Una forte risata riportò la sua attenzione al tavolo, e trovò sua nonna che rideva a crepapelle insieme a Cheyenne, probabilmente per aver detto qualcosa di inappropriato; non aveva di certo paura di esternare qualsiasi cosa le venisse in mente, ed era stata accolta senza esitazione nel suo nuovo gruppo di amiche.

Spostò lo sguardo verso il bar e vide Blink insieme a Vincent. Per un attimo temette che l'uomo fosse tornato alla sua vecchia abitudine di stare seduto da solo chiuso in sé stesso, ma poi sorrise quando li vide scambiarsi uno di quegli strani abbracci che si davano gli uomini. Stavano sorridendo entrambi e ciò la fece rilassare.

Prima che andassero al bar Vincent le aveva detto di aver ricevuto una bella notizia dal suo comandante: Blink aveva superato la valutazione psicologica ed era stato aggiunto al suo team. Le scaldava il cuore che nessuno degli altri uomini gli facesse una colpa per quello che era successo. Sì, l'aveva spaventata e trattenuta contro la sua volontà, ma capivano bene quanto lei che se non l'avesse fatto, se non fosse salito su quel pick-up, l'esito di quella giornata sarebbe stato molto diverso.

Quindi, l'abbraccio tra i due doveva essere dovuto al fatto che lo aveva informato che la cosa era ufficiale. Faceva di nuovo parte di una squadra. Sollevata nel vedere che Blink sembrava soddisfatto come il suo uomo, si alzò dalla sedia e si diresse verso il bar.

Agganciò il braccio a quello di Vincent e si accoccolò contro di lui. «Gliel'hai detto?» gli chiese.

«Me l'ha detto» confermò Blink con un piccolo sorriso e un cenno del capo.

«E ne sei felice?» incalzò.

«Sì.»

«Bene. Anch'io.»

«Non ho dubbi che se le pratiche non fossero andate a buon fine, saresti entrata nell'ufficio del comandante e avresti preteso che si piegasse alla tua volontà» sostenne Vincent con una risatina.

«Io? Ma se sono un angelo. Non l'avrei mai fatto!» protestò Remi. «Avrei mandato mia nonna. O forse gli scagnozzi di papà.»

I due uomini scoppiarono a ridere.

«Fernando non ha degli *scagnozzi*» disse Vincent scuotendo la testa.

«Penso di sì» replicò con un'alzata di spalle. «Ma sono contenta che non abbiamo dovuto usarli. Ora posso stracciare quel fumetto in cui Pecky e i suoi amici una notte si intrufolano nella base e per protesta bruciano il quartier generale dei SEAL.»

Sorrise mentre i due scoppiavano di nuovo a ridere. Strinse il fianco di Vincent felice. La sua vita era... completa. Piena.

«Vado a vedere se MacGyver e Mozart hanno bisogno del terzo nella loro squadra» disse Blink. Fece un cenno a Vincent, poi si chinò e baciò la tempia di Remi, prima di dirigersi verso i tavoli da biliardo con la sua birra in mano.

Le piaceva il comportamento affettuoso che le riservava da quando avevano condiviso quella terribile esperienza. Era ancora scontroso e incline a perdersi nei suoi pensieri, ma avevano creato un legame che non si sarebbe mai potuto spezzare. La cosa bella era che il suo fidanzato non sembrava minimamente geloso del rapporto che aveva con il suo compagno SEAL.

«Ti sposerò, sai» dichiarò Vincent con nonchalance.

Riportò lo sguardo verso di lui. «Cosa?»

«Ti metterò il mio anello al dito, il mio bambino nella pancia e guarderò male chiunque oserà rivolgere anche solo una seconda occhiata alla mia bellissima moglie.»

A quelle parole sentì un piacevole rimescolio nella pancia.

«Ma prima di chiedertelo, voglio essere assolutamente certo che tu sappia a cosa vai incontro legandoti a me. Non è facile stare con un militare. A causa mia hai vissuto *due* esperienze orribili, e hai affrontato una sola missione. Voglio assicurarmi che sia quello che desideri veramente. Che *io* sia quello che desideri, prima di rendere le cose ufficiali.»

«*Sei* quello che desidero» gli disse con fermezza. «Non ho

bisogno di affrontare altre missioni. E ciò che mi è successo *non è* stata colpa tua. È stata sua.» Non pronunciò il nome di Howler ad alta voce. Per quanto Vincent giurasse di non essere sconvolto dalla morte del suo amico e compagno di squadra, aveva la sensazione che per lui fosse doloroso pensare a quell'uomo. «E sai una cosa? Se non fosse stato per lui, ora non staremmo insieme.»

Ma Vincent aveva iniziato a scuotere la testa ancor prima che lei finisse di parlare. «Non ci credo nemmeno per un secondo. Viviamo praticamente nella stessa città. Le nostre strade si sarebbero incrociate a un certo punto... in biblioteca, seduti in macchina appaiati a un semaforo, qualcosa del genere. Avrei capito che eri quella giusta per me anche se non avessimo trascorso quei momenti nell'oceano.»

«Hai detto una cosa dolcissima» mormorò, sentendosi sopraffatta.

«Eccomi, Mister Dolcissimo» commentò ironicamente, con una risatina.

Aveva ragione. Vincent aveva modi un po' bruschi, si irritava facilmente con le persone, ma era suo. E se lo sarebbe tenuto. «Per la cronaca, quando me lo chiederai ti dirò di sì. A tutto. All'anello, al bambino, e anche se non c'è il rischio che qualcuno mi guardi in qualche modo particolare se non per chiedersi cosa ci faccia un bellissimo militare con una nerd dai capelli crespi come me, ti permetterò di lanciare occhiatacce a chiunque tu voglia.»

La sua espressione fece risvegliare le sue parti intime. La loro vita amorosa era buona. Ottima. Vincent era l'uomo più attento e altruista con cui fosse mai stata. Si assicurava sempre che lei venisse prima di lui. E la notte in cui era tornato dalla missione...

Arrossì al solo pensiero.

Vincent si guardò intorno e mormorò: «Chissà se c'è un ripostiglio qui in giro.»

Remi ridacchiò. «Non ho intenzione di fare sesso nel ripostiglio di un bar» dichiarò con fermezza. «Cos'è che diceva Meg Ryan in *Top Gun*? Ehi, Kevlar, sei il mio stallone, portami a letto e fammi impazzire» disse con un enorme sorriso.

«Mostrami la strada di casa, amore» replicò lui, con uno sguardo così pieno di desiderio che Remi dovette metterci tutta la sua forza di volontà per non prendere fuoco spontaneamente.

Così gli afferrò la mano e lo tirò verso la porta.

«Dove state andando?» chiese Marley.

«A casa!» rispose senza fermarsi.

Sentì le risatine intorno a loro, ma le ignorò. Non le importava cosa potessero pensare gli altri. Aveva bisogno del suo uomo. Subito.

«Ricordati che alle sei abbiamo l'allenamento» urlò Safe.

Remi non aveva idea di che tipo di risposta avesse dato Vincent al suo amico, ma pensò che gli avesse mostrato il dito medio. Sempre sorridendo, lo trascinò fuori dal bar e fino al parcheggio, poi fu lui a prendere il controllo. Le strattonò la mano, fermandola, poi la girò verso di sé, si chinò e se la gettò sulla spalla proseguendo verso la sua auto.

Remi rise sbuffando e si sollevò un po' puntando le mani sulla sua schiena. Gli fissò il sedere perfetto e sorrise tra sé e sé. Lei, Remi Stephenson, aveva conquistato un SEAL. Essendo cresciuta in quella zona, quando frequentava il liceo quella era una cosa di cui tutte le ragazze della sua classe parlavano. Di quanto fossero sexy, di quanto sarebbe stato fantastico andare a letto con uno di loro.

E lei non solo andava a letto con uno, ma con il migliore del gruppo. E le aveva detto di volerla sposare. Era proprio un sogno diventato realtà. E anche se lo avrebbe sposato l'indomani, capiva il suo bisogno che lei fosse sicura. La sua ex aveva lasciato il segno, e dopo quello che era successo con Howler, era ancora un po' sensibile riguardo a tutto ciò che avevano passato.

Ma andava bene così. Perché lei non sarebbe andata da nessuna parte.

Non appena arrivarono a casa di Remi – dopo il ritorno dalla missione avevano deciso di vivere lì, perché era più grande – lui la prese di nuovo in spalla e si diresse subito su per le scale e nella loro camera da letto.

La trasportò come se non avesse pesato nulla, poi la gettò sul materasso. Remi lo baciò con tutto l'amore che aveva nel cuore. Non gli aveva detto nulla, ma la verità era che le sue missioni la terrorizzavano. Doveva fidarsi del fatto che lui e i suoi compagni fossero bravi nel loro lavoro. Si sentiva meglio sapendo che anche Blink avrebbe coperto le spalle al suo uomo. No, non gli avrebbe mai detto quanto era spaventata per lui quando partiva. Sarebbe stata la donna forte di cui aveva bisogno. Era orgogliosa di lui come non mai. Vincent era il suo eroe.

Dopo che le ebbe slacciato il bottone dei jeans e tirato giù la cerniera, afferrò la stoffa alle caviglie e tirò. Remi rise sbuffando di nuovo. Quando finì di spogliarla, rimase sospeso sopra di lei e la fissò negli occhi con uno sguardo così colmo d'amore da farle battere forte il cuore.

«Ti amo» le disse.

«E io amo te.»

Le scostò una ciocca di capelli dal viso, poi rimase immobile.

«Vincent?»

«Sto solo memorizzando questo momento. Tu, qui, sotto di me. L'amore che vedo nei tuoi occhi.»

Remi sorrise. «Abituati. All'amore, intendo. Perché è tutto tuo. *Io* sono tutta tua.»

Le sue narici si dilatarono, poi scese lungo il suo corpo. «Preparati, tesoro, perché voglio prendermi il mio tempo stasera.»

Lei gemette mentre l'uomo che amava si metteva comodo tra le sue cosce. «Fai del tuo meglio, amore» lo incitò.

«No, farò del mio peggio» replicò con un sorrisetto malizioso, prima di abbassare la testa.

———

Wren sospirò. Aveva sperato che il bar non fosse troppo affollato quella sera. Aveva scelto l'Aces per quell'appuntamento perché di solito era un posto abbastanza calmo e tranquillo. Avrebbe potuto parlare con il tizio per conoscerlo senza sentirsi nel mezzo di una dannata festa di una confraternita. Ma quella sera c'erano un sacco di persone che ridevano, sorridevano, giocavano a biliardo, rendendole quasi impossibile avere una conversazione normale con l'uomo seduto accanto a lei.

Da quello che era riuscita a capire dopo aver ascoltato i brindisi e i discorsi della gente, una delle donne era quasi morta e uno dei ragazzi presenti l'aveva salvata. Ma era un po' confusa, perché il tipo che l'aveva salvata chiaramente non era l'uomo con cui usciva, dato che era accoccolata a un altro SEAL molto sexy.

Sapeva che erano dei SEAL perché non aveva potuto evitare di sentire le conversazioni intorno a lei. Ma la cosa che le faceva stringere il cuore era vedere quanto sembravano un gruppo molto legato. Non avevano tutti la stessa età, ma non importava. Si stavano divertendo molto. Accidenti, c'era anche una donna anziana che sembrava se la stesse godendo alla grande. Doveva essere la nonna della festeggiata.

Ciò la fece sorridere. Aveva sempre desiderato far parte di qualcosa del genere. Ma conduceva una vita solitaria.

Aveva dovuto lottare con le unghie e con i denti per ottenere tutto ciò che aveva. Perché avrebbe dovuto essere diverso con l'amore, l'accettazione e la famiglia?

«Mi stai ascoltando?»

Wren fece una smorfia tra sé e sé alla domanda del suo accompagnatore, perché *non* lo stava facendo. Era troppo presa dalle chiacchiere intorno a lei. Dall'atmosfera festosa. Gli uomini ai tavoli da biliardo sembravano divertirsi un sacco. Nessuno se la prendeva quando una squadra ne batteva un'altra.

«Scusa, c'è molto rumore» rispose.

A quello, lui avvicinò la sedia alla sua, tanto da andarle praticamente quasi in braccio. La cosa la mise a disagio, ma non voleva farlo arrabbiare dicendogli di spostarsi. Era così che aveva trascorso tutta la sua vita... a essere accondiscendente. A non creare problemi. Era un'abitudine difficile da spezzare.

«Potremmo andarcene da qui. Andare a casa mia» suggerì lui, mettendole una mano sulla coscia.

Wren lo fissò incredula. Dov'era finito il contabile educato e quasi nerd? Appena lo aveva visto, aveva tirato un sospiro di sollievo perché era esattamente come la foto del suo profilo online; aveva un po' temuto che volesse adescarla con una falsa identità o qualcosa del genere. Ma era sembrato essere esattamente come si era descritto sull'app di incontri: un appassionato di matematica tranquillo che voleva conoscerla, piuttosto che uno che cercava una breve scappatella.

Ma ora, mentre le teneva la mano sulla coscia, cominciò a pensare che in giro non fossero più rimasti bravi uomini. Qualcuno che non fosse solo in cerca di sesso.

«Mi stai mettendo a disagio» gli disse, allontanando il più possibile la gamba da lui.

«Giusto, scusa.» Fece un piccolo sorriso e si spostò un po'.

Wren sospirò intimamente, sollevata che avesse capito l'antifona.

«Vuoi qualcos'altro dal bar? Vado a prendere un altro drink» le disse.

«Ehm, certo. Magari una limonata.»

«Una limonata? Non vuoi un altro bicchiere di vino?»

Scosse la testa. «Non posso, devo guidare.»

«Va bene, una limonata in arrivo.»

Il suo accompagnatore sorrise di nuovo, poi si diresse verso il bancone. Era affollato anche quello, quindi avrebbe dovuto aspettare un po', così chiuse gli occhi per un momento.

Quella serata era stata un fallimento. Avrebbe dovuto capire che gli appuntamenti online non facevano per lei. Ma le era quasi impossibile incontrare potenziali partner in altri modi. Si era appena trasferita nel sud della California per un nuovo impiego, e anche se lavorava per lo più con uomini, si era sempre imposta la regola di non uscire con i colleghi. Inoltre, nessuno di quelli che vedeva quotidianamente la attraeva. Per quello si era rivolta a internet.

Molto prima di essere pronta, Wren vide il suo accompagnatore tornare verso di lei con una bottiglia di birra in una mano e un bicchiere di limonata nell'altra.

«Ecco, tieni» le disse, facendo scivolare la bibita verso di lei. «Di cosa stavamo parlando prima che lasciassi bruscamente il tuo fianco?» le chiese con un sorriso un po' mellifluo.

Wren non lo ricordava, perché aveva prestato più attenzione ai festeggiamenti che si svolgevano intorno a loro che a ciò che lui diceva.

Bevve un bel sorso di limonata mentre lui si lanciava in una noiosa storia sulle persone con cui lavorava.

Non sapeva quanto tempo fosse trascorso, ma dopo un po' cominciò a sentirsi strana. La stanza era diventata improvvisamente molto calda e le girava la testa.

Porca puttana... quello stronzo l'aveva *drogata*!

Non aveva alcun dubbio perché le era già successo.

Scacciò via la mano che le aveva messo di nuovo sulla gamba, anche se ora le sue dita erano sull'interno della coscia, troppo vicine a toccarla in modo del tutto inappropriato per essere uno che aveva appena conosciuto.

«Se vuoi scusarmi, devo andare in bagno» disse, spingendola via ancora una volta dato che l'aveva rimessa.

«Ti senti bene? Non hai un bell'aspetto. Lascia che ti accompagni a casa.»

Certo, stronzo, pensò. *Mi farai salire in macchina e non mi porterai a casa. Mi stuprerai, mi taglierai la gola e poi mi lascerai in qualche maledetto vicolo perché mi trovino come la poco di buono che pensi io sia.*

Wren scosse la testa, odiando che il movimento facesse girare ancora di più la stanza. Doveva solo arrivare in bagno, chiudersi dentro e poi chiedere aiuto alla prima donna che fosse entrata. Un altro motivo per cui aveva scelto l'Aces era perché aveva letto una storia sulla proprietaria, la quale si era detta determinata a fare del suo locale un posto in cui le donne potessero essere al sicuro quando volevano trascorrere una serata fuori.

Doveva averlo sorpreso, perché quando lei lo spinse di nuovo, lui si spostò indietro con la sedia.

«Va bene. Terrò d'occhio la tua borsa» disse.

Non avrebbe voluto lasciarla lì, ma quello sembrò farlo rilassare. Era certo, come lo sarebbe stato chiunque altro, che non se ne sarebbe andata senza le sue cose. Probabilmente pensava che si sarebbe spruzzata un po' d'acqua sul viso, poi sarebbe tornata al tavolo per prendere la borsa prima che lui la "aiutasse" ad andarsene.

Be', non era così stupida.

Attraversò la stanza barcollando, sapendo di muoversi come un'ubriaca che non reggeva l'alcol.

All'improvviso cambiò idea e decise di non fermarsi al bagno ma di proseguire lungo il corridoio per andare fino alla porta sul retro, se ne avesse trovata una. Aveva il telefono in tasca e avrebbe potuto chiamare un taxi una volta fuori e al sicuro.

Ma non appena entrò nel corridoio capì di essere nei guai. Riusciva a malapena a tenere gli occhi aperti, ed era solo questione di tempo prima che svenisse. Qualsiasi cosa lo stronzo le aveva messo nel bicchiere era forte. E ad azione rapida. Era stato presuntuoso. Troppo sicuro che lei avrebbe accettato di farsi aiutare. Be', fanculo a lui.

Mentre la sua vista si sdoppiava, vide qualcuno camminare verso di lei. Era alto e bello, e aveva la barba e i baffi tagliati molto corti. Lo riconobbe: era uno dei SEAL che stava giocando a biliardo. Ma la cosa che la colpì furono le sue lentiggini. Ne aveva su tutto il viso. Erano così ravvicinate che se non le si guardava da vicino, si sarebbe potuto pensare che fossero chiazze di abbronzatura o roba del genere.

In un certo senso quelle lentiggini lo facevano sembrare affidabile. Non sapeva perché, probabilmente era la droga che le incasinava la mente.

«Mi aiuti!» Quelle parole le uscirono dalla bocca quasi senza che se ne rendesse conto.

«Come scusi?» le chiese l'uomo.

«Il mio accompagnatore ha messo qualcosa nel mio drink. Vuole portarmi a casa. Sto... per svenire... per favore, mi aiuti.»

Wren si sentì cadere, ma non toccò il pavimento, perché l'uomo la prese.

L'ultimo pensiero che ebbe prima che tutto diventasse nero, fu che sperava vivamente di non essere saltata dalla padella alla brace.

———

«Ma che cazzo?» esclamò Bo "Safe" Cyders quando la donna esile, anzi, pelle e ossa, gli svenne tra le braccia.

Il suo primo istinto fu quello di riportarla al bar per chiedere aiuto, ma si ricordò ciò che gli aveva detto. Che il suo accompagnatore l'aveva drogata.

Il solo pensiero gli fece ribollire il sangue.

Sua sorella era stata drogata e violentata mentre frequentava il college, e quando Safe lo aveva saputo si era sentito totalmente impotente. Aveva sempre protetto Susie, ma non era stato in grado di farlo quando ne aveva avuto più bisogno. La cosa lo aveva tormentato per anni.

Senza esitare si girò. Doveva portare quella donna fuori da lì. Osservandola, riconobbe che era la stessa che si era seduta nell'angolo più lontano dai tavoli da biliardo, con al fianco uno stronzo compassato dall'aria ambigua. Gli era bastato uno sguardo per capire che erano al primo appuntamento. Non gli era piaciuto il modo in cui il tizio aveva fissato la donna quando lei non stava guardando.

Indossava un paio di pantaloni e una blusa a maniche corte con lo scollo rotondo. Era vestita in modo abbastanza sobrio, secondo lui, ma ciò non aveva impedito al suo accompagnatore di fissarle il décolleté. Il tizio aveva praticamente sbavato.

Anche se era d'accordo sul fatto che fosse bella, non era certo il suo tipo. Sembrava che sarebbe volata via con una piccola folata di vento. Preferiva le donne alte e formose. Non quelle minuscole e magre.

Ma mentre spingeva la porta sul retro, trasportandola con facilità, non poté negare che un po' lo intrigava. Non tutte erano abbastanza astute da capire quando erano state drogate... o abbastanza forti da sfuggire all'aggressore.

Scosse la testa e si concentrò sul suo compito. Era stata estremamente fortunata. Non era andata a chiedergli aiuto, si erano semplicemente trovati nel corridoio nello stesso momento. Avrebbe potuto essere chiunque. Accidenti, avrebbe potuto rapirla fuori dal bar e farle qualsiasi cosa perversa, proprio come probabilmente aveva pianificato di fare il suo cosiddetto accompagnatore.

Ma, fortunatamente, in quel corridoio aveva trovato *lui*. E non le avrebbe fatto del male. Per niente al mondo. Non si era guadagnato quel soprannome perché era un pericolo per le donne.

Si ripromise di chiamare Jessyka per dirle cos'era successo – si sarebbe incazzata, dato che si vantava di gestire un locale in cui le donne non dovevano preoccuparsi degli stupri o di altre stronzate del genere – e portò la ragazza alla sua Jeep.

Riuscì ad aprire la portiera del passeggero senza farla cadere... non che fosse poi così difficile. Pesava meno dello zaino che portava in missione. La sistemò e le allacciò la cintura di sicurezza, e la sua testa si piegò di lato mentre lui correva intorno al veicolo.

Quando avviò il motore si chiese cosa diavolo stesse facendo.

Uscì dal parcheggio dell'Aces e strinse le labbra. Avrebbe dovuto tornare indietro. Riportarla al bar. Caroline, Jessyka e le altre si sarebbero occupate di lei, mentre lui e i ragazzi avrebbero chiamato la polizia e costretto il suo accompagnatore a confessare ciò che aveva fatto.

Invece Safe si diresse verso casa. Era piccola, in un quartiere un po' squallido. Ma era sua. Pagata con i soldi che si era guadagnato con il sangue, il sudore e le lacrime.

La donna misteriosa sarebbe stata bene. L'avrebbe sorvegliata, assicurandosi che la droga che aveva ingerito non le provocasse degli effetti collaterali. E quando si fosse svegliata...

Be', avrebbe affrontato le ripercussioni delle sue scelte.

Per ora, l'istinto gli urlava di portarla in un posto sicuro. E il posto più sicuro che conosceva era la sua umile casa.

———

Non è proprio il modo più bello di "conoscere" qualcuno, ma naturalmente Safe farà tutto il possibile per aiutare Wren.

Acquistate subito il prossimo libro della serie Armi & Amori: Alleanza: Proteggere Wren!

Also by Susan Stoker

Armi & Amori: Alleanza
Proteggere Remi
Proteggere Wren (5 Nov)
Proteggere Josie
Proteggere Maggie
Proteggere Addison
Proteggere Kelli
Proteggere Bree

Il Rifugio
Meritare Alaska
Meritare Henley
Meritare Reese
Meritare Cora
Meritare Lara
Meritare Maisy (1 Ottobre)
Meritare Ryleigh

Ricerca e soccorso Eagle Point
In cerca di Lilly
In cerca di Elsie
In cerca di Bristol
In cerca di Caryn
In cerca di Finley
In cerca di Heather
In cerca di Khloe

Silverstone

Fidarsi di Skylar
Fidarsi di Taylor
Fidarsi di Molly
Fidarsi di Cassidy (1 Agosto)

Forze Speciali alle Hawaii

Trovare Elodie
Trovare Lexie
Trovare Kenna
Trovare Monica
Trovare Carly
Trovare Ashlyn
Trovare Jodelle

Delta Duo

La forza di Gillian
La forza di Kinley
La forza di Aspen
La forza di Jayme
La forza di Riley
La forza di Devyn
La forza di Ember
La forza di Sierra

Armi & Amori: verso il futuro

Soccorrere Caite
Soccorrere Brenae
Soccorrere Sidney
Soccorrere Piper
Soccorrere Zoey
Soccorrere Avery

Proteggere Summer
Proteggere Cheyenne
Proteggere Jessyka
Proteggere Julie
Proteggere Melody
Proteggere il Futuro
Proteggere Kiera
Proteggere i figli di Alabama
Proteggere Dakota

Ace Security

Il riscatto di Grace
Il riscatto di Alexis
Il riscatto di Bailey
Il riscatto di Felicity
Il riscatto di Sarah

Una raccolta di storie brevi

Un momento nel tempo

BIOGRAFIA

L'autrice

Susan Stoker è annoverata da *New York Times*, *USA Today* e *Wall Street Journal* quale scrittrice di successo, le cui collane di libri includono Badge of Honor: Texas Heroes, SEAL of Protection e Delta Force Heroes. Sposata con un sottufficiale dell'esercito in pensione, Stoker ha vissuto in ogni dove negli Stati Uniti - dal Missouri alla California e al Colorado - e attualmente vive sotto i grandi cieli del Texas. Quale vera sostenitrice del "vissero felici e contenti", Stoker ama scrivere romanzi in cui una relazione romantica si trasforma in amore.

Per ulteriori informazioni sull'autrice e il suo lavoro, visita il sito web www.stokeraces.com